中國新聞史研究輯刊

三編

主編　方漢奇

副主編　王潤澤、程曼麗

第2冊

新中國民營報紙的消失（1949-1957）（下）

鄭宇丹 著

花木蘭文化出版社

國家圖書館出版品預行編目資料

新中國民營報紙的消失（1949-1957）（下）／鄭宇丹 著一初版
一新北市：花木蘭文化出版社，2016〔民 105〕
目 6+214 面；19×26 公分
（中國新聞史研究輯刊 三編；第 2 冊）
ISBN 978-986-404-523-5（精裝）
1. 中國報業史
890.9208　　105002054

中國新聞史研究輯刊
三 編 第 二 冊　　ISBN：978-986-404-523-5

新中國民營報紙的消失（1949-1957）（下）

作　　者　鄭宇丹
主　　編　方漢奇
副 主 編　王潤澤、程曼麗
總 編 輯　杜潔祥
出　　版　花木蘭文化出版社
發 行 所　花木蘭文化出版社
發 行 人　高小娟
聯絡地址　235 新北市中和區中安街七二號十三樓
　　　　　電話：02-2923-1455／傳眞：02-2923-1452
網　　址　http://www.huamulan.tw 信箱 hml810518@gmail.com
印　　刷　普羅文化出版廣告事業
初　　版　2016 年 3 月
全書字數　415326 字
定　　價　三編 9 冊（精裝）新台幣 18,000 元

新中國民營報紙的消失
（1949-1957）（下）

鄭宇丹　著

目次

上冊

下　冊

圖表目錄

5、民營報紙消失的國內政治因素

革命的通常模式，是在革命者成爲統治者以後壽終正寢。按照美國馬克思主義研究者莫里斯·邁斯納的分析，這是因爲新的統治者往往與舊制度的傳統和殘餘勢力相妥協，有意無意地使歷史進程背離自己創立一個嶄新社會的理想和希望。在這種爲人熟知的革命歷史的模式中，革命的烏托邦目標轉瞬便成爲空洞的儀式，新的形式的不平等被合理化。〔註1〕但中華人民共和國的歷史看來與通常的「革命勝利後」的社會歷史模式不盡相同，革命者非但沒有和代表舊制度的傳統勢力相妥協，後者還成了被革命的對象。革命的烏托邦目標也沒有停止，而是加快了實現它的速度：作爲過渡階段的新民主主義社會到 1952 年底就結束了，進入到了對農業、手工業和資本主義工商業的社會主義改造。原本要在「相當長的時期內」完成上述改造，但在 1956 年 9 月，中共八大即宣佈「幾千年來的階級剝削制度的歷史已經基本上結束，社會主義的社會制度在我國已經基本上建立起來了。」〔註2〕

爲什麼新中國締造了這樣一種特殊的歷史情境？恰如匈牙利思想家盧卡奇在《歷史與階級意識》中所觸及的，研究無產階級鬥爭的合法性和非法性，「動機及其所產生的傾嚮往往比單純的事實更加重要和更能說明問題。」〔註3〕對 1949 年獲取政權的中國共產黨來講，如何實施對整個國家的治理，

〔註1〕〔美〕莫里斯·邁斯納著，杜蒲、李玉玲譯：《毛澤東的中國及後毛澤東的中國》，成都：四川人民出版社，1999 年 2 月版，第 74 頁。

〔註2〕轉引自《關於建國以來黨的若干歷史問題的決議》，第 199 頁。

〔註3〕〔匈〕盧卡奇著，杜章智等譯：《歷史與階級意識》，北京：商務印書館，1999 年 10 月版，第 402 頁。

必然離不開延安 10 年的歷史經驗。所謂延安經驗，歸根結底，是革命的勝利建立在大規模的群眾社會革命的基礎上。群眾社會革命，強調的是將權力從上層專業人士下放到基層群眾手中。這樣一來，精英與民眾、領導者和被領導者、腦力勞動者與體力勞動者之間的差別，必然被縮小了。而這樣的實踐，恰恰是馬克思主義所提倡的。馬克思在《關於費爾巴哈的提綱》中談到：「環境正是由人來改變的，而教育者本人一定是受教育的。」正是延安經驗和馬克思主義信仰讓新中國的治理者加深了「精神力量高於物質力量」的認識，落實到方法論上，則是「思想上精神上的團結比由任何官僚組織提供或強加的人為的團結更為重要。」〔註 4〕

這種思想上精神上的團結必然導致意識形態歸一，使得思想與現實之間的關係如同馬克思所說的，「光是思想竭力體現為現實是不夠的，現實本身應當力求趨向思想。」〔註 5〕只有這樣，才能使得民眾從傳統的思維和生活方式中掙脫出來，並轉為憎恨以往的制度和那些制度的維護者，從而建立新政權的合法性。要做到這一點，惟有對舊的制度和那些被歸類為舊制度代表的群體繼續革命。

正是這樣的動機和馬克思已有的理論範式，使得新中國的政治設計與一般歷史經驗產生差別：革命並未終止，而是有計劃地繼續進行。在這種歷史條件下，民營報紙及與其相關聯的民間報人，被重新確定了身份，基本成了資本方與小資產階級的代表。一方面，民營報紙的合法性被消解，另一方面，因擁有被整合為思想動員工具的基礎價值，民營報紙在新中國的革命思維中，遭逢了自出生以來前所未有的致命挑戰。

5.1「民營」變「私營」的概念轉換

新中國成立以後，民間報還能不能辦？抗戰剛剛勝利的時候，這個問題已被提出。據夏衍晚年回憶，1945～1946 年，周恩來曾在重慶召集過一次文化界人士座談會，涉及到中共勝利後可不可以有民間報。大家一致認為，既然是新民主主義階段，自然可以有民間報紙。〔註 6〕1948 年歲末 1949 年年初

〔註 4〕〔美〕莫里斯・邁斯納：《毛澤東的中國及後毛澤東的中國》，第 68 頁。

〔註 5〕馬克思：《黑格爾法哲學批判導言》，轉引自〔匈〕盧卡奇：《歷史與階級意識》，第 49 頁。

〔註 6〕新民晚報史編纂委員會主編：《新民報——新民晚報七十年史：飛入尋常百姓

時分，《新民報》創始人陳銘德隨身帶著資金，有意在香港爲《新民報》找退路，並爲流亡在外的同人租了九龍彌敦路樂斯公寓的一套房子。但對於陳銘德來講，他最想做的還是在內地重續《新民報》的輝煌。爲此，他向時任中共港澳工委負責人的夏衍請教，一旦中共執政，私人辦的《新民報》還允許存在嗎？有此疑問的當然不止陳銘德，曾經的民間報人都十分關注這個問題。

5.1.1 關於新中國能否辦民營報紙的討論

1949 年一二月間，有著中共背景的香港《華商報》專門就此展開討論，前後共發表了六篇文章，分別是劉尊棋的《新中國的一個選擇——財主的新聞自由？還是民主的新聞自由》、李衛明的《新聞自由與私人辦報》、鐸的《新國家與新報紙》、星火的《論新聞出版自由》、趨陽的《新中國的辦報問題》、疾口的《不容許私人辦報》。

最早拋出觀點的是原上海《聯合晚報》社長，新聞從業經歷豐富的劉尊棋，他的觀點旗幟鮮明：「解放以後的報紙，要麼就是國營的，要麼是社團的，私人的民間報紙是不該存在的。」〔註 7〕趨陽的《新中國的辦報問題》從即將建立起來的人民共和國性質出發，認爲以中共爲領導，工農爲主體的國家，基本上是代表工農利益的。這樣的性質決定了「只有國有化的新聞事業才符合廣大人民利益」，私人辦報「已沒有容許存在的必要了。」〔註 8〕疾口的文章直接將觀點寫進題目，該篇名爲《不容許私人辦報》，言稱私人辦的報紙不可能幫助完成「鎮壓反革命勢力，動員群眾進行經濟建設，推進社會教育，與思想意識中的封建殘餘鬥爭，提高人民的政治水平」等任務，民營報紙惟有「將其資本轉移到其它生產事業」，或者「有代價地轉讓給政府（或社團）」。〔註 9〕

上述三篇文章實際上否定了民營報紙的存在價值。與此觀點相左，李衛明的《新聞自由與私人辦報》認爲，新中國既然容許私人企業存在，私人辦報亦不可能禁止，這位作者相信，「有了國有化和社會化的報紙爲主，私人辦報決不會把中國報業帶上英美式的道路」〔註 10〕。星火的《論新聞出版自由》

家》，上海：文匯出版社，2004 年 8 月第 1 版，第 160 頁。

〔註 7〕劉尊棋：《新中國的一個抉擇》，《華商報》，1949 年 1 月 1 日。

〔註 8〕趨陽：《新中國的辦報問題》，《華商報》，1949 年 2 月 6 日。

〔註 9〕疾口：《不容許私人辦報》，《華商報》，1949 年 2 月 6 日。

〔註 10〕李衛明：《新聞自由與私人辦報》，《華商報》，1949 年 1 月 1 日。

在李衛明的觀點上又遞進了一層，認爲如果私人辦報現象果眞多起來，則是新中國文化繁榮的現象。要維護文化繁榮，需迅速制定新聞法，並以此來保障新聞自由。〔註 11〕

在所有六篇文章中，最値得琢磨的是鐸的《新國家與新報紙》。鐸即是趙超構，多年執掌《新民報》編輯部，他的態度一定程度上代表了當時民間報人的遊移。趙的文章首先承認自由是有階級性的，一切新聞事業也都偏向階級性，因此，報紙的好壞取決於「是否與進步勢力和大多數人的利益一致」。這種邏輯的絕妙之處在於，有階級的自由並不代表沒有自由，「未來新中國所應保的新聞自由，只能運用於新民主政治所容許其參加的那些成分人民所辦的報紙」。既然這些人的身份爲新中國所認可，那麼以個人資格辦報，也應該受到許可。說到這裏，趙超構的意見已經很明白了，他希望民營報紙能夠繼續生存。爲了達成這樣的可能，他不惜採取折衷的態度，將對民營報紙的改造作爲後話，不否定集體化、國營化的可能，但在初始階段，國營報、社團報、私營報可以平行存在。〔註 12〕

5.1.2 民營到私營的一字之改

這場討論由中共在香港的「喉舌」報紙《華商報》來主持，與其視之爲傾聽多種聲音，不如看作是對民間報人抉擇命運的一次暗示。如果仔細觀察，六篇文章中，信息最豐富的是疾口的《不容許私人辦報》。此文不僅透露了新政權準備著手的新事業（這些預見十之八九都付諸實施了），還規劃了民營報紙的最終去向。這樣的信息惟有參與制定政策的人或被授權發佈政策的人才有可能掌握。此外，《華商報》有關這場討論的編者按也透出了弦外之音。2月6日，《新中國新聞政策討論特輯》編者按稱，即使將來贊同私人辦報，私營報紙也只可與國營、社團報紙平行存在，但不能並行發展，私營報紙最終還是要走上由集體化再社會化直至國家化的道路。〔註 13〕

在這場討論中，還有一個關鍵的細節，即民營報紙的概念正被轉換，民營變成了私營。討論結束後的第 12 天，即 1949 年 2 月 18 日，這一概念轉換的目的在中共中央的一份文件中顯露出來。這份文件聲稱，現在流行的「民

〔註 11〕星火：《論新聞出版自由》，《華商報》，1949 年 2 月 6 日。
〔註 12〕鐸（趙超構）：《新國家與新報紙》，《華商報》，1949 年 2 月 6 日。
〔註 13〕參見《新中國新聞政策討論特輯》編者按，《華商報》，1949 年 2 月 6 日。

營」、「民辦」、「民間」等字樣，「大部分是舊社會遺留下來的，起初是反映舊統治階級中在野與在朝兩部分的，後來主要地是反映自由資產階級與封建買辦統治集團的區別，在今天的解放區，已完全不能適用。」該文件指示，今後凡「民營資本」「民間報紙」等名稱，均應不再沿用，而改稱私人資本、私營報紙等。〔註14〕

這份由中共中央起草的高級別文件，將民營報紙單列出來，與所有民營事業相併列，足見共產黨人對民營報紙的重視，將其視作威脅政權穩定的一股勢力。令中共防微杜漸的這股勢力，即國共政爭中提出走「第三條道路」的中間派。像《大公報》、《觀察》等民營報刊都曾作爲中間派的旗幟出現。中共早在1948年下半年即開始有意識地限制中間派，中宣部專門制定宣傳方針，強調對革命勝負起關鍵作用的不是中間派的活動，而是廣大勞動人民及革命戰爭本身。1948年11月18日，中宣部與新華總社聯合宣佈糾正各地新聞報導中的右傾偏向。文中指出：「對於民族資產階級在發展生產中的作用的宣傳，無論何時不要超過了對於工人和某些技術人員的宣傳。對於民族資產階級或小資產階級急進分子革命作用的宣傳，無論何時不要超過對於勞動人民、人民解放軍和共產黨的宣傳。」〔註15〕

經過中共對中間派作用的評估，以及將「民營」改爲「私營」的概念轉換，民營報紙的合法性遭到了消解。從民營報紙自身來講，一直標榜自己是人民利益的代表，而在中共的重新定位中，因政權本身是代表人民的，不應再有「官方」與「民間」的區別，只有公營和私營之分。〔註16〕這樣一來，民營報紙被從人民中分離出來，成了私有資本的代表。在經濟屬性上，它被歸類爲民族資產階級或小資產階級；在政治屬性上，它屬於中間派。雖然僅僅是從「民」到「私」的一字之改，卻預示著作爲國家文化權力的公營報紙

〔註14〕《中央關於使用「民營」、「民辦」、「民間」等字樣問題的指示》，1949年2月18日，載《中國共產黨宣傳工作文獻選編（1937～1949）》，第750～751頁。

〔註15〕《中共中央宣傳部與新華總社關於糾正各地新聞報導中右傾偏向的指示》，1948年11月18日，載《中國共產黨宣傳工作文獻選編（1937～1949）》，第795頁。

〔註16〕參見范長江在上海市軍管會文教管理委員會召開的第一次新聞出版界座談會上的講話，《文匯報》，1949年6月21日。另見胡愈之在中共中央宣傳部出版委員會邀請北京市同業茶會上的談話，1949年10月7日，載《中華人民共和國出版史料（1949）》，第466頁。

將在輿論空間佔據絕對的主導地位，而「私營報紙的惟一出路，就是盡早地脫掉『資帽』，加入公營的行列。」〔註 17〕這就爲民營報紙的改造敷設了前提和依據。

5.1.3 民營報紙的「投降」與「懺悔」

位置的再分配體現了價值的被判定。民營報紙地位的「下降」，意味著它從民智的啓蒙者、社會的改造力量退居到被改造者的角色。民營報紙惟有徹底否定自己的過去，才能在新社會謀得一條出路。最能代表這一現象的是天津《大公報》改組爲《進步日報》後發表的《職工同人宣言》。宣言首先承認《大公報》北伐時期即依附於軍閥官僚買辦統治集團，蔣介石時代又通過「小罵大捧」，成爲其御用宣傳機構不可缺少的幫手。鑒於《大公報》「堅決地站在反人民立場上，做國民黨反動派的幫兇」，宣言稱原《大公報》同人只能另創新的報紙，「永遠脫離《大公報》這個醜惡的名義」。〔註 18〕

這個讓香港等地《大公報》同人「個個覺得眼前一片漆黑」〔註 19〕的《進步日報》宣言，只是民營報紙接受地位轉變的開始。當人們對《大公報》「承認自己對外國帝國主義、封建主義和官僚資本主義——現政府的三大敵人——的錯誤態度」感到驚訝的同時，也突然發現，中國的報紙「幾乎發展了一個專門坦白的專欄」，刊登各種各樣的懺悔。〔註 20〕

《大公報》總編輯王芸生的「懺悔」可謂石破天驚。王芸生是接受中共的統戰安排，從香港回歸內地的。他在 1949 年 2 月 27 日乘船離港，恰恰在這一天，《進步日報》刊登了與《大公報》決裂的《職工同人宣言》，《人民日報》又在 3 月 4 日刊登文章，痛斥《大公報》一貫反動。這些連鎖事件對王芸生造成的衝擊可想而知。當時在內地，雖天津《大公報》改組爲《進步日報》，但還有上海、重慶兩地的《大公報》在。由於中共相關方面有意全面關

〔註 17〕張濟順：《從民辦到黨管：上海私營報業體制變革中的思想改造運動——以文匯報爲中心案例的考察》，載韓鋼主編：《中國當代史研究（一）》，第 57 頁。

〔註 18〕《〈進步日報〉職工同人宣言代發刊詞》，《進步日報》，1949 年 2 月 27 日。

〔註 19〕轉引自楊奎松：《新中國新聞報刊統制機制的形成經過：以建國前後王芸生的「投降」與《大公報》改造爲例》，載韓鋼主編：《中國當代史研究（二）》，第 59 頁。

〔註 20〕Robert Guillain: “China Under the Red Flag”, transl.L.f.Duchene, in Otto B.Van der Sprenkel, ed., New China: Three Views.London: Turnstile Press, 1950, 92；轉引自〔美〕魏斐德著：《紅星照耀上海城：1942～1952》，第 128 頁。

閉《大公報》，王芸生頓感心灰意冷，他曾對當初勸他離港北上的楊剛表示「準備結束生命」。〔註21〕4月份，熬過巨大壓力的王芸生突然發生改變，他不僅在北平召開的新聞工作者座談會上談到放棄《大公報》這個名字，還主動寫了一篇3000多字的「懺悔」文字，題目爲《我到解放區來》，刊登在4月10日的《進步日報》上。

爲什麼說王芸生的「懺悔」石破天驚？他用了一個完全背棄民營報紙「獨立」傳統的字眼：「投降」。王的文章稱：「我是向革命的無產階級領導的中國新民主主義的人民陣營來投降」。〔註22〕爲了表示自己的誠意，王芸生還把這篇文章給了香港《大公報》，並於4月27日見報。此舉意味著向海外宣佈，《大公報》將歸順於中共建立的新政權。

王芸生對《大公報》的檢討不可謂不深刻。他言稱《大公報》看似站在民族主義立場，堅持「民間」和「獨立」，想方設法用改良的思想去影響社會，然而在開明、進步、愛國形象的背後，卻時時處處替統治階級著想，甚至幫著統治階級反對人民革命。〔註23〕王芸生是繼張季鸞之後，《大公報》社論的如椽大筆。作爲《大公報》精神的繼承者，他現在用寫社論的筆觸直戳自身的脈門，自然比那些只圖政治正確的文字更爲精準，更具殺傷力。

令王芸生意想不到的是，他的這次「懺悔」不僅保住了《大公報》的名字，還得以繼續擔綱上海《大公報》的總編輯併兼任社長。他還以華東軍政委員會委員、上海市人民政府委員、中華全國新聞工作者協會副主席、中國人民政治協商會議第一屆委員的多重身份登臨天安門城樓，親歷開國大典。〔註24〕

通過王芸生和《大公報》的經歷，曾經的民間報人意識到，惟有承認執政一方爲自己設定的位置，才有可能獲得新生的機會。《新民報》便是如此。1948年，該報的社論還在堅持「以報養報」、「貧賤不移」，僅僅一年之後，其社論就自我否定了「民間立場」，檢討自己二十年以來「有意無意的替統治階級起了幫兇幫閒的作用。」〔註25〕

〔註21〕《新聞界思想改造情況》(11)，1952年9月6日，上海市檔案館：A22-2-1551-73。

〔註22〕王芸生：《我到解放區來》，《進步日報》，1949年4月10日。

〔註23〕王芸生：《我到解放區來》，《進步日報》，1949年4月10日。。

〔註24〕楊奎松：《新中國新聞報刊統制機制的形成經過：以建國前後王芸生的「投降」與《大公報》改造爲例》，載韓鋼主編：《中國當代史研究（二）》，第64頁。

〔註25〕蔣麗萍、林偉平：《民間的回聲：新民報創始人陳銘德鄧季惺傳》，第307～308頁。

觀察新中國始建前後報刊上的表態文字，會發現語式及內容有很多相似之處，例如《大公報》和《新民報》都言稱自己當過「統治階級的幫兇」。這種表態方式不唯獨民營報紙有，而是遍及當時的知識界，以至於形成了一種特殊的表態文體。在沒有沉默的自由的前提下，「表態」反而成了通向安全的一種途徑。這種現象如同德國文學家卡內提所說的「共餐儀式」，就像參與者聚集在一起分享獵物一樣，表態的「共餐」是大家都用語言殺死一個對象。要想和眾人融爲一體而不被拋棄，必須參與這樣的儀式。即便你覺得味道並不美妙，但爲了成爲群眾中的一員，你必須要津津有味地撕咬和吞食。〔註 26〕有的時候，還要把自己變成「被吃」的獵物，用語言宣判自己的死刑，就像《大公報》和《新民報》所做的那樣。這種情形導致的結果是：各種距離消失了，舊的等級制度被推翻，而「那些具有某種代表意義的具體形象」也被破壞。〔註 27〕如此一來，對於知識分子來說，「我們的全部所學，就是我們最大的包袱」，〔註 28〕而對於民營報紙，它們最大的包袱就是它們的全部歷史。

5.1.4 民營報紙合法性的喪失

民營報紙儘管不惜以「自殺」般的語言宣判自己的歷史罪責，並表示願意接受治療，但這種態度並不意味著它與新社會之間的衝突和裂痕會立刻消失。事實上，「懺悔」和「投降」非但沒有改變民營報紙的處境，還因其自陳罪狀、自我站隊到被批評、被改造的位置，人們反而被提醒：民營報紙既然是私有的，又屬於資產階級陣營，它就應該站在那樣的位置。

表 5-1：成都市報紙處理結果統計（1950 年）〔註 29〕

處理結果	報　名	政治面目	備　註
接管	中央日報	國民黨中宣部報紙	解放後改名《民主日報》
	建國日報	胡宗南系統報紙	解放後改名《進步日報》
	自由晚報	胡宗南系統報紙	

〔註 26〕〔德〕埃利亞斯·卡內提著、馮文光等譯：《群眾與權力》，北京：中央編譯出版社 2003 年版；轉引自張檸：《再造文學巴別塔：1949～1966》，廣州：廣東教育出版社，2009 年 12 月版，第 182 頁。

〔註 27〕〔德〕埃利亞斯·卡內提：《群眾與權力》，第 5 頁。

〔註 28〕雷海宗：《社會科學工作者與新的社會科學》，《光明日報》，1951 年 4 月 4 日。

〔註 29〕《成都市報紙通訊社處理結果統計表》，1950 年，四川省檔案館：建西 34-2-2-4。

	戰鬥日報	胡宗南所屬西安綏靖公署政工處系統報紙	1949 年 1 月從西安遷成都
	新新新聞日晚刊	以民營姿態出現，資金有官股，被認定爲 CC 系統報紙	
	黃埔日報	國民黨中央軍校政治部報紙	
	新中國日報	青年黨機關報	
	新中華報	胡宗南系統資產	申請登記創刊，查明係敵僞資產
代管	華西日報	民社黨員趙星洲創辦的報紙	自動停刊
	建設日報	國民黨四川省黨部執行委員徐中齊系統報紙	改組成印刷廠
查封	小夜報	反動報紙，隸屬黃埔日報、新新新聞系統	解放後仍繼續發佈反動言論
	成都晚報	中統特務創辦的報紙	解放後仍繼續發佈反動言論
	工農日報	中國革命協作委員會創辦	解放後新成立，未登記擅自出版
未准登記	勞動報	反動報紙，貴陽《掃蕩報》系統，負責人屬 CC 系統	在申請期限截止後申請登記
	新聲報晚刊	反動報紙，貴陽《掃蕩報》系統，負責人屬 CC 系統	在申請期限截止後申請登記
	大眾新聞	政治面貌不明	在申請期限截止後申請登記
	青年導報周刊	負責人有特務嫌疑	在申請期限截止後申請登記
未准登記復刊	蓉報	黃色新聞，言論反動	
	兒童日報	負責人爲托派分子，已往臺灣	
	生活導報晚刊	負責人有特務嫌疑	
	蜀都導報晚刊	反動落後	
	慈幼日報	負責人爲國民黨員，與特務機關關係密切	經費困難
	兒童新聞周刊	政治面貌不明	經費困難，內容空洞，不合需要

自動停刊	新民報日刊	進步報紙	解放前曾被敵僞查封、捕人、接辦
	建設晚報	徐中齊系統報紙	
	西南新聞晚刊	特務報紙	
自動中止復刊	西方日報	國民黨四川省主席劉文輝系統	解放前被敵僞查封
	華西晚報	民盟機關報	負責人去重慶，中止復刊
批准臨時登記	川西日報	中共成都軍管會機關報	
	新民報晚刊	進步報紙	
	工商導報日晚刊	進步報紙	解放後內部潛伏特務5人被鬥爭

表5-1係成都解放時，成都軍管會對尚存報紙的處理意見。表中除被接管者係官僚資本報紙，被代管者或有部分官僚資本但往往以民營面目出現，其它報紙大多爲民營。在新政權眼中，這些報紙或多或少都有些問題，不合新社會的法度。即便是獲得出刊的民營報紙，也被指出存在過潛伏特務，比如《工商導報》。《工商導報》以教育私營工商業者服從黨和人民政府政策法令爲主要任務。但由於「沒有黨的領導，工作便沒有預見」〔註30〕，該報不能及時瞭解黨的方針政策和工作意圖，特別是不能及時瞭解地方工作的當前任務與具體政策界限。這種工作狀態的第一個嚴重後果是「樂山群魔亂舞」消息的刊出。1950年1月18日，《工商導報》第三版刊載了兩條樂山地區的消息，其一涉及投機分子招搖撞騙，其二報導樂山專署正式成立。這兩條新聞被放置在一起，僅用數字㈠㈡予以區分，冠以總標題「樂山群魔亂舞」。這一事件被定性爲「敵我不分」，檢討達數月之久，當值編輯被記大過一次，副總編輯和編輯主任被記小過。爲什麼會發生如此低級的錯誤？按照這組稿件的編輯胡客遊解釋，「只注重版面形式的勻稱而忽略內容是否正確」，「濃厚地存在依賴上級的錯誤思想」，認爲「看大樣的同志」會把好關。而當時編輯部的負責人、副總編輯陳澤昆認爲「地方新聞出毛病的可能性不大」，「全部注意力差不多都放在最容易出問題的本市新聞和要聞版。」〔註31〕此一事件發生

〔註30〕游元亮等：《致四川省委第一書記李井泉的信》，1953年4月，成都市檔案館：56-1-26。

〔註31〕成都軍管會新聞處：《關於工商導報「樂山群魔亂舞」消息錯誤及處理情形的

後，主管部門梳理了錯誤的根源，認爲這是該報編輯部同人「思想和政治水平低下」的反映，「該報編輯部同人出身多爲小資產階級知識分子，一般地在思想上有進步傾向，但由於多未參加實際革命鬥爭，思想進步有限度，對革命事業置於一種不自覺地旁觀，缺乏責任感，往往觀點不明確，立場不穩定。」〔註 32〕

對《工商導報》辦報同人及報紙本身「小資產階級」性質的認定，不僅是新聞主管部門的意見，也是當時大多數「公家人」的想法。工商導報社副社長遊元亮等人呈送四川省委書記的信函中寫道：「許多機關的負責同志認爲我們是私營報紙，不願和我們打交道，或者閉而不納乾脆拒絕，或者敬而遠之推三推四，原則性錯誤難以避免」。〔註 33〕「五反」運動中，報紙記者以「郝天」爲化名，杜撰了一封讀者來信，言稱「私商內部進行『五毒』檢查時，幹部應迴避」，該報編輯主任不加考慮地加了編者按，認爲這是「好的經驗」，結果遭致四川省委黨報《新華日報》的抨擊，強調《工商導報》是做了「奸商的應聲筒」。〔註 34〕

自從背負了此一污名，許多原有的通訊員認爲《工商導報》是資產階級的報紙，不願再爲其寫稿，留存下來的通訊員不僅數量少，且存在這樣那樣的問題。比如爲《工商導報》小品文寫稿的有前國民黨機關報《中央日報》的記者，有機關中對現狀不滿的個別分子，稿件中捏造抄襲的現象時有發生。〔註 35〕加上報社經濟拮据，至少在 1951 年 11 月至 1952 年 12 月間沒發過稿費，投稿者無甚動力，稿源極其匱乏，「每天最多不過三四十件，可用者寥寥無幾」。〔註 36〕有一段時間，編輯爲了湊夠版面，自己撰寫「讀者來信」，以致「讀者來信」變成了「編者來信」。該報記者在採訪工作中也往往不受歡迎或不能取得有關單位的協助與支持。由於地方稿源枯竭，該報的新聞內容無

報告》，1950 年 6 月 20 日，成都市檔案館：56-1-52。

〔註 32〕同上。

〔註 33〕游元亮等：《致四川省委第一書記李井泉的信》，1953 年 4 月，成都市檔案館：56-1-26。

〔註 34〕楊琳芳：《致四川省人民政府主席李井泉的信》，1953 年 3 月 31 日，成都市檔案館：56-1-26。

〔註 35〕中共成都市委宣傳部：《工商導報情況》，1955 年 2 月 2 日，成都市檔案館：56-1-50。

〔註 36〕楊琳芳：《致四川省人民政府主席李井泉的信》，1953 年 3 月 31 日，成都市檔案館：56-1-26。

甚競爭力。除刊登新華社通稿以外，只能靠轉載外地報刊新聞拼湊版面。因政治、經濟上的要求不能得到滿足，且在實際工作中處處捉襟見肘，該報的編採人員情緒低沉，牢騷滿腹，諸如「工商導報已無存在的價值」、「為什麼黨從來不管」、「現在已沒有再為資產階級搞個報紙的必要」等閒言碎語屢見不鮮。〔註37〕1953年4月，《工商導報》的最高領導層，包括副社長遊元亮（該報無社長）、總編輯孫文石、編輯主任陳澤昆等七人集體上書四川省委書記李井泉〔註38〕，希望獲得指導和援助：「我們編輯部的工作同志大多數是三十歲以下的青年，一般政治純潔，具有革命的熱情，具有追求進步的意願，對黨的偉大、光榮、正確具有堅強的信仰」，如果有了政府的幫助，「我們能把工作做得更好，更多地發揮報紙的作用」〔註39〕。此信的字裏行間浸透著惟恐被遺忘的焦慮。

《工商導報》的處境也發生在哈爾濱的民營報紙身上。在新聞主管部門看來，哈爾濱的民營報紙內容空洞，主要原因是政府、企事業單位不願意供給他們稿件，有重要新聞，都送交公營報紙，生怕民營報紙「登出毛病來，倒麻煩」。〔註40〕根據哈爾濱《午報》的編輯反映，因稿件不充足，有的時候就得自己寫，「否則的話漏一塊空白多麼不好看」。〔註41〕於是，牽強附會，瞎編亂造的稿件自然難以避免。向民營報紙投稿的也多為教員、學生及一般「文人」，「寫的筆法內容，像過去小資產階級那一套」。〔註42〕

成都《工商導報》、哈爾濱《午報》（後改名《建設日報》）等報紙的經歷是民營報紙合法性消失的例證。從政治學的角度來說，傳統的合法性是指一

〔註37〕中共成都市委宣傳部：《工商導報情況》，1955年2月2日，成都市檔案館：56-1-50。

〔註38〕李井泉（1909年11月1日～1989年4月24日），新中國成立後曾任中共川西區黨委第一書記、川西行政公署主任兼軍區政委，四川省人民政府主席，中共四川省委第一書記兼省軍區第一政委，中共中央西南局書記、第一書記兼成都軍區第一政委。當選為中共第八屆中央委員、中央政治局委員，中共第十、十一屆中央委員，中共中央顧問委員會常務委員，第三、四、五屆全國人大常委會副委員長。

〔註39〕游元亮等：《致四川省委第一書記李井泉的信》，1953年4月，成都市檔案館：56-1-26。

〔註40〕《哈爾濱民營報紙九月份各報統計表》，1948年，哈爾濱市檔案館：XD48-1-1-33-37。

〔註41〕同上。

〔註42〕同上。

種制度是否獲得被統治者的普遍認同。20世紀90年代關於文化多元主義的討論把合法性引申到群體與群體間平行的承認上來，這種關係構成了一個共同體內異質文化群體的「承認的政治」，特定的文化或者具有特定文化的群體通過這種過程獲得自己的合法性（泰勒 1998）。從群體間平行承認的角度來看，新中國伊始，民營報紙即開始遭遇合法性危機。因新中國是以組織爲單元，個體均被納入一個個的組織或群體。民營報紙作爲群體形式之一，變得越來越像陌生人，爲其它群體所拒絕。這種感覺就像著名作家沈從文所描摹的那樣：「凡是大門都關得嚴嚴的，沒有一處可以進去。全個社會都若對陌生客人表示拒絕。」〔註43〕

解放前名重一時的《文匯報》就彷彿在解放後變成了陌生人，不少要聞《文匯報》採訪不到，一些重要新聞，由有關領導部門統一發稿。有些部門和單位，害怕記者把他們的工作「捅出去」，往往採取迴避的態度。出現這些情況，皆因《文匯報》有私營屬性，人家存在戒心，不肯提供所需情況。〔註44〕

一些民營報紙即便升級到公私合營的性質，依舊面臨合法性危機。1954年10月6日，中宣部曾專門爲《大公報》下發過一個文件，言稱「現在大公報實際已是黨領導的公私合營的報紙，但爲適應國內外的政治情況，目前對外仍保持私營的面目。各有關地區和部門的黨組織應根據中央這一指示的精神對待大公報並予以應得的協助」，「中央一級及各省市財經工作部門的黨組和黨員負責人應切實執行中央關於重視運用大公報進行宣傳報導的通知，對大公報的宣傳報導工作予以指導和協助，例如吸收他們的黨員幹部參加有關的會議、閱讀有關的文件，指導大公報記者進行採訪工作，審閱大公報有關的言論等。」〔註45〕以官方文件的方式推動各方關注《大公報》，恰恰表明了《大公報》未受到各地、各部門應有的重視。即便1957年反右派鬥爭以後，《大公報》已成爲國家的也就是黨的財經機關報了，但各級領導機關越往下越不明了《大公報》的地位變化。特別是發行基礎薄弱的地區和邊遠地區，「仍

〔註43〕沈從文：《一個人的自白》，《沈從文全集》第27卷，北嶽文藝出版社，2002年12月版，第17頁。

〔註44〕張樹人：《我在文匯報的三年》，載文匯報報史研究室編《在曲折中行進》，第143～144頁。

〔註45〕《中央宣傳部關於大公報若干問題的通知》，1954年10月6日，北京市檔案館，043-001-00022-4-5。

然把它看作是資產階級報紙，當作秘密文件，不准別人看。」〔註 46〕

民營報紙明顯受到排斥還展現在一些重要場合有意不讓其出場。像廣州市新聞出版處曾於 1949 年 11 月 14 日下午在愛群酒店餐廳舉行記者茶話會。到會者有新華社華南分社、人民解放軍隨軍記者、南方日報新聞工作者，以及上海解放日報、新聞日報、香港文匯報、大公報、周末報、經濟導報的外地記者共約 50 人。但在這份名單中，並無尚在出版的《越華報》、《國華報》、《現象報》等民營報紙。也是在這次會議上，準備成立中華全國新聞工作者協會的廣州分會，當時議定，先由南方日報、新華社、人民廣播電臺各選代表 2 人，人民解放軍駐穗兩兵團的隨軍記者、上海及香港駐穗記者、各派代表 1 人，〔註 47〕依舊沒有廣州民營報業的新聞人員獲得代表資格，民營報紙實際被關在大門之外。

5.2 民報黨控的管理機制

上海解放前夕，周恩來在中南海召集夏衍等人，談到報紙如何辦的問題。按照周恩來的想法，過去在山溝裏辦報紙，讀者對象主要是工農兵和幹部，入城後情況就不同了，特別是在北平、上海、武漢、廣州這些大城市。按解放前那樣辦，當然不行；辦成解放區那樣，讀者也不習慣，達不到教育、宣傳的目的。這次談話，還專門提到了民營報紙的去留。周恩來認爲，如何對待像《大公報》、《申報》、《新聞報》、《新民報》，以及黨領導的外圍報紙，是一個相當複雜，政策性很強的問題。雖然可以在北平、上海保留幾家民營報紙，但如何管理，還有待不斷摸索。〔註 48〕

顯然，直到 1949 年中葉，有關民營報紙的新聞政策尚沒有清晰的定論。事實上，正是缺乏統一的認識，才導致新中國的民營報紙，無論是地區分佈，還是品類構成，都不甚均勻。比如上海的民營報紙達 16 份之多，而北京只有 2 份，其中一份的壽命不過 6 天。再比如同屬於華北的天津和北京，天津的民

〔註 46〕《大公報黨組關於大公報發行情況的報告》，1958 年 10 月 4 日，北京市檔案館，043-001-00026-2-3。

〔註 47〕《本市人民記者昨首次盛會強調服從人民利益》，《南方日報》，1949 年 11 月 15 日，第 2 版。

〔註 48〕夏衍：《懶尋舊夢錄》，北京：生活・讀書・新知三聯書店，2006 年 8 月版，第 395 頁。

營報紙更爲發達，總數有 7 份之多。足見在全國範圍，並沒有明晰的規劃和佈局，基本上是因地制宜，框定民營報紙的數量和品種。但若論及新中國總的報刊政策，也並非全無章法，還是有一套具體的原則，那就是秉承「全黨辦報」之傳統，建立自上而下的黨管報紙的機構和制度，確立黨報的權威地位，實施嚴格的新聞審查及紀律規定。〔註 49〕對民營報紙的管理，一樣在此框架之中。

5.2.1 新中國報業管理機制的借鑒與創新

最早爲新中國報業管理做組織規劃的，應該是第一任宣傳部長陸定一。他是在考慮地方政府的文化部門該如何組織時，一併提到了新聞與出版行業的管理機制問題。陸定一建議：在省及其以下的一般地方政府中，設立文教所或文教局，或者責成教育廳同時作爲中央政府文化部的隸屬機關；設立一個新聞出版處，作爲新聞出版兩署的隸屬機關。〔註 50〕從此以後，新聞出版處，或部分省市的文教局，成爲直接管理民營報紙的官方代表。

新聞出版處，作爲一個機構出現並非中共的首創。它的原型是日僞時期市府設立的宣傳處。日寇投降後，國民黨市府設有編審室，執掌新聞發佈與編審事項。至 1946 年 3 月，國民黨行政院訓令各省市政府增設新聞處，編審室遂與新聞處合二爲一。國民黨行政院關於增設新聞處的訓令非常詳細，規定：各省（市）政府新聞處，負責對外發佈新聞，宣傳政令之責，並應定期接待中外記者，凡當地政情與社會風尚，均應作有計劃之介紹；新聞處設處長一人，由中央宣傳部遴選優秀人員推薦充任之，秉承省主席或市長之命，並受中央宣傳部之指導，主持本處工作，處員 3 人至 5 人（其中至少需有一人熟諳外國語），由省（市）政府就原有中級人員遴選兼充，協助處理處務；新聞處應與省（市）政府所屬各單位經常保持聯繫，省（市）政府所屬各單位並應予以新聞處彙集資料之便利；新聞處每月工作概況，應按月擇要分報行政院及中央宣傳部備查；所需辦公費用，統由省（市）政府原有經費內勻

〔註 49〕張濟順：《從民辦到黨管：上海私營報業體制變革中的思想改造運動——以文匯報爲中心案例的考察》，載韓鋼主編：《中國當代史研究（一）》，北京：九州出版社，2011 年 8 月版，第 47 頁。

〔註 50〕陸定一：《就文化部彙報中提出的問題給周總理的報告》，1950 年×月 18 日，載中國出版科學研究所、中央檔案館編：《中華人民共和國出版史料（1950）》，北京：中國書籍出版社，1996 年 6 月版，第 854 頁。

之。〔註51〕

國民黨時期的新聞處，聯絡各報社工作人員之感情，比送發新聞尤爲重要。不僅須聯絡採訪記者，更需經常接洽寫社論的總主筆、總編輯及新聞編輯。只有在平日用各種社交形式增加感情，先有此準備工夫，遇必要時才可加以運用。在什麼樣的場合運用事先儲備的報社資源呢？根據國民黨北平市政府新聞處記載，當政府發動某項運動時，要請各報紙先造成一種空氣，執行時才能順利推行；政府舉行重大會議時，要請各報寫社論短評加以讚揚；各報對市政者有不愉快之批評時，因與總主筆、總編輯及編輯等素有交誼，亦易設法使此類批評減少。〔註52〕

不能說新中國新聞管理方面的行政建制不受國民黨舊制影響。從設立新聞處這一點來講，就沿襲了國民黨的辦法。在過去解放區的人民政府機構中，並無新聞處的組織，原因是「處在農村環境，新聞事業均屬公營。在東北，即使擁有大中城市，也因私營新聞事業極少，而無設立政府新聞處的必要。」〔註53〕而當中共政權進入私營新聞事業集中的北平、天津、上海等城市，在完成了接管與分配反動報館、通訊社、書店與印刷廠工作後，如何對餘存的尚且合法的私營新聞機構進行管理，就有成立新聞處的必要。按照1949年4月率先成立的北平市人民政府新聞處規劃，其主要業務分兩部分，一是新聞發佈，設立第一科掌理；另一部分，爲私營新聞事業的管理，設第二科掌理。

表5-2：北平市人民政府新聞處人員數量及職務分配（1949年9月）〔註54〕

處長	秘書室		第一科		第二科		總人數
	科員	辦事員	科長	科員	科長	科員	
1	3	1	1	3	0	3	12

如果說國民黨時期，新聞處的公關協調成分較大，與民營報紙之間的關係更多是平行的溝通和利用，而非直接的控制和管理。那麼，新中國成立的新聞處，則和民營報紙構成了上下級關係，從原來橫向的平行關係變成了縱

〔註51〕《敵僞省市政府中設置新聞機構沿革》，1949年8月1日，北京市檔案館：8-1-1-12-15。

〔註52〕同上。

〔註53〕《北平市人民政府新聞處業務組織情況》，1949年9月13日，北京市檔案館：8-1-1。

〔註54〕同上。

向的附屬關係。縱向關係的形成很大程度上借鑒了蘇聯的經驗。1922 年，蘇維埃政權即頒佈了一系列法令和法規，對社會組織重新進行登記並逐步形成了監督控制機制。1927 年，在蘇聯內務部登記的約 7000 家全國性的所謂群眾組織已經完全沒有自治組織的任何要義，變成了蘇維埃國家機器上的衍生品。它們都是「國字號」的變種或是文化娛樂之類無關緊要的團體。這些組織缺乏任何社會積極性和自主能動性。〔註 55〕借鑒蘇聯的社會控制模式，民營報紙之於新聞處，不再是橫向的組織聯動，而成爲垂直型的隸屬結構。

此外，新聞處人員配備也比國民黨舊制有所增加。由於新中國成立後各省市黨報直屬省（市）黨委管轄，級別平行於甚至高於新聞出版處，其它人民團體報刊也有自己的直接領導，新聞處能管的報紙品類就只有民營報紙。而各城市所剩民營報紙寥寥無幾，這就容易發生新聞處直接插手民營報紙的內部事務。

其中一例是天津市新聞出版處之於《新生晚報》。天津市新聞出版處於 1950 年 5 月建立，當年 7 月便試圖影響《新生晚報》的辦報方針。這一影響首先從批評開始。新聞處認爲《新生晚報》「編輯部沒有核心領導。原任總編輯賀照同志因病去長期休養，代理總編輯孫肇延因政治水平關係以及其個人作風傲慢，影響到編輯部內的團結……在編輯內容上表現無原則的趣味化，常以黃色、庸俗的文章充斥篇幅」，等等。〔註 56〕新聞處在事先對晚報內部情況缺乏周密調查的情況下，一開始就使用較生硬的批評，使編輯部人員普遍感到壓力，並出現消極對抗情緒。如一次新聞處對代總編輯孫肇延傳達了經濟保密的指示後，孫回到報社不是組織大家學習，而是散佈「不好幹」的情緒。1951 年 8 月 17 日，天津市新聞出版處召集該報編採人員舉行座談會，會上，該報人員依舊堅持「二分遷就、八分教育、以趣味爲手段，以教育爲目的」的編輯方針，不排斥多採輯奸殺案之類的「社會新聞」來增加報紙銷路。這一次，新聞處開始設法端正該報編輯思想，指出呆板的面孔固然不好，但「海派」的庸俗更是要不得。嗣後，新聞處開始在業務上予以具體幫助，如傳達政府中心工作及重要政策的布置、實施情況等；在發佈市政新聞方面增加了中午向晚報發稿一次；通過報導新聞秘書關係，解除了一些市政單位對

〔註 55〕金雁：《倒轉「紅輪」：俄國知識分子的心路回溯》，第 630 頁。
〔註 56〕天津市新聞出版處：《幫助新生晚報改進報紙工作的經過報告》，1951 年，天津市檔案館：X57-Y-1-52。

晚報記者的關門情況；建議晚報向派出所、文教館、家庭婦女聯誼會等基層的行政或群眾組織發展通訊員；幫助聯繫津市有名望的通俗文藝、曲藝作者和畫家如宮白羽、朋弟等，鼓勵他們用群眾喜愛的形式改編歷史故事。新聞處甚至直接派員參加《新生晚報》的改版設計。〔註 57〕儘管這種直接參與辦報的做法獲得了一些正效應，如報紙發行量從 4500 餘份升至 7000 餘份，但作爲民營報紙的《新生晚報》，其獨立性已不復存在，這爲其 1952 年直接改組爲國有的《新晚報》埋下了伏筆。

再如成都市新聞出版處之於《工商導報》。鑒於《工商導報》政治面貌較爲模糊，有一定的投機色彩和動搖性，1951 年 7 月，新聞處直接主導報社重新締建了內部組織，全報社 156 人中僅有的兩名共產黨員被安置在比較重要的位置。其中一人有嚴重肺病並不能做多少事情，但還是獲任社務委員會副主任委員一職，而社務委員會是報社的最高領導機構。調整後的報社組織，黨、團員占總人數的 16%。〔註 58〕這在民營報紙是一個不低的比例。

其它地區，像廣州、上海等地，新聞處均對民營報紙的銷、停、并、轉起到了主導作用。爲什麼同樣是新聞處的行政管理建制，新中國比之國民黨時期達成了更爲有效的控制？僅僅將原因歸結爲管理層次從橫向變爲縱向，或者行政人員數量的增加，並不能解釋事情的全部，還有必要將視點落到新中國報業結構的締建中去。

5.2.2 以黨報爲中心的「三三」制報業結構

1949 年 11 月 1 日，中共華南分局關於文藝宣傳問題的討論告一段落，涉及報紙出版所獲得的共識是：報紙是政治的鬥爭工具，是言論機關，根據北京經驗，應該嚴肅處理，不能亂出，故擬廣州只出版 3 份報紙：1、黨報——《南方日報》，需要時下設廣州市小報；2、民盟出 1 份報紙；3、工人或工、青、婦出 1 份報紙。〔註 59〕爲了實現這樣的規劃，廣州市軍委會接管了國民黨中宣部所屬《中央日報》，爲「特務分子及地方反動軍閥所把持的」《大光

〔註 57〕天津市新聞出版處：《對當前各報採訪與編輯工作上的幾點意見》，1951 年，天津市檔案館：X57-Y-1-48-52-56。

〔註 58〕中共成都市委秘書處：《工商導報情況初步瞭解的報告》，1954 年 10 月 10 日，成都市檔案館：54-1-312。

〔註 59〕《中共中央華南分局文件彙集》（1949.4～1949.12），第 281～282 頁；轉引自中共廣州市委黨史研究室編：《廣州接管史錄》，第 551 頁。

報》、《建國日報》、《西南日報》、《廣東商報》、《前鋒日報》、《環球報》、《正華報》(即前《中正日報》),勒令與特務分子有關聯的《勞工新聞報》、《星報》、《粵商報》停刊。對《越華報》、《現象報》、《國華報》三張報紙仍允許其繼續出版,在適當時候予以改造。〔註60〕對於民主人士創辦的《每日論壇報》,則允其復刊,同時新創刊了《南方日報》、《廣州工人報》和《華南青年報》。這樣一來,截至1950年3月,廣州市共有報紙7張,其中,黨報一張,係《南方日報》;人民團體報紙兩張,分別是《廣州工人報》和《華南青年報》;民營報紙4張,爲《越華報》、《現象報》、《國華報》和《每日論壇報》。其中,《每日論壇報》又屬於民主黨派報紙。1950年下半年,隨著《越華報》、《國華報》、《現象報》奉命停刊,改組成民盟報紙《聯合報》,《每日論壇報》也歸入其中,廣州的報業格局基本上與剛解放時的規劃相一致。雖之後又陸續有《新商晚報》和《廣州標準行情》兩份民營報紙創刊,但前者由致公黨人司徒美堂創辦,後者的母報香港《經濟導報》也有民主黨派背景,基本沒溢出「黨報——民主黨派報紙——人民團體報紙」的總體佈局。

廣州的報業結構僅僅是全國的一個縮影。像北京的主要報紙,《人民日報》係黨報、《光明日報》係民盟機關報、《工人日報》係人民團體報紙。惟一的民營報紙《新民報》,因其創辦人陳銘德爲民革中央委員,也可算作民主黨派報紙。這種格局的關建或能從著名報人徐鑄成的經歷得到驗證。解放前,出身於《大公報》,後執掌《文匯報》的徐鑄成一向以「不黨」爲榮,剛解放時,他依舊堅持這一原則。1950年某日,周恩來在上海宴請黨外知名人士,席間,總理向徐鑄成表示,希望他參加共產黨。徐當時回答:「如果我們都參加中共,中國豈不就沒有民主人士了嗎?」〔註61〕此事不了了之。抗美援朝期間,民盟的沈志遠與徐鑄成分任抗美援朝華東分會宣傳部正、副部長,沈多次勸說徐鑄成加入民盟未果,直至最後搬出這是「周總理的意見」,徐鑄成才不好拒絕,最終加入民盟。其後,上海《文匯報》的一大批骨幹也被民盟吸收。〔註62〕足見,中共確實有將民間報人統戰進入內部機制

〔註60〕華南分局宣傳部:《關於新聞出版接管工作概況和處理方法致新華總社並轉中央宣傳部函》,1949年11月7日,《中共中央華南分局文件彙集》(1949.4～1949.12),第292～293頁;轉引自中共廣州市委黨史研究室編:《廣州接管史錄》,第553頁。

〔註61〕李偉:《徐鑄成傳》,桂林:廣西師範大學出版社,2008年7月版,第196頁。

〔註62〕李偉:《徐鑄成傳》,第197頁。

的動機及行動。

黨報—民主黨派報紙—人民團體報紙，這種報業結構的締建源於抗戰期間根據地奉行的「三三制」。「三三制」原指政權建設上的人員配置：「共產黨員占三分之一，非黨的左派進步分子占三分之一，不左不右的中間派占三分之一」，〔註 63〕挪移到辦報策略上，即一方面從中央到地方層層創辦黨報黨刊，起輿論主導作用；一方面將部分民營大報改組或改造成進步的「民主報刊」，同時保留少部分具有中間性質，滿足一般「落後市民」文化娛樂需要的純文化類報紙雜誌，達成既可輿論控制，又有民主之相的政治目標。〔註 64〕

歸根結底，這種結構的實質是將人納入到組織之網。「工人有工會，農民有農會，婦女有婦聯，青年有青年團，少年有少先隊，教師有教育工作者聯合會，文學藝術工作者有文聯、作協、劇協、影協、美協、音協……社會上的一切人、一切職業，莫不有其組織。」〔註 65〕這些組織都與一定的行政、政治權力相聯繫，對它的成員有著實際的約束作用。此種機制在蘇聯已有先例，恰如高爾基所形容的，一個個「黨的機器上的螺絲釘」的存在，使知識分子成堆的地方，再也不會有敢於抗衡體制的個人和非官方團體了，以後所有的社團都是「黨的」，都必須服從黨的政治戒律。〔註 66〕

報紙成員同樣受組織約束。且不提黨報和人民團體報紙，即便是逐漸被納入民主黨派序列的民營報紙，其爲組織控制的痕跡也非常鮮明。像徐鑄成加入民盟後，歷任民盟中央委員、民盟參議會常務委員、民盟上海市委委員、常委兼宣傳部長等職。〔註 67〕爲了所在黨派的安全，他都不可能任由自己掌管的報紙與執政黨過不去。即便 1957 年《文匯報》被指向黨猖狂進攻，卻也並非眞的進攻，而是太過於遵循黨的「百花齊放、百家爭鳴」方針了。

新中國「三三制」報業結構的締建，看似三者並行發展，實際上卻是參差佈局，黨報是所有報紙的絕對核心。在多座城市，黨報的負責人同時兼任

〔註 63〕毛澤東：《抗日根據地的政權問題》，1940 年 3 月 6 日，《毛澤東選集》，第 736 頁；轉引自楊奎松：《新中國新聞報刊統制機制的形成經過——以建國前後王芸生的「投降」與〈大公報〉改造爲例》，載《中國當代史研究（二）》，第 51 頁。

〔註 64〕楊奎松：《新中國新聞報刊統制機制的形成經過——以建國前後王芸生的「投降」與〈大公報〉改造爲例》，載《中國當代史研究（二）》，第 51 頁。

〔註 65〕于風政：《改造：1949～1957 年的知識分子》，第 57～58 頁。

〔註 66〕金雁：《倒轉「紅輪」：俄國知識分子的心路回溯》，第 114 頁。

〔註 67〕李偉：《徐鑄成傳》，第 198 頁。

新聞出版處或其它職能部門的職務。像廣州新聞出版處處長王匡，任此職期間，還兼任新華通訊社華南總分社第一任社長。1952 年 8 月，王匡調任中共華南分局宣傳部副部長一職時，兼任《南方日報》的第三任社長；《南方日報》首任副社長楊奇，任職期間兼任廣東省新聞出版處處長；上海《解放日報》社社長、總編輯惲逸群，不僅兼任華東新聞學院院長，還任職華東新聞出版局局長；《解放日報》社副社長陳虞孫，兼任上海市新聞出版處處長。如此官報一體的模式，形成了以黨報爲核心的報管報的格局，進一步約束了民營報紙的自主運營。像在上海，就曾經發生《大公報》總編輯王芸生向時任《解放日報》社社長、總編輯張春橋做檢討的事情。1952 年 2 月 22 日，《大公報》一版擇引《新華日報》的「奸商趙金峰竟向解放軍猖狂進攻」新聞，文中涉及三野七兵團及其所屬各軍番號，被定性爲泄露國防秘密。同一天，《大公報》第二版刊登了《盧作孚病逝》的消息。按照官方統一口徑，盧作孚是「畏罪自殺」，《大公報》這樣處理算是「失實」。事發之後，王芸生聯繫新聞出版處負責人未果，只能到《解放日報》，向張春橋〔註 68〕解釋報導經過並自請處分。根據張春橋的指示，王芸生記過一次，李純青、孔昭愷、劉克林、周雨警告一次。〔註 69〕具有國際影響力的《大公報》總編輯竟然向上海市委黨報《解放日報》總編輯自請處分，單此事例，已能說明黨報位居報界權力中心的地位。

黨報的權威還體現在培訓和輸出新聞骨幹。像江蘇省委機關報《新華日報》曾受命創辦新聞培訓班，爲解放軍接管大西南準備一批新聞骨幹。《新華日報》利用這個機會也爲南京新聞出版系統和自身培養了一批記者、編輯。當時原計劃招生 150 人，但報名參加訓練班的學生非常踊躍，短短幾天就達 1623 人，最後報社正式錄取加上有關部門保送的學員共 234 人，其中大學生 125 人，專科生 35 人，高中生 66 人，師範生 8 人。新聞訓練班於 1949 年 7

〔註 68〕張春橋時任《解放日報》社長兼總編輯。1951 年 10 月 3 日，中共中央華東局通知，調原解放日報社社長惲逸群至華東局宣傳部工作，其遺職由張春橋接替。張春橋自 1951 年 10 月 9 日起，至 1955 年 2 月，一直兼任《解放日報》社長及總編輯，1955 年 2 月至 8 月，任《解放日報》總編輯。參見《解放日報 1951 年大事記》，解放日報報史辦公室編：《解放日報新聞日報報史資料》②，第 300 頁；另見《解放日報組織史資料》，解放日報報史辦公室編：《解放日報新聞日報報史資料》①，第 216 頁。

〔註 69〕上海大公報編輯部：《關於報導嚴重泄密錯誤問題的檢查報告》，1952 年 2 月 23 日，上海市檔案館：B35-2-65-28。

月 10 日正式開學，學習時間共 50 天，結束時實有學員 216 人，有 17 人因病因事退學，1 人被開除。其中 107 人參加了西南服務團；41 人被分到新華社二野和三野總分社工作；29 人被分到安徽省的新聞單位；20 人留在報社工作（其中 3 人到南京人民廣播電臺）。〔註 70〕類似《新華日報》的培訓工作，建國伊始，許多城市黨報均參與了新聞骨幹的培訓或對新聞從業人員的再教育。那些由黨報速訓出來的新聞幹部不斷進入報界，勢必改變黨報與民營報紙工作人員的力量對比。與此同時，一些在黨報工作過的新聞骨幹也奉命向民營報紙流動。南京《新華日報》的陳向東、李震、楊天南、李承郃等人參與過扶持《新民報》和《南京人報》等民營報紙的工作，陳向東還在 1951～1952 年間，擔任過《南京人報》的總編輯。〔註 71〕曾任延安《解放日報》編輯部主任的楊永直繼擔任南京《新華日報》社長後，調任《解放日報》，1954 年又赴北京擔任《大公報》黨組書記，副社長。這種自黨報向民營報紙的人員流動，主要發生在管理層，必然會對民營報紙的傳統造成衝擊。

5.2.3 作爲權力中心的報業黨組

民營報紙之所以有此命名，其核心價値在於「民」字。雖然報紙運作未必處處體現民眾立場，但因其主要經濟來源取之於民間訂閱和市場化的廣告，與政權或黨派保持一定的距離也是不可不爲之事。這樣一來，民營報紙中起主導作用的往往是以業務見長者，或主筆制，或總編輯制，或社長制，或編輯部與經理部門協商主政。民營報紙一般來講重業務勝過重政治。但在新中國新的政治環境下，民營報紙的傳統運作方式遇到了挑戰。

曾任《文匯報》副總編輯的張樹人撰文回憶，因《文匯報》的民營屬性，即便 1953 年變爲公私合營性質，也還是不夠資格「列席旁聽市委的有關會議，不能單獨發給中央文件和電報。」這樣一來，報社對黨和國家的政策、指示知之甚少。有時記者在採訪時聽到一些指示精神，有頭無尾，殘缺不全，很難作爲指導工作的依據。在這種盲目性很大的狀況下，工作十分困難，唯恐出錯，提心弔膽。社論也不好寫，只好少發表言論。那些機關報的社論可以代表領導機關要求讀者「應該」如何、「必須」怎樣，而《文匯報》作爲一張

〔註 70〕新華日報網、揚子晚報網：《〈新華日報〉創刊 70 週年特別專題》，2008 年 1 月 11 日，http://zl.xhby.net/xhrb70/。

〔註 71〕同上。

公私合營報紙，「她能代表誰、指導誰呢？因此，只好不寫、少寫，即使發表評論，只能以『我們』或『我們認為』說話，偶而也用『我們教育工作者』表態。」〔註 72〕

張樹人是以中共黨員身份調入《文匯報》的。作為黨內人士，他都有工作難做的感受，何況《文匯報》那些黨外人士了。該報總編輯徐鑄成曾經回憶他到北平參加新政協會議期間與同鄉儲安平的一席談話。儲告訴他自己到東北旅行所寫的 25 萬字旅行記，材料甚新，特別注重人事制度及工作效率，胡喬木看後極為讚賞，力促付梓出版。儲又說，自己出發前及回來後，都與領導同志商談，反覆請教。儲的這番話對徐鑄成刺激頗大，他在當天的日記中寫道：「甚矣，做事之難，《文匯報》之被歧視，殆即由余之不善應付歟？余遇事諾諾，唯唯聽命，《文匯報》亦不會有今日。以性難移，要我俯首就範，盲目聽從指揮，寧死亦不甘也。」〔註 73〕

徐鑄成「寧死亦不甘」的做法無非是少寫或者不寫。過去一向敢言善言，行為激進的《文匯報》突然間沒了性格，「國際新聞版被擠掉了，政治思想版又多半是剪報稿件，讀者不愛讀」；報紙銷路「1951 年底一個月就跌去 3000 多份，僅發行一萬二三千份，到了最低點」；職工工資「常常脫期，還打折扣，年終雙薪也無著落。編輯部夜點僅供蘿蔔乾、稀飯」；「報社一些骨幹人員又陸續離去」。〔註 74〕這樣的形勢由不得徐鑄成不甘。同為民營報紙的《大公報》、《新民報》等都遭遇了和《文匯報》一樣的困境。

這時候，如果有一個組織，可以適時聯席各報座談，安排他們聽取主管部門的宣傳指示及華東局，市級各部、會、局、處負責首長的報告。試想，這些民營報紙誰會拒絕參加呢？這個組織就是全國新聞工作者協會上海分會，儘管它表面上屬於「群眾性」的行業組織，但在其中發揮作用的卻是新協黨組——黨的分支機構。1950 年 7 月 19 日，上海新協黨組正式成立，由上海市委宣傳部派出人員及指定的非黨報紙黨員共 10 人組成，解放日報社副社長陳虞孫為書記。新協黨組的主要任務是「保證市委宣傳方針及經營方針在各報的執行」；「瞭解各報業務、一般思想情況及問題，有組織地向黨反映，

〔註 72〕張樹人：《我在文匯報的三年》，載《文匯報回憶錄 2：在曲折中行進》，第 141～144 頁。

〔註 73〕徐鑄成：《徐鑄成回憶錄》，第 203 頁。

〔註 74〕莊人葆：《憶「救報運動」》，載《文匯報回憶錄 1：從風雨中走來》，第 111～113 頁。

並謀解決辦法」；「掌握統戰政策，搞好黨群關係」；向市委或直接的領導反映「各報行政、黨、團、工會之間的不適當關係」並提出調整建議。在新協黨組實際存在的 4 年多時間，其主要活動前接上海各非公營報的分工調整，後續公私合營的體制改革及思想改造運動。〔註 75〕

從此，黨組這樣一個特別的機構開始滲入到民營報紙的管理層面。首先是消解民營報紙以業務爲主導的辦報方針，將政治覺悟鎔鑄其中，繼而出現業務與政治並舉的雙重領導核心。隨著民營報紙中黨員的增多，報社內部建立黨組，黨的領導開始凌駕於業務管理之上，成爲報紙中絕對的權力中心。

民營報紙中首先成立黨組的是《大公報》。1953 年，已完成公私合營的上海《大公報》北遷天津與《進步日報》合併出版，至 1954 年，「內容已有改進，發行數已增至 9 萬 5 千份，經營方面每月已有盈餘。」爲了加強《大公報》工作，中宣部增派中共黨員楊永直、袁毓明參加該報的領導工作，楊任副社長，袁任總編輯。這次調整的重要目的，是成立了《大公報》黨組，由楊永直、孟秋江、李純青、袁毓明、李光詒、潘靜遠、姚仲文七人組成。楊永直爲黨組書記，孟秋江爲副書記。上述名單中，楊永直雖爲副社長，但因其黨組書記的職務，已成爲《大公報》排名第一的人物，總編輯袁毓明同時兼任黨組成員，《大公報》這張著名的民營報紙已經完成了民報黨管的建構。因只有「黨組成員可同中央和各省市財經部門黨員負責人建立必要的聯繫」，中宣部也只是「通過該報的黨組實現黨的領導」，〔註 76〕王芸生雖然還是《大公報》社長，實際上已被擠到權力的邊緣。

緊隨其後，《新聞日報》於 1955 年成立了黨組，由魏克明、魯平、鄒凡揚、許彥飛、梁古今組成，魏克明爲黨組書記。其直接的領導機構爲市委宣傳部。〔註 77〕上海文匯、新民兩報黨組建制工作，也於 1957 年 5 月完成。〔註 78〕

除了在民營報紙內部加強黨的領導，上海新協黨組在宣傳部的授意下，還對各報採取編委聯繫制度。如《文匯報》的編委增加了教育工會、市青委、

〔註 75〕張濟順：《一九四九年前後的執政黨與上海報界》，《中共黨史研究》，2009 年第 11 期。

〔註 76〕中央宣傳部：《關於大公報若干問題的通知》，1954 年 10 月 6 日，北京市檔案館：043-001-00022-4-5。

〔註 77〕中共上海市委員會：《關於改進新聞日報工作的通知》，1955 年 11 月 5 日，上海市檔案館：A45-1-2-66。

〔註 78〕張濟順：《一九四九年前後的執政黨與上海報界》，《中共黨史研究》，2009 年第 11 期。

華東教育局等部門的負責人；《新民報》的編委融入了民政局、衛生局、體委等政府職能部門的代表；《新聞日報》則吸收了來自財委、工商局、市聯社等商業系統的領導幹部參加編委會工作。〔註 79〕上述「社外編委」無疑代表著他們身後的權力部門，顯示著黨的領導力量。如《文匯報》的正副社長雖分別是徐鑄成、嚴寶禮，但社外編委，就有新協黨組書記陳虞孫、市教育局長戴白韜這樣的重量級人物。〔註 80〕這一新型的組織模式雖然便利了報紙對相關政策的瞭解及與各行政部門的通聯，但也同時將報紙置於政府部門的橫向關係網絡中，弱化甚至消解了報紙特有的輿論監督職能。〔註 81〕

經過黨組建制等一系列黨化工作，原本在民營報紙中並無起色的建黨工作迅速推進，《文匯報》在 1949 年復刊時只剩下一名黨員，1953 年公私合營後，從教育局等系統調入 5 名，加上在報社新發展的黨員，截至 1954 年年底，已有 13 名中共黨員。到了 1955 年，該報僅編輯部的黨員已近 10 人，其中包括像唐海、劉火子這樣的《文匯報》元老級人物。〔註 82〕更爲重要的是，報紙中的非黨人士也已形成「堅決服從黨的決定」的思維。像 1956 年春，《文匯報》一度停刊改出《教師報》，儘管浦熙修等人覺得這種做法割斷《文匯報》

〔註 79〕上海新協黨組：《新聞、文匯、新民三報執行編委聯繫制度情況》，1953 年 5 月 12 日，上海市檔案館：G21-1-32-3。

〔註 80〕張濟順：《一九四九年前後的執政黨與上海報界》，《中共黨史研究》，2009 年第 11 期。

〔註 81〕不宜全面否定社外編委制度。在一定歷史階段，此制度在充實報紙內容，發揮集體智慧方面也會起到積極作用。如《文匯報》在 1956～1957 年「雙百」方針實施期間，對社外編委聘請轉向文化知識界。1956 年聘請的涉外編委共 14 人，分別是美術家、上海市文聯副主席賴少其，戲劇與戲劇教育家熊佛西，中國作家協會上海分會書記處書記孔羅蓀、唐弢，經濟學家、上海市哲學社會科學學術委員會副主任沈志遠，出版家、上海市政協副主席舒新城，上海市體育運動委員會黨組書記李凱亭，上海市文化局副局長陳虞孫，文學翻譯家傅雷，文學翻譯家、上海師範大學外文系主任周煦良，復旦大學歷史系教授周谷城，復旦大學副教務長、新聞系主任王中，解放日報編委夏其言，上海市哲學社會科學學術委員會秘書長羅竹風。這些社外編委爲當時的《文匯報》出了不少好主意，寫了不少有價值的文章。參見羅竹風：《社外編委：文匯報的創舉》，載《文匯報回憶錄 2：在曲折中行進》，第 180～186 頁。

〔註 82〕張濟順：《從民辦到黨管：上海私營報業體制變革中的思想改造運動——以文匯報爲中心案例的考察》，載韓鋼主編：《中國當代史研究（一）》，第 87 頁。另見張樹人：《我在文匯報的三年》，載《文匯報回憶錄 2：在曲折中行進》，第 140～141 頁。

傳統，但還是服從上級指示，浦熙修還親自出馬請毛澤東題寫報名。〔註 83〕

直至今日，即便大陸中國的報業結構已經發生了重大改變，報業實體吸收民間資本現象絡繹不絕，甚至多家黨報業已上市。但是，報業市場的主體部分依舊是以黨報爲核心建構的報業集團，而在報業集團內部，黨組是毫無疑問的權力中心，它的成員依舊來自黨內系統的任命和指派。

5.3 新聞發佈源高度統一

按照社會學者的觀點，1949 年中共執政後，建立的是一個總體性社會，國家對大部分資源直接壟斷，政治、經濟和意識形態高度重疊，即意識形態是總體性的，政治是高度意識形態化的，經濟與其它社會生活是高度政治化的。在這種情況下，過去的「國家—民間精英—民眾」的三層結構變爲「國家—民眾」的二層結構。因國家直接面對民眾，中間缺少緩衝，社會秩序便完全依賴於國家控制的力度，社會動員能力極強，便於利用全國性的嚴密組織系統，動員全國的人力物力資源，以達到國家目標。〔註 84〕

總體性社會的提出顯然借助了馬克思主義的總體性的觀點。對建構正統的馬克思主義卓有貢獻的匈牙利思想家盧卡奇如此解釋總體性，他說，如果我們需要理解某一特別的歷史事件或過程，就必須把它看作一個具體的整體的一個方面。〔註 85〕他援引了馬克思著作中的例子，如「黑人就是黑人。只有在一定的關係下，他才成爲奴隸。紡紗機是紡棉花的機器。只有在一定關係下，它才成爲資本。脫離了這種關係，它也就不是資本了，就像黃金並不是貨幣，砂糖並不是砂糖的價格一樣」。〔註 86〕儘管馬克思並未將總體性哲學落實到國家及社會形態的建構，但是像安東尼奧·葛蘭西以及盧卡奇這樣的西方馬克思主義「開啓者」，均關注到個體與總體的關係。葛蘭西在探討「總體的人」或「社會一致」的問題時強調，國家的教育的作用，是使廣大人民群眾的「文明」和道德規範符合生產結構不斷發展的需要，從而形成一代新

〔註 83〕謝蔚明：《能幹的女將——浦熙修與文匯報》，《文匯報回憶錄 1：從風雨中走來》，第 425 頁。

〔註 84〕孫立平等：《中國社會結構轉型的中近期趨勢與隱患》，《戰略與管理》，1998 年 05 期。

〔註 85〕〔匈〕盧卡奇：《歷史與階級意識》，譯序第 5 頁。

〔註 86〕《雇傭勞動與資本》，《馬克思恩格斯全集》第 6 卷，第 486 頁。

人。而如何使得每一個人能夠加入總體的人並融爲一體？除了不斷進行教育以外，還應將「不歸法律管」而屬於市民社會範圍的那些活動也包括進去，通過施加集體的壓力而獲得客觀上的效果。〔註 87〕盧卡奇在解釋類似現象時，使用了「黨在生成」這一互動式描摹。〔註 88〕

無論是葛蘭西還是盧卡奇的理論預設，都在新中國的政治實踐中獲得了印證。對建國初期這段歷史的考量首先要基於總體性的判斷。新中國成立時，維持中國傳統社會兩千年的「國家—民間精英—民眾」的三層結構早已解體。從晚清末年開始，作爲社會中間層的民間精英——早期的士紳，已經分化成四個方向：近代工商業者、近代知識分子、新式軍人和依舊留在農村的鄉紳，後者大多成爲土豪劣紳。這種分化使得社會失去了自組織的能力。鴉片戰爭開始至新中國成立百多年的時間裏，中國一直缺乏能定型社會基本制度框架的社會力量，最終結果，就是頻繁的社會動蕩。孫立平等社會學學者將上述狀況稱爲「總體性危機」。新中國成立後，民間精英分化成的四股力量，尚不具備整合到一起的動力，如果任其自然發展，勢必延續以往的社會混亂，不僅對新政權造成威脅，也不符合絕大多數中國人對社會穩定的期待。在當時內憂外患的情況下，期待社會結構的重建必然是遠水解不了近渴。惟有通過政治整合來實現社會重組，才能快速制止總體性危機的延續。

盧卡奇在其理論預設中曾經提到無產階級的「倫理學」，並認爲黨是這一倫理學的支柱。他理解的「黨在生成」，是指黨若能發揮正確的階級行動的道義力量，那麼會在實際的現實政治中取得豐碩成果。這是因爲黨的道義力量是由「受經濟發展的逼迫而進行反抗的、自發革命的群眾的信任提供的」，只有當黨取得這種信任並且值得這樣信任時，它才能成爲革命的指導者，群眾的自發欲望才會越來越出於本能地湧向黨的方向。〔註 89〕客觀來講，如果不是中國共產黨在 1949 年獲得了這種信任，也不可能有效地使用強力來推進高度意識形態化的政治整合乃至經濟整合：被殖民的歷史終結了，頻仍的戰亂結束了，一盤散沙的社會被高度組織起來，強大的動員能力使國家快步走上經濟建設之路。

〔註 87〕〔意〕安東尼奧·葛蘭西著，李鵬程編：《葛蘭西文選》，北京：人民出版社，2008 年 8 月版，第 186 頁。

〔註 88〕〔匈〕盧卡奇：《歷史與階級意識》，譯序第 10 頁。

〔註 89〕〔匈〕盧卡奇：《歷史與階級意識》，第 96～97 頁。

馬克思主義的總體性哲學為何被盧卡奇視為正統，恰恰是這個道理：一定的歷史條件決定了一定的歷史過程。但一切通過強力灌壓而不是順著自然規律達成的政治整合，必然會有明顯的後遺症：國家動員能力極強，但民間社會極弱，社會生活的運轉只能依賴行政系統；國家直接面對民眾，中間缺少緩衝，社會的自組織能力弱；社會中身份制盛行，結構僵硬；缺少自下而上的溝通，民眾的意見凝聚缺少必要的組織形式。

無論是政治整合的正向和反向作用都可以導致民營報紙的退場。政治整合首先要達成強有力的社會動員，通過統一口徑使社會生成「總體」的、「一致」的思想，這必然剝奪了民營報紙獨立發聲的權利；政治整合的另一個後果是移除國家與民眾之間僅存的為數不多的民間精英的影響，這意味著本不成熟的公共領域徹底失去了存在的可能，而它恰恰是民營報紙所在的空間。因此，要分析民營報紙消失的原因，不能離開國家政治整合的歷史情境。而在整合過程中，首要的策略就是統一口徑。反映在新聞出版業，即是對新聞發佈的高度壟斷和嚴格管理。

5.3.1 統一發佈制度的沿革

中國共產黨注重宣傳的傳統與建黨時間一樣長。

1921 年 7 月，中共一大做出的第一個決議，即把「宣傳」列為第二大條目，其中提到：「一切書籍、日報、標語和傳單的出版工作，均應受中央執行委員會或臨時中央執行委員會的監督。」〔註 90〕

1923 年 10 月，《教育宣傳委員會組織法》獲得通過，該辦法將宣傳落實到組織層面，要求中共各地方委員會必須選定一人負責教育宣傳。〔註 91〕

1924 年 5 月，《黨內組織及宣傳教育問題議決案》獲得通過，在此決議中，開始出現了中央宣傳部的稱謂，並提到在全國進行政治宣傳規劃的重要性。〔註 92〕

1925 年 2 月，中國共產黨第四次全國大會通過《對於宣傳工作之議決案》，

〔註 90〕《中國共產黨第一個決議》，1921 年 7 月，載《中國共產黨宣傳工作文獻選編（1915～1937）》，第 325 頁。

〔註 91〕《教育宣傳委員會組織法》，1923 年 10 月，載《中國共產黨宣傳工作文獻選編（1915～1937）》，第 555 頁。

〔註 92〕《黨內組織及宣傳教育問題議決案》，1924 年 5 月，原載《中國共產黨黨報》第 3 號，轉引自《中國共產黨宣傳工作文獻選編（1915～1937）》，第 575 頁。

強調「各黨員對外發表之一切政治言論，尤其是在國民黨中發表之一切政治言論，完全應受黨的各級執行機關之指揮和檢查」。〔註 93〕

1925 年 10 月的《宣傳問題議決案》開始涉及到宣傳要預先規劃，對那些能夠引起全國各階級注意的某一事件或問題，應「徵調全黨的力量及一切勢力」進行宣傳動員。〔註 94〕

1940 年 10 月 14 日，中宣部《關於充實和健全各級宣傳部門的組織及工作的決定》，第一次具體地捋順了黨的宣傳工作範疇，其中較爲重要的內容是：領導和進行黨外的宣傳及鼓動工作；領導和進行黨內的教育工作；指導和推進國民教育和文化活動；領導和組織黨報的出版與發行，並編審和出版各種書籍、教材及宣傳品。〔註 95〕

1941 年 5 月 25 日，中央書記處下發的《關於統一各根據地內對外宣傳的指示》，堪稱根據地時期「保障全黨意見與步調一致」的綱領性文件。該指示強調：「一切對外宣傳均應服從黨的政策與中央決定」，「各軍事領袖不得軍委許可不准公開發表有關全國性的意見，凡牽涉到全國性意義的重要政治事變，任何中央局、中央分局、省委、區黨委負責同志及任何軍事首長，在中央未指示前，不得公開發言」。該指示還規定，一切對外宣傳工作的領導應統一於宣傳部，各地應經常接收延安新華社的廣播，「沒有收音機的應不惜代價設立之。」〔註 96〕這一文件不僅嚴格將言論之公開統一到中央，還第一次把新華社視作對外宣傳的主流渠道。

1941 年 6 月，中宣部確定了宣傳鼓動的方法，分別就「要講什麼」、「對什麼人講」、「要達到什麼目的」、「怎樣講」做出具體規定。也是在這一次，中宣部強調，「全黨的宣傳鼓動工作必須統一在中央總的宣傳政策領導之下。如

〔註 93〕《對於宣傳工作之議決案》，1925 年 2 月，原載 1925 年 2 月《中國共產黨第四次全國大會議決案和宣言》，轉引自《中國共產黨宣傳工作文獻選編（1915～1937）》，第 620 頁。

〔註 94〕《宣傳問題議決案》，1925 年 10 月，原載 1925 年 10 月《中國共產黨擴大執行委員會決議案》，轉引自《中國共產黨宣傳工作文獻選編（1915～1937）》，第 656 頁。

〔註 95〕《中央宣傳部關於充實和健全各級宣傳部門的組織及工作的決定》，1940 年 10 月 14 日，原載 1940 年《共產黨人》雜誌，轉引自《中國共產黨宣傳工作文獻選編（1937～1949）》，第 167 頁。

〔註 96〕《中央關於統一各根據地內對外宣傳的指示》，1941 年 5 月 25 日，原載 1941 年出版的《六大以來》，轉引自《中國共產黨宣傳工作文獻選編（1937～1949）》，第 236～237 頁。

果各自爲政的不履行中央統一的宣傳政策的方針，這是非常危險的。」〔註97〕

1942年3月16日，中宣部下發改造黨報的通知，明確表述「報紙是黨的宣傳鼓動工作最有力的工具」，報紙的主要任務是「宣傳黨的政策，貫徹黨的政策，反映黨的工作，反映群眾生活」。該通知基本否定了報紙具有「新聞紙」的功能，認爲報紙若以極大篇幅爲國內外通訊社登載消息，「那麼這樣的報紙是黨性不強，不過爲別人的通訊社充當義務的宣傳員而已。」〔註98〕

1946年3月8日，鑒於承德解放區工作人員反應「我們的報紙整天只看見解放區挨打退守，大後方特務橫行，民主勢力受打擊的消息」，導致謠言四起，物價飛漲，中宣部下發通知，要求「地方情況愈困難，則地方報紙愈應少登人民受損失的情形，而多登人民勝利的情形，以壯自己志氣」。〔註99〕這則通知暗示了正面宣傳的原則。

1948年4月2日，毛澤東發表對《晉綏日報》編輯人員的談話，主張「黨所進行的一切宣傳工作，都應當是生動的，鮮明的，尖銳的，毫不吞吞吐吐」，「用鈍刀子割肉，是半天也割不出血來的。」〔註100〕這一論點實則肯定了報紙的論戰風格，這是政黨報刊的一貫特徵。

1948年6月5日，中共中央出臺《關於宣傳工作中請示與報告制度的規定》，要求：各地黨報必須執行由各地黨的負責人看大樣的制度，每天或每期黨報的大樣須交黨委負責人或黨委所指定的專人作一次負責的審查；各地黨報的社論、編者按及對讀者政治性、政策性問題的答覆，必須由黨委的一個或幾個負責人閱正批准後才能發表；凡各級黨委及其負責人，對有關全國性或全黨性問題的言論，若內容有不同於中央現行政策和指示者，均應事前將意見和理由報告中央批准，否則，不得發表。〔註101〕此文件的意義十分重大，

〔註97〕《中央宣傳部關於黨的宣傳鼓動工作提綱》，1941年6月20日，原載1941年8月《共產黨人》，轉引自《中國共產黨宣傳工作文獻選編（1937～1949）》，第253～260頁。

〔註98〕《中共中央宣傳部爲改造黨報的通知》，1942年3月16日，載《解放日報》，1942年4月1日。

〔註99〕《中央宣傳部關於廣播、報紙宣傳方針的通知》，1946年3月8日，轉引自《中國共產黨宣傳工作文獻選編（1937～1949）》，第619～620頁。

〔註100〕毛澤東：《對〈晉綏日報〉編輯人員的談話》，1948年4月2日，《毛澤東選集》第4卷，第1322頁。

〔註101〕《中共中央關於宣傳工作中請示與報告制度的規定》，1948年6月5日，原載1949年6月《政策彙編》，轉引自《中國共產黨宣傳工作文獻選編（1937～1949）》，第698頁。

其內容成爲新中國成立後新聞規制的重要組成部分，相當於新聞與言論統一口徑的綱領性文件。

1948 年 10 月 13 日，因《人民日報》10 月 10 日刊登的「抗災」新聞三分之二以上篇幅詳細列舉各區各種災情，「甚至把雞瘟和狼咬人都搜羅在內」，「構成一幅黑暗的圖畫」，中宣部發出糾正宣傳中「客觀主義」偏向的指示，提到「忽視積極的鼓舞乃是我們的宣傳工作中所不許可的『客觀主義』傾向的一種表現」。中宣部提議《人民日報》再寫文章，應著重宣傳生產救災的成績。〔註 102〕這一文件通過否定「客觀主義」，進一步指明了正面報導的宣傳方向。

1949 年 1 月 18 日，中共中央發佈了「對處理帝國主義通訊社電訊辦法的規定」，要求各地所有私營報紙及通訊社，一律不得擅自設立收報臺抄收外國通訊社電訊，也一律不得登載各帝國主義國家通訊社的電訊。

1949 年 2 月 20 日，中央指示平津兩市委，停止外國通訊社、記者、報紙雜誌的活動，並將對北平人民發表了「誹謗性報導」的穆薩基昂兩位外國記者驅逐出境。〔註 103〕

1949 年 3 月，針對《天津日報》將一則言稱「解放區經濟基礎比國民黨更爲脆弱」，「未來的遠景則爲畫餅充饑」的讀者來信刊登在一版顯著位置，中宣部、新華總社聯合下發通知，指出《天津日報》刊登這種「惡意的攻訐和誹謗」的文字，有失立場。中宣部指示，對於讀者來信，應善於分析和鑒別。在報上公開答覆，可有幾種辦法：「或將來信全部披露，或只摘錄來信的一部分，或根本不刊來信，而只刊載編者的答覆，決不可視同一律，無原則地有問必答，或答必刊載全部來信，以致爲壞分子所利用」。鑒於《天津日報》的這次紕漏，中宣部規定：「報紙的問答欄稿件，必須經當地黨委負責人審查，其中關係重大者，須請示上級黨委，涉及政策性問題而中央尚未發表過意見的，應經中央批准。」〔註 104〕

〔註 102〕《中央宣傳部關於宣傳中「客觀主義」偏向給華北局的指示》，1948 年 10 月 13 日，轉引自《中國共產黨宣傳工作文獻選編（1937～1949）》，第 741～742 頁。

〔註 103〕《中央關於停止外國通訊社、記者、報紙雜誌的活動和出版給平津兩市委的指示》，1949 年 2 月 20 日，轉引自《中國共產黨宣傳工作文獻選編（1937～1949）》，第 796～797 頁。

〔註 104〕《中央宣傳部、新華總社關於報紙「信箱」問題給〈天津日報〉社的指示》，1949 年 3 月，轉引自《中國共產黨宣傳工作文獻選編（1937～1949）》，第 809

1949 年 6 月 15 日，中央宣傳部批轉華東局關於加強宣傳工作紀律性的指示，規定：非新華總社發佈的新聞，不得用作宣傳內容；不得將黨內、部隊內書報外傳；不得將黨內指示的內容作爲對外的宣傳資料；各機關的報紙通訊員所寫的稿子，應經該機關領導人審查後，送黨報審查發表，不得將工作經驗、工作動態、會議消息文稿等，直送私營的、非黨的報刊隨意發表；對當地記者訪問認爲有必要答覆者，只能由當地最高軍政機關首長及其指定的代表統一置答，其內容不得與黨的原則牴觸。有關外交問題及全國性的重大問題，均須事前請示中央。〔註 105〕

1949 年 11 月，中宣部發出《關於克服新聞工作系統中無政府無紀律現象、堅持請示報告制度的指示》，在羅列了西北、新疆等幾個地方未經新華總社同意擅自發稿後，強調新聞工作中的請示審查制度是一項防止犯錯的重要步驟，是統一國家宣傳的保障，破壞請示審查制度是絕對不能允許的無政府無紀律狀態。〔註 106〕

1949 年 12 月 9 日，中華人民共和國政務院召開第十次會議，通過《中央人民政府新聞統一發佈暫行辦法》。規定凡須經過中央人民政府委員會、政務院、人民革命軍事委員會、最高人民法院和最高人民檢察署通過或同意的一切公告，以及須經上述機構負責首長同意後發佈的一切公告性新聞，均由新華社統一發佈。〔註 107〕這是新中國第一部專門確立新聞發佈制度的行政規範。

1950 年 1 月 12 日，新聞總署下發報紙採用新華社電訊的辦法，規定：各報可斟酌取捨新華社電訊，但採用時一律不得增改。通俗報和小型報因篇幅限制和讀者需要不同，對於新華社電訊之普通新聞稿，可以節刪，或改寫爲更通俗的文字，但節刪後不應再用新華社電訊名義，而應改用「本報訊」，並加「據新華社×日電訊」字樣。對於最重要的公告不得節刪，但可以附加通俗解釋。等等。

～811 頁。

〔註 105〕《中央宣傳部批轉華東局關於加強宣傳工作紀律性的指示》，1949 年 6 月 15 日；《華東局關於加強宣傳工作紀律性的指示》，1949 年 5 月 20 日。轉引自《中國共產黨宣傳工作文獻選編（1937～1949）》，第 832～836 頁。

〔註 106〕《中宣部關於發佈軍事新聞的指示》，1949 年 11 月 22 日，載中國社會科學院新聞研究所：《中國共產黨新聞工作文件彙編（上）》，第 327 頁。

〔註 107〕《中央人民政府政務院關於統一發佈中央人民政府及其所屬各機關重要新聞的暫行辦法》，1949 年 12 月 9 日。

1950 年 3 月，劉少奇指示：新華社成爲統一集中的國家通訊社的條件已經成熟，要求新華社在組織上工作上統一起來，改變過去那種分散狀態。〔註 108〕同月，中共中央發佈了《關於改新華社爲集中統一的國家通訊社的指示》。

自此，中共經過近 30 年的實踐積纍，到新中國成立時，已經醞釀成熟一整套新聞發佈機制：在發佈層次上，建立了從中央到地方再到基層，層層相通的模式；在發佈紀律上，建立了請示報告制度；在信息安全方面，建立了黨委負責人審查制度；在發佈路徑上，建立了以新華社爲主體的高度壟斷的信息源；在發佈策略上，建立了以正面宣傳爲主，否定客觀主義的範式；在發佈風格上，建立了重說理輕時效的黨化特徵。

5.3.2 統一發佈制度對民營報紙的影響

應該指出的是，一系列新聞發佈制度的出臺並非全部出於「控負」的需要，新政權更爲看重的是意識形態的認同，希望通過「新聞的正確性和負責性」獲取民眾的進一步信任，從而有效地推進政治整合，帶領中國盡快走出百年沉屙。像 1949 年 7 月，新華社即明確提出「記者入城後很容易犯資產階級新聞觀點的毛病，單純追求『快』，和非黨的報紙『搶時間』，『搶新聞』。這是必須防止和克服的」。怎麼克服呢？首先必須在符合黨的政策基礎上再來談迅速。「我們和非黨報紙的競爭或競賽，主要的不在於『快』，而在於我們的新聞確實，眞正反映人民的最大要求和最大利益，眞正能解決問題，指導工作，教育群眾。」〔註 109〕

因中共入城之前的大部分新聞實踐是在農村完成的，缺乏時效、趣味等在商業競爭中形成的行業自覺。但不應否認的是，中共追求的「新聞確實」是有信仰的道義力量支撐的，不能因結果未曾達到而全面否定動機。但無論如何，「新聞確實」是以犧牲時效、過濾事實來保障的。這兩點恰恰衝擊了民營報紙的立報根基。

民營報紙因立足於市場，出於競爭需要，信息求快是必然的。像新記大

〔註 108〕鄧濤：《新華社八十年：中國新聞事業編年史的視角》，《新聞學論集第 26 輯》，2011 年 6 月。

〔註 109〕新華總社：《在爭取新聞的時間性中必須防止的偏向》，1949 年 7 月 10 日，載中國社會科學院新聞研究所：《中國共產黨新聞工作文件彙編（上）》，第 393 頁。

公報時期，報社要求編輯和記者必須學會翻譯電報。記者採訪到一條新聞，馬上自己翻譯成電文，交到郵局，立刻就能發拍；編輯接到電文後，自己翻譯完，馬上就能付印，保證了新聞的時效性。《大公報》在新聞報導上還有一個特色，就是實行專電、特寫、專訪和通訊一條龍。在報導一條新聞時，先用快捷簡短的專電，在報紙上發佈短消息，爲的是準確迅速地把新聞告知讀者。接下來圍繞這條消息，組織具體、詳細的專訪和通訊。

新聞求快，必然要「搶新聞」，最好是搶到獨家新聞。報人顧執中回憶1920年代在上海《時報》採訪巡捕房新聞時，每天都面對巨大壓力。當時，上海人對盜竊新聞十分重視，如某處發生搶劫案，別的報紙登了你卻沒登，就被認爲消息不靈通，大家不願意再花錢買這樣的報紙，自然會影響到發行和廣告收入。要採訪盜竊新聞，只能從巡捕房著手，而巡捕房是不願意把消息泄露給外邊的，如遇到性情暴躁的西捕，還會辱罵記者。一些有錢的報社，像《新聞報》、《申報》，便派人跟巡捕房中的電話接線員、翻譯、門差及包探秘密接洽。《時報》派顧執中採訪巡捕房新聞，卻沒有那些暗中資助，顧只能在人事關係上尋求突破。借助他曾經在外人辦的機構教華語的經歷，他接洽了多名與他有過師生情誼的巡捕房工作人員。從此，每天早上醒過來時，第一件事即把當天的《新聞報》、《申報》和《時報》中的社會新聞作一比較。如發現自己所寫的新聞爲《時報》獨有，便心中感到快慰，立刻蒙頭再睡。〔註110〕

誰善於「搶新聞」，誰就具有市場競爭的優勢。這種觀念在中共掌權後漸漸變了。拿《文匯報》來說，1949年8月，該報先是從無線電廣播中得知長沙易手的消息並在翌日見報，後又用了香港文匯發回來的關於攻克恩施的消息專電，兩條消息都比新華社的發佈要早。這一做法遭到了新聞主管部門的嚴厲批評，並指責是「僞新聞」。總編輯徐鑄成日後回憶說，之所以被批評都是因爲「搶新聞，是資產階級辦報作風，因新華社尙未正式公告也。」〔註111〕關於「搶新聞」這事，《文匯報》一開始並沒有放棄，即便經濟困頓，在從1949年6月復刊到這年年底六個多月時間裏，該報共刊載了14278篇各類稿件，其中自採稿件11422篇，占總比的80%，僅有17%的稿件來自新

〔註110〕顧執中：《報人生涯》，南京：江蘇古籍出版社，1987年6月版，第183～186頁。

〔註111〕徐鑄成：《徐鑄成回憶錄》，第165頁。

華社。〔註 112〕但這種情況僅僅是曇花一現。1952 年，《文匯報》總編輯徐鑄成在日記中用「無可奈何之感」來解釋自己很少寫文章的原因。〔註 113〕另一位寫手李平心的創作量也是日漸萎縮。從 1950 年末到 1951 年初，李平心曾每周寫一篇「社譚」，後來竟改爲雙周社譚。〔註 114〕

《哈爾濱公報》也遇到了發稿瓶頸。這張報紙有其獨特的競爭力，因其兩個編輯精通俄語，可以直接翻譯蘇聯的消息，報導面算是較爲靈通。有時該報自外文報紙編譯的消息竟占一版二分之一以上，有群眾反映「公報真敢說話」。〔註 115〕但這樣的新聞獲知手段經常被叫停。例如 1948 年 9 月 3 日，該報一版刊登了蘇聯共產黨總書記日丹諾夫逝世的消息，因黨報《東北日報》沒有登載，《哈爾濱公報》即被告知，是凡國際性的重大新聞，《東北日報》沒發表以前，假若登載的話，得經過社教科許可。這就牽扯出另外的問題，新中國的新聞政策對改編他人稿件並不支持。1949 年 8 月初，北京《新民報》刊登了一篇特寫《洛陽工人的師徒關係》，下注本報記者王政。後經調查，報導改寫自洛陽總工會工作人員來北京開會供給各報記者的材料。因《人民日報》、《光明日報》、《進步日報》刊登時都注明了材料的來源，唯獨《新民報》沒有，該報的做法被新聞出版處記錄在案。〔註 116〕

經過重大新聞均以新華社稿件爲準的標準制定，新中國達成了對新聞報刊的有效控制，民營報紙獲取信息的渠道越來越窄。但這還不是制約民營報紙正常生存的全部。1950 年春，新聞總署和中宣部共同召集了全國新聞工作會議，會議形成共識：出報紙要反對刊載社會新聞，不得發表抒發個人感情及黃色、迷信的報導和作品，反對資產階級辦報思想，報紙宣傳要爲黨的當前政策服務，新聞「寧可慢些」也要真實，等等。總之，一大套蘇聯模式的清規戒律確定下來了。〔註 117〕此外，各地又附加了更多的規則。像上海規定，所有新聞的報導，均應採取事後報導的方式，「因事前報導容易失真，且有種

〔註 112〕文匯新民聯合報業集團新聞研究所：《文匯報六十年人事記（1938～1998）徵求意見稿》，第 220 頁。轉引自丁騁：《中國大陸民營報紙退場的探究：1949～1954》，華中科技大學博士論文，2012 年，第 58 頁。

〔註 113〕徐鑄成：《徐鑄成回憶錄》，第 199 頁。

〔註 114〕葉岡：《李平心與〈每周社譚〉》，《文匯報回憶錄 1：從風雨中走來》，第 368 頁。

〔註 115〕《哈爾濱公報問題上報底稿》，1951 年，哈爾濱市檔案館：XD48-1-2-131-134。

〔註 116〕北京市新聞出版處：《私營報紙審查周報》，1949 年 8 月 1～6 日，北京市檔案館：008-002-00028-12。

〔註 117〕徐鑄成：《徐鑄成回憶錄》，第 212～213 頁。

種妨礙。」涉及民生問題的新聞報導和文章，尤「應慎重發表」。〔註118〕地方新聞，只要涉及政府或各機關，還要層層送審報批或經相關部門審查同意後才能見報。〔註119〕在廣州，市府及所屬各單位所擬公佈之重要文件以及需要發佈的重要會議、重要措施、政令解釋、公告性談話、工作總結及重要案件的新聞均由市府新聞出版處發佈；公告事關重要者，先由主管機關審查，再交新聞出版處送請市長或副市長審查後才能發佈。〔註120〕這樣一來，類似民國時期顧執中值守巡捕房獲取獨家新聞的事例，再也不可能發生。民營報紙的手腳被徹底束縛，像《大公報》這樣有影響力的報紙都要聽從黨報的安排。王芸生曾經抱怨說：復旦大學開坦白大會，《大公報》去了記者，結果《解放日報》說要統一發稿，外勤白跑了一趟。同濟大學地下黨公開，通知各報前往，也是《解放日報》說要統發，而事後《解放日報》不知爲何又不發統稿，最後沒了下文。〔註121〕

重要新聞統一發佈，不能事前監督，反對刊載社會新聞，控制民生新聞數量，禁絕和黃色貼邊的內容……那麼，還能報導什麼？這是建國初期民營報紙的普遍困惑。

於是，像天氣預報這樣的內容都從報紙上消失了。1949 年夏，夏衍從香港回來，這位在抗戰前當了 12 年記者的革命文藝活動領導人，在看到北平、上海的報紙後，覺得問題多多：報紙「出版遲，新聞單調，社論短評很少」，「早報要到中午甚至下午才能看到。新聞呢，只有新華社一家，外國通訊社的一律不用」，「不用外電，又沒有『本報訊』和『專訪』」。他就此向時任《解放日報》社正、副社長的范長江和惲逸群瞭解情況。問及爲什麼不能以事實揭露美國新聞處的造謠，比如謠言說上海屠殺了大批留用人員和每天有成千上萬人餓死等，范長江回答：「這樣的問題地方報紙不能作主。」問及報紙爲什麼不登天氣預報，「回答是美蔣飛機經常來轟炸，發表氣象預報會給敵人提供情報。」〔註122〕

〔註118〕《姚溱在第二次各報負責人座談會上的報告》，1949 年 11 月 9 日，上海市檔案館：B37-1-27-3。
〔註119〕《送審稿件暫行辦法》，1950 年 2 月，上海市檔案館：B35-2-109-1。
〔註120〕《廣州市人民政府關於統一發佈市府及所屬各機關重要新聞的暫行辦法》，1950 年 9 月 1 日，廣州市檔案館：179-1950-長久-003，第 2～3 頁。
〔註121〕《各報負責人會議》，1950 年 1 月 14 日，上海市檔案館：B37-1-27-12。
〔註122〕夏衍：《懶尋舊夢錄（增補本）》，第 428～429 頁。

各報之間的內容開始雷同。民營報紙除了大量刊登新華社稿件，還主動轉載黨報信息。如北京《新民報》在 1949 年 6 月 12 日至 18 日一周內，市政新聞均轉自《人民晚報》。〔註 123〕

《大公報》在上海解放前，每天 10 個版面，天天有社評，周一至周日一天一個專刊，廣告量每天兩個整版。解放後，版面減至 6 個，廣告逐漸減到 1 個整版。到了 1950 年，整版廣告很快就沒有了，專刊也辦得少了，但每天還有社評，通訊主要靠本報記者自採。到 1952 年 4 月以後，《大公報》每天只出一大張，社評基本上轉發黨報社論了。〔註 124〕

《新聞日報》每天下午五時到六時之間，舉行一次編前會議，由各個採訪組開出他們的「菜單」，說明那些稿件的重要意義，要求上哪一個版面，占什麼位子。那時有三個採訪組，即工業、農業和文化，爭版雖很激烈，但最終往往以大局的發展爲定，因爲「還有一個最大的採訪組是新華社，從六點到半夜兩三點鐘，你知道它會發來些什麼新聞，是他的頭條讓你呢還是你的頭條讓他」。〔註 125〕根據馮英子的回憶，那個時候的頭條，往往是以新華社的稿子爲主，國際國內的大事，總是壓倒了本市新聞的。當時的報紙有個特點，即對有些重大的稿件，各報統一口徑。在上海，《解放日報》的張伏年，《文匯報》的劉火子，《新聞日報》的馮英子，每天輪流同《人民日報》通電話，問清楚一版的頭條是什麼東西，某一稿件如何處理之後，再分頭轉告，互相傳遞。長江三角洲上的有些報紙，也紛紛打電話到上海來詢問。因此，「報不管大小，每天的面孔幾乎是差不多的，這樣做編輯，說容易實在容易，因爲你這時已不必是一個腦力勞動者了。」〔註 126〕

在採訪及發佈新聞受限的情況下，民營報紙往往比黨報更加依賴統一的新聞發佈源。像廣州市新聞處 1951 年共發佈公告與公告性新聞 129 則，黨報《南方日報》刊登 93 則，民營的《聯合報》刊登 117 則，幾乎到了每稿必登的比例。新聞處其它非重要公告及公告性新聞用「本報訊」「本市訊」發給各報參考的，共計 316 則，《南方日報》只刊登 91 則，占總量的 28.7%；《聯合

〔註 123〕北京市新聞出版處：《私營報紙審查周報》，1949 年 6 月 12～18 日，北京市檔案館：008-002-00028-1-3。

〔註 124〕楊奎松：《新中國新聞報刊統制機制的形成經過——以建國前後王芸生的「投降」與〈大公報〉改造爲例》，載《中國當代史研究（二）》，第 72 頁。

〔註 125〕馮英子：《勁草——馮英子自傳》，第 364～365 頁

〔註 126〕同上。

報》則刊登了 163 則，占總量 55%，遠遠高出黨報刊登比例。〔註 127〕

一些民營報紙的編輯部人員開始出現情緒。像天津《新生晚報》的報人即對晚報的發展前途信心不足，理由是：新華社的新聞稿在發稿時間上不符合晚報出版時間。大家都用新華社的稿件，日報刊登完了，輪到晚報，再刊一樣的內容自然不會有讀者買賬。爲了拓展消息源，1952 年 5 月，《新生晚報》去函訂閱東北的《瀋陽日報》，卻接該報回信說：「根據東北新聞局規定，凡關內地區各機關單位，須有所在地的省（市）新聞機關介紹信和訂閱申請書呈交東北新聞局批准。」〔註 128〕連訂一張報紙都需要主管機關層層審批，可見當時的民營報紙消息源何等枯竭。

俄羅斯思想家別爾嘉耶夫曾用「社會訂貨的文化」來評價社會主義國家的信息控制，「它要使所有的生命都服從於有組織的、外在的機械構成的集體」。〔註 129〕這句話基本可以用來描述建國初期的新聞控制。對於曾經的民間報人來講，誰不希望做到「像名廚師那樣，大菜小菜，熱炒冷盤，甜菜酸菜，豐富多彩，搭配整齊」，「奉獻上一桌色香味俱佳的菜肴，使讀者看一眼就想吃，細細品嘗捨不得走開」。〔註 130〕但在新聞源被高度壟斷的情況下，這個「菜譜」只能出現在想像中。

5.4 自我審查機制逐步確立

自我審查，是在當代傳播學研究中誕生的概念，一般指媒介組織對新聞生產進行的自我施壓、自我監管或自我控制，它「可以被定義爲一套編輯加工活動，包括省略、淡化、變形、輕重倒置等修辭手法」，以規避來自權力結構的懲罰。〔註 131〕

〔註 127〕廣東省新聞出版處：《1951 年新聞出版工作總結報告》，1951 年 12 月 27 日，廣東省檔案館：307-3-6-15-20。

〔註 128〕新生晚報社：《爲新生晚報社需訂東北〈瀋陽日報〉希本處開介紹信訂閱由》，1952 年，天津市檔案館：X57-Y-1-52。

〔註 129〕別爾嘉耶夫：《自我認識——思想自傳》，上海三聯書店，1997 年，第 146 頁。

〔註 130〕唐海：《三個黃金時代——徐鑄成同志的辦報生涯》，《文匯報回憶錄 1：從風雨中走來》，第 374。

〔註 131〕Chin-Chuan Lee（1998）. Press Self-Censorship and Political Transition in Hong Kong. Harvard International Journal of Press/Politics, 3（2），55～73。轉引自張志安、陶建傑：《網絡新聞從業者的自我審查研究》，《新聞大學》，2011 年 03 期。

在當代語境中，自我審查的主要壓力來源於政府的規制、市場的壓力和受眾的輿論傾向，這三者的相互制衡尚能給媒介自我審查一定的突破空間。但在市場經濟不發達，政治高於一切的社會階段，輿論尚不能公開化，媒介對應的壓力只來自一個方向，那就是行政管理部門的態度。新中國初期的民營報紙面對的就是這種情況，那個時候的自我審查只有一個目標：確保政治正確。畢竟在每一場預示著潮流的革命或運動中，惟有隨波逐流才是「活下去的一種辦法。」〔註132〕

5.4.1 對新社會話語範式及「錯」的體認

共產黨的話語範式，解放後成爲新社會的標準話語。哲學家馮友蘭曾記述因不熟悉這種話語所帶來的煩惱。北平剛解放時，馮友蘭擔任清華校務委員會主任，校務委員會發出通告，讓願意留下來的教授登記。吳晗當時在解放區，沒有登記，等人回來時，會計課見登記表上沒他的名字，便不發給他工資。吳晗就在一次會議上說：清華規定，凡從解放區回來的人要「登記」。在新的話語範式中，「登記」是指政治上或其它方面有「問題」的人以文字形式認可自己的「問題」，吳晗有關「登記」的消息一傳開，人們便說，清華認爲去解放區的人有「問題」，最後竟招來了文管會的查問。還有一次，學校發不出工資，教授會有人要馮友蘭去催，馮先生聽了很生氣，說我在這裏是辦學，不是討飯。一位教授說他是「思想」問題。馮先生說：「我當時心裏想，我搞了幾十年哲學，還不知道什麼是思想？後來才知道，解放以後的所謂思想，和以前所謂的思想並不完全一樣。」1949年4月29日，清華大學校慶，周恩來派人來問馮友蘭有什麼「意見」。馮以爲「意見」就是對國家大事「拾遺補闕」，他便說沒有什麼「意見」。後來才知道「意見」一詞含義甚廣，希望和要求也可以作爲「意見」提出來。馮友蘭說：「如果我當時有這樣的瞭解，我就會向總理提出，請他把我調離清華，因爲我當時覺得，我在清華處境很困難」。馮友蘭舉上述例子的目的，是想說明知識分子剛同共產黨接觸的時候，「雖然說的都是一樣的字眼，可是各有各的瞭解，往往答非所問。」〔註133〕

〔註132〕Qtto Kircheimer, Confining Conditions and Revolution-ary Break-throughts, American Political Science Review, 59.4: 974（December 1965），《美國政治學評論》，1965年12月59卷，第4期，第974頁。轉引自〔美〕魏斐德《紅星照耀上海城：1942～1952》，第1頁。

〔註133〕馮友蘭：《三松堂自序》，第115～116頁。

馮友蘭對新的話語範式的困惑恰恰是民營報紙感同身受的。其它行業的知識分子，如果不熟悉新的語境，還可以保持沉默。但報紙是要天天出版的，白紙黑字刊登出來，必然呈現出報紙的態度。因此，民營報紙對於話語變遷以及政治上的對錯認識，有著更深的體會。

在新中國剛剛成立的最初幾年，由於社會環境錯綜複雜，即便是與政治無關的新聞失實，往往也會被牽扯到敵我鬥爭中來。1950 年 11 月 1 日，上海的《大報》在讀者之聲欄目中登載了上海啓明中學（實爲啓秀中學）兩位教師患有嚴重肺病影響學生健康一文。〔註 134〕經查明，該文屬於失實報導。據《大報》事後檢討稱，在接到讀者來信後，先審閱了內容，刪除了兩位教師的姓名及部分過火的字句，並沒有調查事情的眞實情況。又因承印報紙的印刷廠搬過家，原稿不見蹤影，無法追查來信人的情況。〔註 135〕以往類似情況，在《大報》的一眾小報文人看來，或可是粗枝大葉的毛病，但在校方以及新聞主管部門眼中，稿件中兩位被觸及的教師「是最積極最進步的，問題本身顯係歹徒破壞陰謀」，如不能追索稿件來源，「報社本身難免有串同破壞之嫌」。〔註 136〕啓秀中學事件尚未處理完畢，1951 年 2 月 28 日，《大報》又出現一例嚴重的政治性錯誤。該報當日第五版報頭旁刊載的標語，應爲「堅決解放臺灣，肅清美帝在華侵略勢力」，竟錯植成「堅決侵略臺灣」。儘管《大報》迅速做出檢討，並許諾「堅決保證以後不再發生錯誤」，〔註 137〕但在新聞主管部門看來，大報「所犯此類文字上的錯誤已非一次」，此次「尤具有嚴重的政治上的意義，對於人民新聞事業，態度太不嚴肅，且可能爲反動派作爲反面宣傳的材料，影響甚壞」，《大報》再遭書面警告並通報全市各報的處分，〔註 138〕華東軍政委員會新聞出版局的覆核意見還著重強調《大報》

〔註 134〕上海市人民檢察署：《關於上海大報 1950 年 11 月 1 日新刊消息與事實不符請上海市人民政府新聞出版處查明辦理的函》，1951 年 1 月 10 日，上海市檔案館：B35-2-68-8。

〔註 135〕上海大報社：《關於檢討刊載不正確消息的呈》，1951 年 2 月 10 日，上海市檔案館：B35-2-68-18。

〔註 136〕上海大報社：《關於檢討前刊載消息與事實不符問題及處理經過的報告》，1951 年 2 月 28 日，上海市檔案館：B35-2-68-29。

〔註 137〕華東軍政委員會新聞出版局：《關於大報所刊標語有嚴重錯誤擬定處分辦法事項的批覆》，1951 年 3 月 3 日，上海市檔案館：B35-2-68-56。

〔註 138〕上海市人民政府新聞出版處：《關於大報所刊標語發生嚴重錯誤的通報》，1951 年 3 月 8 日，上海市檔案館：B35-2-68-54。

應制定出審稿校樣的制度。〔註139〕自此之後，《大報》顯然吸取了教訓，類似文字上的錯誤在現存檔案中未曾再現，但對政治氣候的把握顯然不夠成熟。1951年5月4日，該報「港聞一束」專欄刊載元朗（包天笑）寫自香港的消息，內稱「流氓頭子杜月笙，原居香港，忽於4月23日飛往臺灣，原因不詳。」〔註140〕此係包天笑轉引自香港報紙的消息，實屬誤傳。《大報》未經核查即行刊登，這在過去是典型的小報所爲，但在新社會，此舉卻是惹火上身。適値中國銀行改組，杜月笙、陳光甫、張公權、宋漢章、李銘等在香港的金融巨子，都是中國銀行的商股董事，中共出於統戰工作的需要，特地派人赴港，邀請他們返京參加改組會議。此事最終由杜月笙拍板，商股董事們各自出具委託書，委派代表赴京參加會議。杜月笙此一親共行爲，對新中國的統戰工作意義非常，史稱「中行事件」，曾令蝸居臺灣的蔣介石大怒。《大報》此時不明就裏刊載「杜月笙赴臺」的不實消息，其錯誤性質非同小可。這一次，《大報》又被處以警告，並通報上海市各報。〔註141〕事情並未完結。斷章取義的「小報」習慣再次令《大報》陷入政治禁區。「查大報於（1951年）10月7日刊載『斯大林關於原子武器答眞理報記者問』的稿件，將原文第二答擅自刪除，致全文意義殘缺不全，犯了嚴重的政治錯誤。爲使其後有所警惕，改正錯誤，已給予警告處分，並著其深刻檢討，保證今後不重複同樣錯誤。特通報全市各報，希即引起警惕。」〔註142〕這已是一年內《大報》遭遇的第四次警告處分。三個多月以後，這張尚能保持盈虧平衡，且發行量超過兩萬份的民營小報，在行政命令下，併入另一張民營報紙《亦報》，結束了僅僅兩年半的歷史。

新中國初期，報紙印刷還停留在鉛字排版的技術水平上，錯別字或錯植現象非常多。若是以往，「開天窗」的情形都能存在，類似錯誤更容易含混過

〔註139〕華東軍政委員會新聞出版局:《關於大報所刊標語有嚴重錯誤擬定處分辦法事項的批覆》，1951年3月3日，上海市檔案館：B35-2-68-56。

〔註140〕華東軍政委員會新聞出版局:《關於上海大報「港聞一束」與事實不符、已予警告處分併通報各報、請予核備的呈》，1951年5月18日，上海市檔案館：B35-2-68-65。

〔註141〕華東軍政委員會新聞出版局:《關於上海大報「港聞一束」與事實不符、已予警告處分併通報各報、請予核備的呈》，1951年5月18日，上海市檔案館：B35-2-68-65。

〔註142〕上海市人民政府新聞出版處:《關於上海大報因刪載斯大林談話給予警告處分的通報》，1951年11月22日，上海市檔案館：B35-2-68-76。

去，但在新中國，情況已全然不同。1951 年 1 月 11 日，廣州《新商晚報》第一版刊登「工商聯輔導委員會座談易貨進口聯保」的消息，開頭的兩行錯植爲『廣州參加過國民黨、三青』這些字。在廣州市新聞出版處看來，這是該報「編輯方針把握不定，文字的技術水平不夠」所致。該報「社會新聞的報導有一部分仍未能掌握政策，副刊內容缺乏積極性的教育宣傳，仍有多少低級趣味的存在，且文字技術太差。校對上也有很大的缺點，時有錯植。」鑒於《新商晚報》上述不能容忍的錯誤，新聞處認爲「不能讓它這樣拖下去」，「過去我們曾經建議請總署勸令該報自動停刊，目前該報的困難情況，比前更加嚴重。」〔註 143〕

鉛字錯植很可能導致報紙停刊。這種心理暗示對民營報紙的震懾力十分巨大。1951 年 4 月 22 日，《文匯報》第一版轉載《人民日報》題爲「加強在城市中鎮壓反革命的工作」一句漏列「鎮壓」二字，在接到了許多讀者函電質詢之後，《文匯報》除勒令副總編輯柯靈，總編輯室秘書黃立文作了書面檢討，立刻提出「消滅錯字人人有責」，「徹底消滅錯字，對革命負責」，「不許本報版面再有污點」等口號，號召全體工作人員把錯字當作敵人來消滅。〔註 144〕

儘管所有報紙都會像《文匯報》那樣小心翼翼，但錯植事件還是導致哈爾濱的一張民營報紙停刊。被停刊的係《建設日報》。1951 年 5 月 17 日，該報刊載「總工會號召職工協助政府鎮壓反革命」的稿件，將「我們工人階級不但擁護政府鎮壓反革命」一句之「但」字印成空白。事後，《建設日報》稱是鉛字折斷所致，在送報的時候，將印有「但」字之報紙數百份發行道里區（黨政機關所在地），其餘報紙發行其它區域（共發行 1400 餘份）。主管部門據此情形，認爲是該報有意進行反革命宣傳。〔註 145〕經請示上級，1951 年 6 月 8 日，由文教局、勞動局、公安局、法院及市總工會聯合行動將《建設日報》查封。〔註 146〕

〔註 143〕廣州市人民政府新聞出版處：《請示處理廣州新商晚報由》，1951 年 1 月 16 日，廣州市檔案館：179-1951-長久-041，第 89～92 頁。

〔註 144〕上海文匯報：《關於呈送 1951 年 4 月 22 日刊載「加強在城市中鎮壓反革命的工作」一文中遺漏「鎮壓」二字檢討及處理情形的報告》，1951 年 4 月 27 日，上海市檔案館：B35-2-67-26。

〔註 145〕東北人民政府文化新聞處：《關於哈爾濱公報、建設日報問題的批示報告》，1951 年 5 月，哈爾濱市檔案館：XD48-1-2-152-153。

〔註 146〕佚名：《關於建設日報案件的消息報導》，1951 年 6 月，哈爾濱市檔案館：

自此之後，民營報紙對錯誤的體認也開始陞級，認錯更主動，語言更激烈。1951 年 8 月 5 日，《新聞日報》第五版新聞畫刊刊載《中朝人民的戰鬥友誼》，其中一篇歌頌志願軍特等英雄關崇貴的詩句，由於拼接錯誤，將諷刺美軍的兩句打油詩跟在了歌頌英雄的詩句後面，變成了「這天英雄關崇貴，堅守陣地有功績」，「後面緊跟著督戰隊，誰不上前就槍斃」。《新聞日報》在事後檢討中，用了「使親者痛，仇者快，實屬無可饒恕」〔註 147〕來表現自己的痛悔之情。

對此類事件的處理，報紙越來越動眞格。1952 年 2 月 15 日，《大公報》在第四版刊登「要求政府槍決王康年」的新聞，將「志願軍家屬要往前方給自己的親人捎去親切的聲音」中的「親人」刊登爲「敵人」。與此次報導有關的記者譚家昆，採訪課負責人唐振常，編輯邵基良，副編輯主任劉克林均被警告處分。〔註 148〕

其實錯誤並不唯獨民營報紙有。國字號的新華通訊社僅從 1951 年 7 月 1 日到 9 月 19 日的錯誤更正，共計 106 處。其中編輯部應該負責的 47 處，來稿錯誤 59 處。編輯部的錯誤中，有些是比較大的，如將「延安市工商界三天內捐獻了一億多元」錯成「捐獻了一億多萬元」，將「同業公會」錯成「同業工會」，將「駐日美軍士兵因不願到朝鮮前線打仗」錯成「駐日美軍第七兵團不願到朝鮮前線打仗」；外來稿件中明顯的錯誤，如「開羅宣言」錯成「開羅公約」，「臺灣民主自治同盟」錯成「臺灣自治同盟」；譯電與校對工作，也發生了一些比較嚴重的錯誤，如將波蘭「三年計劃」錯譯爲「三十年計劃」，「西沙群島」錯譯爲「西洋群島」，「章伯鈞」錯譯爲「張伯鈞」，將中國人民解放軍「二十四週年」誤校爲「二十週年」，「金日」誤校爲「金目」。同樣是國字號的《人民日報》情況也不樂觀，僅 1951 年 8 月份即在小樣上檢查出錯誤共 263 處，其中政策性的錯誤 2 處，引語錯誤 43 處，題文不符 17 處，發稿重複 3 處，用詞不當 66 處，暴露機密 3 處，濫用簡詞 44 處，與事實不符 61 處，文法不通 30 處。出報以後，檢查出的錯誤共 15 處，其中題文不符的 1 處，發稿重複的 1 處，暴露機密的 1 處，濫用簡詞的 3 處，與事實不符的 8 處，

XD48-1-3-23。

〔註 147〕新聞日報社：《關於八月五日新聞日報「新聞畫刊」所刊詩句發生嚴重政治性錯誤的報告》，1951 年 8 月 20 日，上海市檔案館：B35-2-66-9。

〔註 148〕上海大公報編輯部：《關於「要求政府槍決王康年」中報導錯誤的檢討》，1952 年 2 月，上海市檔案館：B35-2-65-37。

文法不通的 1 處。〔註 149〕

上述統計是在 1951 年下半年做出的。早前一年多時間，也就是在開國大典前後，《人民日報》所犯錯誤更爲離譜，如將中央人民政府主席寫成「中央人民政府委員會主席」，把最重要的《中央人民政府公告》安排在版面次要位置。初次發表的國旗圖樣說明、國歌歌詞和曲譜，竟然也都排錯。毛澤東明確講：「你們學學《大公報》嘛，你們有點像《大公報》我就滿意了。」〔註 150〕爲了把過去《大公報》的經驗用到辦《人民日報》上來，時任上海《解放日報》社社長的范長江也被緊急調來北京，擔任《人民日報》社長。那個時候上海新聞出版處的《簡訊》，幾乎期期都能找到其它各報的錯誤，包括《解放日報》在內，唯獨《大公報》在最初一段時間裏不斷受到《簡訊》的表揚。對它挑選和使用新華社提供的新聞稿，都給予表揚，說它選稿政治敏感，有眼光。〔註 151〕

但所謂的《大公報》奇跡注定沒能維持下去，尤其到了 1952 年初該報經濟最困頓時期，政治上的危機也同時到來。1952 年 2 月 22 日，《大公報》一版擇引《新華日報》的「奸商趙金峰竟向解放軍猖狂進攻」新聞，文中涉及三野七兵團及其所屬各軍番號，被定性爲泄露國防秘密。〔註 152〕令新聞主管部門惱火的是，稿件見報的前一晚，《解放日報》曾派人打電話給《大公報》，叮囑「南京新華日報登的華東軍區三反報導各稿，今天不要登」，〔註 153〕《大公報》非但內部傳達不到位，還自己增加了一些材料，所謂泄密內容即是出現在自撰部分。同一天，《大公報》的第二版還刊登了標題爲《盧作孚病逝》

〔註 149〕范長江：《關於如何在新聞出版機關中進行消滅錯誤運動向胡喬木的報告》，1951 年 10 月 19 日，中國出版科學研究所、中央檔案館編：《中華人民共和國出版史料（1951）》，第 373～375 頁。

〔註 150〕轉引自楊奎松：《新中國新聞報刊統制機制的形成經過——以建國前後王芸生的「投降」與〈大公報〉改造爲例》，華東師範大學中國當代史研究中心編：《中國當代史研究（二）》，第 70 頁。

〔註 151〕新聞出版處編印：《簡訊》第 10、12、13 期，1950 年 7 月 2、6、7 日；轉引自楊奎松：《新中國新聞報刊統制機制的形成經過——以建國前後王芸生的「投降」與〈大公報〉改造爲例》，華東師範大學中國當代史研究中心編：《中國當代史研究（二）》，第 70 頁。

〔註 152〕上海大公報編輯部：《關於報導嚴重泄密錯誤問題的檢查報告》，1952 年 2 月 23 日，上海市檔案館：B35-2-65-28。

〔註 153〕王芸生：《關於「奸商趙金峰竟向解放軍猖狂進攻」泄露國防秘密的檢討》，1952 年 2 月 22 日，上海市檔案館：B35-2-65-22。

的消息。按照官方的統一口徑，盧作孚是「畏罪自殺」，《大公報》的處理必然算「失實」。而在此前，同一個月的9日、12日和15日，《大公報》已經觸雷三次。9日，未能及時傳達新聞主管部門的意見，搶發了大來照相館的消息；12日，在未送交上海市節約檢查委員會審查的情況下，刊載了「人民銀行上海分行坦白檢舉大會」的新聞，被指牴觸相關指示，編輯主任孔昭愷以及副總編輯李純青當天即提交了書面檢討；〔註154〕15日，在第四版刊登「要求政府槍決王康年」的新聞，將「志願軍家屬要往前方給自己的親人捎去親切的聲音」中的「親人」刊登為「敵人」。〔註155〕一個月連續發生五次嚴重的政治錯誤，且發生時間如此密集，不能不讓《大公報》高度緊張。《大公報》用「提高警惕，認眞負責，嚴肅紀律」〔註156〕來強化稿件的把關，不僅以書面形式向編輯、記者開列不能刊登消息等事項，還規定了稿件審閱及請示辦法，要求「層層注意，分清責任，如有錯誤，負責者應受處分」。〔註157〕

隨錯誤而至的是不間斷的檢討。解放前的《文匯報》是張極有個性的報紙，以激進著稱，但在新社會的規則下，它的鋒芒逐漸消失，檢討技巧卻變得嫻熟。1951年3月12日，《文匯報》第四版「藝文短波」欄刊載毛澤東主席，周恩來總理看了電影《武訓傳》的短訊，該報事後檢討：「這是一個不應有和不妥當的錯誤報導。」對於《武訓傳》這樣一部「有嚴重思想錯誤」的作品，「我們不但沒有發表正確的批評幫助讀者認識其中的錯誤，反而以人民領袖曾看過這部電影的不妥當的消息，使觀眾發生錯覺，以為人民領袖都看過，當然是好片子，因而使它的錯誤思想在觀眾中加以肯定。」「這又表示了我們不能堅持眞理，不能負擔起人民報紙對讀者應有的指導責任。」在探究發生這一事故的根源時，《文匯報》顯然通曉了認錯的技巧，將責任歸結到「我報個別的工作同志常常表現出不正確的態度。他們因為敬愛我們偉大的人民領袖，造成一種偏見，凡是涉及到人民領袖的消息和文字，就常常表示出純粹感性的喜愛，不加選擇的加以發表。不知道這樣的敬愛恰恰表示了對於人民領袖的輕率和不敬。這是落後的舊新聞工作者思想感覺的殘留，而掘發根

〔註154〕《孔昭愷的檢討》，1952年2月12日，上海市檔案館：B35-2-65-32；另見《李純青的檢討》，1952年2月12日，上海市檔案館：B35-2-65-35。

〔註155〕上海大公報編輯部：《關於「要求政府槍決王康年」中報導錯誤的檢討》，1952年2月，上海市檔案館：B35-2-65-37。

〔註156〕《李純青的檢討》，1952年2月12日，上海市檔案館：B35-2-65-35。

〔註157〕同上。

源，則由於政治水平不夠而來。」「由於這個經驗教訓，我們決定通過學習，好好地建立起來我們尊敬人民領袖的正確態度。」〔註 158〕

如果說《文匯報》對報導領袖看電影的檢討還有一絲冷幽默，七天之後，當該報連續觸礁時，「幽默感」已經全無。1951 年 3 月 19 日，《文匯報》第三版報導科技工作者歡迎志願軍代表大會，將會上所作的形勢報告中未經中央公佈的政策決定一併刊出，造成泄密錯誤；第二天，《文匯報》第二版刊載朝鮮戰爭中李承晚的一士兵被俘後立功贖罪的消息，副標題是「昨天還是殺人強盜，今天已成解放戰士」，被指比擬失當，有失對於解放軍戰士應有的尊敬，造成惡劣影響。針對這兩次錯誤，《文匯報》開門見山地承認，「這些錯誤的發生，充分顯示了我報編輯部部分工作人員政治水平的低下，在工作上則存在純技術觀點及粗枝大葉作風，沒有建立對讀者認眞負責的嚴肅態度，而編輯部負責同志又未能發覺及時糾正，致形成政治上的重大損失。」〔註 159〕1951 年 4 月 22 日，當《文匯報》發生把「加強在城市中鎮壓反革命的工作」漏列「鎮壓」二字後，該報徹底放棄了憑藉道歉技巧謀取過關的方式，開始細緻研究改進工作、防止錯誤的方法。譬如成立小組草擬獎懲辦法，擬定嚴格的錯誤循環檢查表，建立分層負責制度等等。〔註 160〕

可以說，正是一次次錯誤，讓民營報紙逐漸領會了新社會的話語範式，並曉得了禁區莫入的道理。民營報紙開始自覺地將「純技術」的「專家思想」與「重政治」這兩種辦報觀點加以比較，最終強化了「政治性」的重要。而光有上述認識還不夠，如何在結構設計上避免錯誤的發生，這才是考慮問題的眞正重點。

5.4.2 思想改造與民間報人的妥協

如果靠民營報紙自身的經驗，建構起一套保障信息安全的模式，是有困難的。畢竟民營報紙的成長主要依託市場競爭環境，那種與生俱來的所謂「資

〔註 158〕文匯報總編輯室：《關於 1951 年 3 月 12 日「藝文短波」欄刊載毛澤東、周恩來看了電影〈武訓傳〉短訊是一個不應有和不妥當錯誤報導的檢討報告》，1951 年 5 月 9 日，上海市檔案館：B35-2-67-33。

〔註 159〕上海文匯報館編輯部：《關於報導發生政治錯誤的檢查報告》，1951 年，上海市檔案館：B35-2-67-1。

〔註 160〕上海文匯報：《關於呈送 1951 年 4 月 22 日刊載「加強在城市中鎮壓反革命的工作」一文中遺漏「鎮壓」二字檢討及處理情形的報告》，1951 年 4 月 27 日，上海市檔案館：B35-2-67-26。

產階級辦報思想」並非自身能夠剔除。新政權對此心知肚明，一開始就用外力予以幫助。首先是用人方面的過濾。執政黨對從前新聞工作者的選用異常謹慎，到 1950 年底，在全國 6700 餘名編採人員中，曾經在舊中國新聞機構服務兩年以上的不足 800 人，僅占編採總人數的 12%。〔註 161〕此外，在接管城市之初，還再三強調對新聞從業人員的培訓和改造，如 1949 年 1 月在上海成立的華東新聞學院就以社會知識進步青年和部分舊有從事新聞工作的人員爲招收對象，課程以政治學習爲主，學習目標是改造思想，訓練新的適合新聞工作的從業者。

在所有的策略中，對民營報紙影響最大的是那場以知識分子思想改造爲主題的運動。這場運動尤其在民營報紙集中的上海，引致民營報紙的根本性變革。

就思想改造運動而言，毛澤東早在 1949 年 10 月 23 日《論人民民主專政》中已經提出，並在 1951 年 10 月的政協一屆三次全會上宣佈與抗美援朝、愛國增產節約同列爲「三大任務」之一。上海新聞界的思想改造從 1952 年 8 月 21 日開始，《新聞日報》、《大公報》，《文匯報》、《新民報》、《亦報》的編輯、經理兩部共 566 人參加，其中編輯部門人員 356 人。〔註 162〕根據《上海新聞界思想改造學習計劃（草案）》要求，黨報和公營報紙並不在改造之列，那麼，這場運動的指向非常明顯，就是針對民營報紙而來。〔註 163〕思想改造的首要步驟是展開以問題爲中心的對事不對人的普遍揭發，儘量揭發一切受資產階級思想影響的事例，並與之劃清思想界限。〔註 164〕這樣一來，報紙的「獨立性」以及報人的超脫地位，講究形式主義的作風，「有聞必錄」的客觀主義，爲搶先搶快而犧牲報導的眞實性，脫離實際「專家辦報」的方針，把謀取個人利益作爲主要目的的個人主義，缺乏政治責任心和違反組織性、紀律性的自由主義，個人逞能逞強的個人英雄主義，得過且過、敷衍應付的雇傭觀點等等，〔註 165〕都在檢討並剔除之列。

〔註 161〕方漢奇、陳業劭主編：《中國新聞事業通史第 3 卷》，中國人民大學出版社，1999 年，第 53 頁。

〔註 162〕陳虞孫：《上海新聞界思想改造運動學習計劃（草案）》，1952 年 12 月 13 日，上海檔案館：A22-1-47。

〔註 163〕上海市委宣傳部：《上海新聞界思想改造總結》，1952 年 12 月 13 日，上海市檔案館：B36-1-14。

〔註 164〕同上。

〔註 165〕孫葵君：《記憶深刻的兩次運動》，文匯報報史研究室編：《文匯報回憶錄 1：

思想改造會達到怎樣的效果？不妨從劇作家曹禺1952年5月24日在《人民日報》發表的文章著手，他說：「古人有一句話，『貧無立錐之地』。我今天才明白一個人在精神領域中到了『貧無立錐之地』的當口是多麼痛苦。……我明白我的精神領域裏原來並不止於貧乏，那是一個好聽的名詞，一個舊知識分子在躲閃無路時找到的一個遮醜的遁詞。實際上，在我的思想意識裏，並非是如以往自命的那樣進步，那樣一心追求著眞理和光明。我的倉庫裏有一大堆不見陽光的破銅爛鐵，一堆發了黴味的朽木。……一個出身於小資產階級、沒有經過徹底改造的知識分子，很難忘懷自己多年來眷戀著的人物、思想和情感，像螞蟻繞樹，轉來轉去，總離不開那樣一塊黑烏烏的地方。」〔註166〕這就是思想改造的典型效果：否定自我、否定既往。上海新聞界的思想改造也不可能溢出這樣的框架。當爲時兩個月的學習動員接近尾聲時，每個人都做了「全面檢查與交代」。爲這次運動而開辦的內部刊物《學習》，每期都刊出各報檢舉的大量事例，諸如，「把人民日報頭條新聞照抄一番，發成本報專電」的「盜竊性行爲」；「組織整版廣告，還奉送宣傳文字，內容不惜違反政策，甚至泄露機密，以遷就私商」；「搞廉價傾銷」的「不正當競爭」；刊登「亂捧舊藝人的黃色內容」；「爭著採訪封閉妓院，動機不純」等等。〔註167〕在個人檢討中，「把報紙當商品，把讀者當顧客」的「資產階級經營思想」，「有聞必錄的客觀主義」，「追求版面的形式主義」，「標榜新聞獨立」、「超階級」、「超政治」的「自由主義」，「嚴重的個人主義名利思想」等話語模式屢見不鮮。

爲什麼一次思想上的改造引發參與者如此高的熱忱？歸根結底，這場改造改的不僅是思想，更重要的是改人，也就是牽扯到機構與制度改革，乃至人事的安排與調整。如果從最後人事整編的結果回推，就可以理解爲何思想改造演變成「揭醜」的盛宴。就最終結果來看，北遷天津與《進步日報》合併的《大公報》和併入《新民報》的《亦報》共有編餘人員289人，其它各報調整人事機構的編餘人員約100人，〔註168〕民營報紙編餘待轉業總人數約

從風雨中走來》，第117～118頁。

〔註166〕曹禺：《永遠向前——一個改造中的文藝工作者的話》，《人民日報》，1952年5月24日。轉引自于風政：《改造：1949～1957年的知識分子》，第256頁。

〔註167〕轉引自張濟順：《從民辦到黨管：上海私營報業體制變革中的思想改造運動——以文匯報爲中心案例的考察》，載《中國當代史研究（一）》，第72頁。原載《學習》第2～8號，1952年，上海檔案館：A22-2-1550。

〔註168〕上海市委宣傳部：《上海新聞界思想改造總結》，1952年12月13日，上海檔案館：A22-1-47。

390 人，佔據參加思想改造總人數 566 人的一半以上。雖然政府承諾對編餘人員「包下來」，但未來去向在哪？每個人心中不免忐忑。經此一役，那些最終留下來的人，其民間報人的精神氣質也必然發生蛻變而歸於沉寂。

這次由思想改造「始」而人事整編「終」的運動，對於民營報紙的衝擊是巨大的。因爲它不只是整頓組織、純潔隊伍那麼簡單，而是涉及到人事制度的根本性變革。從此，決定報人職業命運的，「不再是市場操控下的自由競爭和自主擇業，而是權力指揮下的組織調動。從自由職業者向國家幹部的身份轉變，標誌著上海私營報業的報人們從黨管國辦的體制之外踏入了體制之內」〔註 169〕，從自由身份變成了有組織的人，自身命運完全受制於組織的評定。這種體制下，個人不得不做自我審查，以符合組織的期待。

5.4.3 把關人及把關結構的出現

思想改造獲得成功的另外一個原因，是讓民營報紙的首腦人物「以身作則，帶頭學習」。各報負責編輯工作的非中共人士全部被安排進華東學習委員會上海新聞界分會，《大公報》的王芸生、《新聞日報》的金仲華、《文匯報》的徐鑄成、《新民報》的趙超構分別列爲各報學習支會的主持人，由是，他們既要評判自己，又要評判別人，分寸稍不恰當，就會引火上身。

以王芸生爲例。他的第一次自我鑒定是在 1952 年 9 月 13 日的小組會上，開篇即檢討自己「主導思想是半封建半自由主義的諍臣思想」：16 歲起入小茶葉店、布店、木行等做學徒，受的都是封建式教育。喜跑舊書攤，買到一部梁啓超文集，即愛不釋手，後來又讀了孫中山的集子，更傾向於半封建式的自由主義。成名以後，愈發欣賞「立德、立功、立言」的古訓，尤其被召集到廬山給蔣介石講解日本問題之後，更是以「諍臣」、「國士」自居。後來到解放區，仍站在客卿立場，認爲是「良臣擇主而仕」。自此，他的鑒定結果是：「解放前我是人民的敵人，三年來也未曾改造」，「我眞是慚愧，慚愧得汗顏無地；我眞是沉痛，沉痛得想痛哭一場。」〔註 170〕顯然，王芸生這種排列語言的嫺熟技巧並不適合面對面的批判性鬥爭，小組會上，立刻有人指出他的沉痛之感毫無來源。王芸生隨後陷入內心的折磨，平均每天只能睡

〔註 169〕張濟順：《從民辦到黨管：上海私營報業體制變革中的思想改造運動——以文匯報爲中心案例的考察》，載韓鋼主編：《中國當代史研究（一）》，第 84 頁。

〔註 170〕《新聞界思想改造情況（十九）》，1952 年 9 月 30 日，上海市檔案館：A22-2-1551。

4 個小時左右。他即將面對的是更嚴峻的考驗：小組會上的檢討都是鎩羽而歸，諾大的報館將醞釀著怎樣的暴風驟雨？9 月 24 日，是王芸生的第二次自我鑒定，他要向全報社做檢查。這次，他給自己扣了個人主義、自由主義、形式主義、本位主義、官僚主義五頂帽子。他痛陳「三年來我的工作錯誤和作風，都由自私自利的個人主義、自高自大的自由主義、以及好大喜功的好名思想這一主導思想派生出來。」把《大公報》搞成這個樣子，是「因爲名大實空，所以專搞形式主義；因爲大公報這個地盤是我個人主義好名思想的舞臺，所以堅持大公報本位主義；因爲我有自私自利的個人主義，就自然結合著資產階級辦報思想；因爲我名不符實，就不得已而實行官僚主義的領導作風。」〔註 171〕王芸生這一次的自我「扣帽」，雖然有群眾認爲「態度欠嚴肅」，但在思想改造的組織者那裏，卻給予了肯定。上海新聞界學習分會在評論王芸生的表現時稱：「他初步認識到自己一套辦報經驗已不行了」，「舊大公報自高自大的傳統與舊的一套辦報思想已得到清算；王芸生個人的驕傲自負及其反動思想已受到打壓；經過這次思想改造，王芸生以後對報館工作可能比較負責，對處理新聞及事務，對寫文章及演講，可能比過去小心謹慎，虛心接受意見，會學習走群眾路線，減少獨斷獨行。」〔註 172〕

經此一役，解放前秉持忠言逆耳之「諍臣」思想的王芸生眞的變得小心謹慎。《大公報》越來越中規中矩，與民營報紙的「獨立」傳統漸行漸遠。在這次思想改造中，《文匯報》徐鑄成的思想轉變也是出人意料的。他痛批自己「充滿了『資產階級的唯利是圖』以及『投機取巧的作風』」，存在「小資產階級的『超階級』『超政治』的錯誤思想」，「一切爲了滿足自己的名利和地位。」〔註 173〕徐鑄成的這番自我鑒定獲得了一般同志的認可，「徐以過去情形來看，今天能作這樣的檢查，是很不容易，是放下架子面子的，經過了激烈思想鬥爭的。」〔註 174〕在徐鑄成的回憶錄中，他將解放後最愉快的辦報時光定格在 1956 年《文匯報》復刊，而絕少提到建國初年的報業實踐，可見他對這段歷

〔註 171〕《王芸生同志的思想檢查》，華東學習委員會上海新聞界分會辦公室編：《學習第九號》，1952 年 9 月 24 日，上海市檔案館：A22-2-1550。

〔註 172〕《新聞界思想改造情況（廿一）》，1952 年 10 月 13 日，上海市檔案館：A22-2-1551。

〔註 173〕《徐鑄成同志的思想檢查》，華東學習委員會上海新聞界分會辦公室編：《學習第九號》，1952 年 9 月 24 日，上海市檔案館：A22-2-1550。

〔註 174〕《新聞界思想改造情況（十八）》，1952 年 9 月 25 日，上海市檔案館：A22-2-1551。

史不願過多觸及。這是他新聞生涯的一個斷裂期。

從上述結果來看，思想改造運動不僅僅是清算資產階級新聞思想，樹立無產階級新聞觀的過程，它更是起到了約束新聞人言行，建立自我審查機制的作用。尤其對民營報紙領軍人物的改造，「自下而上」的階級鬥爭策略，挫傷了他們曾經自我認同的「敢言」、「建言」的銳氣，讓他們自發地隔絕於以往的「同人」傳統，成爲新聞管控機制中的重要「把門人」。

經過思想改造運動之後，越是那些曾經激進的民間報人，越表現出超出常人的審慎。比如解放前曾經擔任過十家報紙總編輯的馮英子，在 1957 年儲安平《黨天下》的文章傳到上海那天，正值《新聞日報》夜班。同一天，印度尼西亞的足球隊來上海比賽，馮英子把這條新聞作爲一版的頭條，並且把每一位隊員的頭像製了版，也在一版發表，而把儲安平那篇文章放在三版下角。第二天，《文匯報》把儲的文章做了一版頭條，《解放日報》雖然未做頭條，也放在一版。這一下，《新聞日報》編輯部的同人大嘩，當天在貼報欄上貼了馮英子不少大字報，責問他爲什麼不把儲的文章放在一版，而當天的編前會上，馮英子更成爲眾矢之的，有的編委對他拍臺拍凳，大張撻伐。馮英子解釋說儲的文章，很有片面性，不宜放在一版，沒有別的理由。也是這個時候，編輯部收到了新華社發的葛佩琦的言論，葛說沒有共產黨，也不會亡國。有一位編輯看了之後，大聲叫好，把它推薦給馮英子。馮看了之後認爲倘然沒有共產黨，不積極抗戰，是可能亡國的，所以不主張登這個稿件。後來儲安平和葛佩琦，都因此成爲「右派」，這倒是馮英子始料所不及的了。〔註 175〕但這一事例至少說明，政治性已成爲早前民間報人擇取新聞的首要標準。

除了民營報紙自上而下逐漸形成的「人」的自我審查，在機構設計方面，也越來越傾向於黨報模式，建立起複雜的管理體系。提及黨報的管理體系，《解放日報》很有代表性。在 1949 年 9 月，《解放日報》即營造了龐大的組織結構。該報當時共有 530 名員工，其中不包括遞送股的 3 名職員、8 名特差及 125 名報差。〔註 176〕如此龐大的組織機構是建立在垂直多層管理基礎之上的。以編輯部爲例，該報政治組組員 10 人，設組長 1 人；國際組組員 9 人，設組

〔註 175〕馮英子：《勁草——馮英子自傳》，上海：華東師範大學出版社，1999 年 3 月版，第 366～367 頁。

〔註 176〕解放日報社：《組織系統表》，1949 年 9 月 23 日，上海市檔案館：A73-1-9-17。

長1人；工業交通組組員18人，設正副組長兩人。其它各部門格局大致如此。更能體現這種多層管理結構的是《解放日報》附設的《青年報》及《勞動報》。《青年報》只有25名員工，有職務的達到8人；《勞動報》總共29人，有職務的10人。〔註177〕而這些部門之上還有總編室，總編室之上又有編委，編委之上又有總編輯和社長。

表5-3：解放日報組織結構圖（1949年9月23日）〔註178〕

社長、副社長	經理室	稽核科、出納科、會計科、材料科	
		印務部	印紙裝訂房、小印刷房、紙版房、鉛版房、澆字房、機印房、排字房
		廣告部	
		發行部	本埠發行課（下設遞送股和分區發行所）、外埠推廣課
		總務科	司務股、勤務股、警通班、司機股、供應股（下設伙食房）、零件股
	秘書室	文書科	收發處
		人事科	
	總編輯室	校對組、攝影組、農村組、輿圖組、資料組、政治組、財經組、國際組、文藝組、文教組、口語廣播組、社會服務組、工業交通組	

〔註177〕解放日報社：《人員編制及待遇統計表》，1949年，上海市檔案館：A73-1-9-18。

〔註178〕解放日報社：《組織系統表》，1949年9月23日，上海市檔案館：A73-1-9-17。

表 5-4：解放日報編委分工（1949 年 12 月 6 日）〔註 179〕

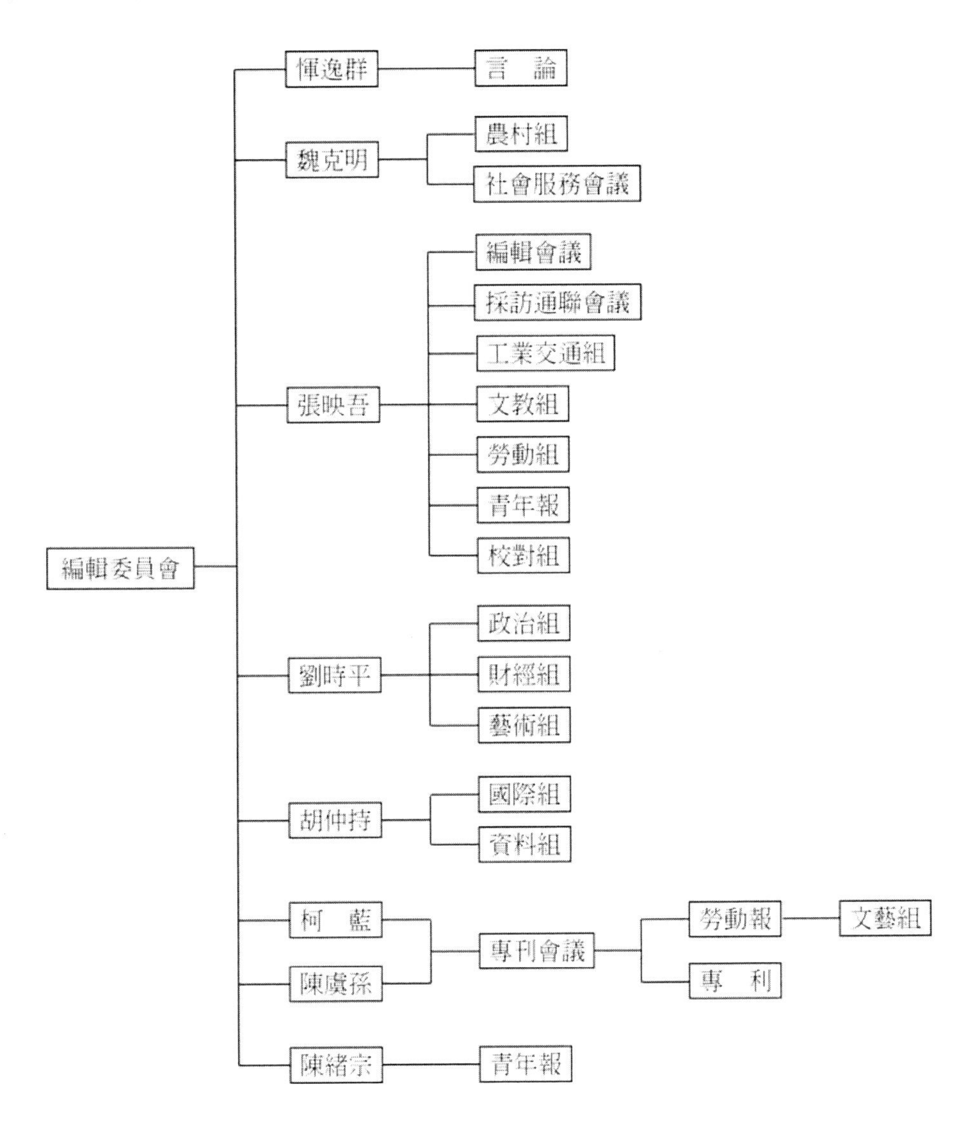

若是以往，黨報如此繁複的組織結構正是民營報紙所排斥的，因爲這不僅意味著成本增加，同時也帶來效率的降低。但在逐漸適應了新社會的運行機制之後，尤其是民營報紙自身也完成了公私合營轉制，保障自身安全成了壓倒一切的重心。比較 1952 年和 1957 年上海新民報社領導結構的變化，即

〔註 179〕解放日報社：《編委分工業務領導》，1949 年 12 月 6 日，上海市檔案館：A73-1-9-22。

能感受到曾經的民營報紙已經成爲國家體制內的一員。儘管人看似還是老的那些人，但報紙的性格已經和民營那會兒相去甚遠。

表 5-5：1952 年與 1957 年上海新民報社領導結構對比〔註 180〕

1952 年		1957 年	
社長	趙超構	社長	趙超構
副社長	陳銘德	副社長	陳銘德、程大千
社務會委員	趙超構、陳銘德、蔣文傑、歐陽文彬、曹仲英	社務會委員	趙超構、陳銘德、程大千、歐陽文彬、曹仲英、孫葵君
總編輯	蔣文傑	總編輯	趙超構
副總編輯		副總編輯	程大千、束紉秋、歐陽文彬
編委會委員	趙超構、程大千、唐雲旌、張慧劍、梁維棟、錢穀風、歐陽文彬、蔣文傑	編委會委員	趙超構、程大千、束紉秋、歐陽文彬、曹仲英、楊志誠、沈毓剛、張林嵐、張慧劍、唐雲旌、梁維棟、錢穀風、周珂

一直對社會制度改變保持審慎態度的俄國路標學派認爲，如果人只是建築社會的磚瓦，只是經濟過程的工具，那麼在這種社會中，與其說是會導致「新人」的產生，不如說是「人」的消亡過程。因爲在此過程中，人失掉了測定的深度，變成二維、平面的、沒有精神的生物。在這種情況下人是不存在的，存在的只是社會職能而已。〔註 181〕不能否認，民營報業在從純粹的民營轉向公私合營體制，民間報人在從自由職業者轉向國家幹部的過程中，自我審查正在從隱性的貶義的，轉向常態的正當的。報人的天賦顯命雖不能說完全消失，但也在很大程度上被隱藏了。報人已不能稱之爲報人，就像官方的稱謂一樣，變成了新聞工作者。這已經接近路標派所指的社會職能對人的替代。在這場政治運動與思想改造相咬合的國家與社會的博弈中，消失的不僅是民營報紙，還有民營報紙傳統中人的獨立與質詢的精神。

〔註 180〕參見《新民報社社務委員會關於經營管理的工作報告》，1954 年 6 月 8 日，上海市檔案館：G21-1-17-13；《上海新民報社調整內部人事函》，1957 年 6 月 14 日，上海市檔案館：G21-1-188-10。

〔註 181〕轉引自金雁：《倒轉「紅輪」：俄國知識分子的心路回溯》，第 169～170 頁。

6、民營報紙消失的國內經濟因素

在《共產黨宣言》中，馬克思、恩格斯設想了最先進國家的治理策略：剝奪地產，把地租用於國家支出；徵收高額累進稅；廢除繼承權；沒收一切流亡分子和叛亂分子的財產；通過擁有國家資本和獨享壟斷權的國家銀行，把信貸集中在國家手裏；把全部運輸業集中在國家手裏；按照總的計劃增加國家工廠和生產工具，開墾荒地和改良土壤；實行普遍勞動義務制，成立產業軍，特別是在農業方面；把農業和工業結合起來，促使城鄉對立逐步消滅；對所有兒童實行公共的和免費的教育。〔註1〕上述每一條目，都體現了馬、恩對理想社會的期望：消滅私有制。這首先是一個經濟方面的問題。在馬、恩看來，經濟問題是其它一切問題的核心。馬克思在《資本論》中談到這個問題時假設了一種情境：「假如對英國教會。你在三十九個信條中攻擊了他三十八條倒不要緊，他也許還會原諒你，但若你在他的收入中，奪去了他的三十九分之一，他一定恨你入骨。」〔註2〕

新中國的闢建，是以馬克思主義爲理論依據，執政黨所領導的社會主義改造，以消滅私有制爲旨歸，基本遵循了馬、恩構建理想社會的設想，但也必然遭逢各種衝突。消除西方勢力在華利益，沒收官僚壟斷資本，施行土地改革，贖買民族資產階級的生產資料，這些個步驟，無處不體現公對私的革命，每一個向面都充滿了利益博弈，如同馬克思所想像的，「會把人心中最激烈最卑鄙最惡劣的感情喚起，把代表私人利害的仇神召到戰場上來」。〔註3〕

〔註1〕馬克思、恩格斯：《共產黨宣言》，第49頁。
〔註2〕馬克思：《資本論》，上海三聯書店，2011年1月版，原著者初版序第3頁。
〔註3〕同上。

民營報紙屬於私有制範疇，且因其特殊的意識形態屬性，爲執政黨特別關注。1949 年 2 月 18 日，中共中央文件要求將當時流行的「民營資本」稱謂改爲「私人資本」。在這一概念轉換中，民營報紙本應依附其中，卻被單獨提煉出來，與「民營資本」並置，呈現在該文件中，即「今後凡『民營資本』『民間報紙』等名稱，均應不再沿用，而改稱私人資本、私營報紙等。」〔註 4〕民營報紙一直自居爲民眾代言，去掉了「民」字之後，它的位置被放在民眾的對立面，成爲被改造的對象。從「民」到「私」的一字之改，將民營報紙拖曳進社會主義改造的漩渦之中。其間，資源的分配，渠道的重構，利益的紛擾，一步步改變了民營報紙的面貌。這一情形恰恰印證了馬克思的論斷：「資本不是一種個人力量，而是一種社會力量」。〔註 5〕

6.1 計劃經濟下資源分配的不均衡

計劃經濟是社會主義制度的本質特徵。19 世紀 40 年代，馬克思和恩格斯研究了資本主義的生產方式，在 18 世紀三大空想社會主義者的思想成果上，創立了科學社會主義學說。其中，用統一的國民經濟計劃來配置社會資源，組織整個社會的生產、分配和消費，即計劃經濟的理論雛形。

將「計劃經濟」作爲概念提出的是列寧。他在 1906 年寫的《土地問題和爭取自由的鬥爭》中提到：「只有實行巨大的社會化的計劃經濟制度，同時把所有的土地、工廠、工具的所有權轉交給工人階級，才能消滅一切剝削。」〔註 6〕十月革命勝利後，列寧將理論付諸實踐，建立了全世界第一個社會主義政權，並採用了全民所有制和高度集中的計劃經濟。

1949 年成立的新中國雖然以新民主主義開篇，但在立國宏圖中，毛澤東明確指出，「不要以爲新民主主義經濟不是計劃經濟，不是向社會主義發展，而認爲是自由貿易、自由競爭，向資本主義發展，那是極端錯誤的。」〔註 7〕當朝鮮戰爭結束及國民經濟初步恢復後，1952 年，黨中央按照毛澤東的建議，

〔註 4〕《中央關於使用「民營」、「民辦」、「民間」等字樣問題的指示》，1949 年 2 月 18 日，載《中國共產黨宣傳工作文獻選編（1937～1949）》，第 750～751 頁。

〔註 5〕馬克思、恩格斯：《共產黨宣言》，第 42 頁。

〔註 6〕《列寧全集》第 10 卷，北京：人民出版社，1960 年版，第 407 頁。

〔註 7〕《毛澤東在中央政治局七屆二中全會上的講話》，1949 年 1 月 8 日。轉引自薄一波：《若干重大決策與事件的回顧》（上），第 17 頁。

提出了過渡時期的總路線，此後，通過委託加工、計劃訂貨、統購包銷、委託經銷代銷、公私合營、全行業公私合營等一系列從低級到高級的國家資本主義過渡形式，「實現了馬克思和列寧曾經設想過的對資產階級的和平贖買」。〔註8〕1956年5月，黨的第八次全國代表大會宣佈，社會主義制度在中國已經基本上建立起來。這句話意味著公有制占絕對統治地位的100%計劃經濟體制全面實現。

與全中國經濟發展同步，新聞出版業的「計劃經濟」也歷經三個階段，即新民主主義經濟時期，國家資本主義過渡時期以及全面進入社會主義制度時期。在第一階段，「計劃經濟」主要體現在對紙張等緊缺資源的調配；第二階段，計劃涉及到各地區出版事業基數、發行限量等內容；第三階段，因出版基數大致穩定，計劃又回到紙張等緊缺資源方面來，體現爲發行數量繼續接受宏觀調控。因絕大多數民營報紙已在中國宣稱全面進入社會主義之前完成改造，「計劃經濟」對民營報紙的影響主要發生在前面兩個階段。

6.1.1 對紙張的計劃調控

說起對紙張實施「計劃經濟」，並非新中國首創。抗戰勝利後，國民黨政府即對京、津、滬、漢、穗等大城市的報紙實行配紙制度。由於分配不均，導致紙張黑市泛濫。一些報館拿到官價紙後即向黑市賣錢，然後做黃金美鈔的投機生意，以至於「辦報事小，而爭報紙配額事大」。〔註9〕以南京爲例，每月配紙120噸至130噸，「頂多有一半夠用，眞正在經營的只有兩三家，其餘則大多以出賣白報紙過活。」〔註10〕冒領紙張配額的現象屢見不鮮。像蘇州有四家對開報：《蘇報》、《蘇州日報》、《蘇州明報》和《大江南報》。其中，《蘇報》紙張由國民黨江蘇省黨部供應，其它三家，由早報印刷廠的顏益生去代辦，顏卻把不曾出版的《早報》也算作一家，分潤其中的四分之一。〔註11〕據統計，1948年，中國年產白報紙約6000噸，而進口的白報紙達到6萬噸，〔註12〕中國報紙出版靠進口紙維繫，而進口紙又操縱在「官倒」和姦商手中。倒賣紙張的生意純屬暴利，花4000萬法幣購進100噸紙，一轉

〔註8〕《關於建國以來黨的若干歷史問題的決議》(注釋本)，第17頁。
〔註9〕《配紙制度之廢除》，《報學雜誌》創刊號，1948年9月版。
〔註10〕《如何解決紙荒問題》，《報學雜誌》第1卷第3期，1948年10月版。
〔註11〕馮英子：《勁草——馮英子自傳》，第308～309頁。
〔註12〕《如何解決紙荒問題》，《報學雜誌》第1卷第3期，1948年10月版。

手即可賺 6 億法幣或 22800 美元。因官價配紙嚴重不足，報社不得已要向黑市買紙。〔註 13〕日出三大張的南京《中央日報》號稱發行 10 萬份，一半的白報紙要從黑市購入，每日虧損至少 1150 萬元以上。〔註 14〕國民黨中央黨報尚且如此，一般報紙的困境可想而知。當時京滬報紙，「能以自力毫無問題度此難關的，僅有一二家。帳面有盈餘而仍有現金周轉的，也只有兩三家。此外大部份的報紙都是到了山窮水盡的境地。」〔註 15〕

新中國成立後，紙張緊張情況猶未消減。1949 年 3 月 17 日，陸定一寫信給周恩來，希望中央撥款解決中小學教科書及報紙出版的用紙問題。信中寫道：「滬、寧、武漢、平、津等大中城市，估計共每年用紙 1200 噸，請中央撥給人民幣 2 億；並每月撥給紙張 600 噸，撥 6 個月（3600 噸現值 3.6 億）。以後即行自給，除繳獲之物資及購紙之方便外，不再向中央要錢要東西。」〔註 16〕3 月 18 日，國家副主席董必武對上述請求給出的意見是：「我們華北貿易公司資金，積纍至現在還只有 5 億人民票。一下子撥 5.6 億人民票作出版局資金，是吃不消的。爲了爭取時間，在具體計劃未作出前，出版局要作些事，要用些錢，請中央規定一筆款（不超過 1000 萬人民票的範圍內）撥交出版局作爲預借，俟將來核定出版局增資多少時扣除。紙張問題，首先應調查東北、華北、華東的現產量與能產量，如從外面買，那還要外匯，外匯是我們目前最難解決的問題之一。」〔註 17〕

在陸定一與董必武就紙張問題緊急磋商之際，紙張價格已從 1949 年 3 月初 4000 元一令漲至 5 月 11 日一萬元左右一令，印刷費也約漲一倍，〔註 18〕相當於白報紙價錢比抗戰前漲了 13000 倍，遠遠高出糧食平均三千多倍的漲幅。〔註 19〕

〔註 13〕馬星野：《報與紙》，《中央日報》，1947 年 2 月 20 日。

〔註 14〕據馬星野《報與紙》一文中所列數據計算。

〔註 15〕沛：《報業的危機》，《中央日報》，1948 年 12 月 9 日。

〔註 16〕陸定一：《關於出版局工作方針等問題致周恩來的請示信及周恩來的批示》，1949 年 3 月 17 日，載《中華人民共和國出版史料（1949）》，第 37～38 頁。

〔註 17〕董必武：《對陸定一請示信提出的意見致周恩來的信》，1949 年 3 月 18 日，載《中華人民共和國出版史料（1949）》，第 46～47 頁。

〔註 18〕出版委員會：《第十一次會議記錄》，1949 年 5 月 11 日，載《中華人民共和國出版史料（1949）》，第 95 頁。

〔註 19〕《關於出版委員會的報告》，1949 年 11 月，載《中華人民共和國出版史料（1949）》，第 480 頁。

1949年6月5日，出版委員會在《全國出版事業概況》的報告中談到，依據目前的需要，初步估計每年報紙的消耗量僅書刊出版部分就要用 100 萬令，合2.5萬噸。另外全國各地出版的報紙及地方性出版物，所需用紙量，恐怕要兩倍於此數，即全國每年需用的紙張，估計要7.5萬噸。自己的新聞紙生產量，初步瞭解一年最多只有1.5萬噸到2萬噸。每年需進口或改用土紙的數量要5.5萬噸到6萬噸，進口紙每噸約需7噸糧食去交換（與蘇聯交換例子），6萬噸紙，就要用42萬噸糧食。依據東北機器造紙的售價說，每噸約合10噸糧食，本國造紙售價，在目前仍是高過外國紙張。對外國紙張進口，可以實行保護關稅政策，讓洋紙進口稅相對的提高，以免洋紙泛濫。〔註 20〕然此次會議後，洋紙雖未泛濫，紙價卻繼續上揚，1949年11月上半月，紙價已從5萬升為7萬元，到了11月底，竟漲至一令13萬元。〔註21〕一些報紙不得已靠倒買倒賣過活。像《文匯報》即獲政府批准，向國外訂購一千噸白報紙，紙張進口後再出售以賺取差價。該報復刊後相當長一段時間，就是靠賺取的這筆錢來維持的。但像《文匯報》這樣的民營報紙不可能時時得到如此惠顧。

因紙資源高度緊張，國家開始對用紙的分配加強計劃性，要求各大行政區所需出版用紙數量，由出版行政機關與該區財委會、工業部門聯繫，盡可能在本區內組織生產或增加生產；同時應本著「增產節約運動」的精神，號召各企業單位儘量撙節用紙；在生產手工造紙的地區，應說服他們使用手工造紙，以減少國家分配新聞紙總平衡量的困難；區內產需不能平衡時，可將全年分季差額量報送出版總署，以轉請中央財委會設法調撥他區餘額或用進口紙補充。各省市新聞出版處應於每季度終了後根據各出版企業單位所報該季用紙實際數量進行審核，並編製季度用紙核算表，送大行政區出版行政機關匯總報出版總署，各省市出版企業單位自向市場購用之紙張，亦應編入核算表內，以便進行全面統計。〔註 22〕這樣一來，報紙藉以生產的最重要介質——紙張被高度壟斷至出版總署，各大區及地市新聞出版部門亦參與到分配環節。在紙張缺口十分巨大的情況下，由政府主導的再分配出現了向公營報

〔註20〕出版委員會：《全國出版事業概況》，1949年6月5日，載《中華人民共和國出版史料（1949）》，第120頁。

〔註21〕陸定一、胡喬木：《關於提高書價問題向周恩來的請示報告》，1949年11月28日，載《中華人民共和國出版史料（1949）》，第584頁。

〔註22〕出版總署：《關於1952年分配出版用紙辦法的通知》，1951年12月15日，載《中華人民共和國出版史料（1951）》，第428～430頁。

紙傾斜的趨向。

在一次新聞出版方面的座談會上，原《新民報》經理鄧季惺說過這樣的話：「有人說新聞工作中有宗派主義，黨報是親生子，非黨報是螟蛉義子，具體表現在採訪工作中待遇不平等等等，我認爲不僅如此，在紙張配給、增加設備等方面也存在這個問題。文化部分配給《人民日報》的紙張不但量多而且質好，其它報紙就壓縮數量，降低質量。」〔註23〕

類似的事情也出現在上海。民營的《大公報》1950 年頭三個月虧損總額共計 9.1846 億元。按照《大公報》的計算方法，虧損不止於上述數字。由於回款不足以購進紙張，1950 年 3 月底，《大公報》存紙比 1949 年 12 月底減少 395161 磅。按照時價每磅 3400 元計，紙張虧空總額即達 13.4 億餘元。〔註24〕相對比，公營的《解放日報》鮮有出現印刷用紙捉襟見肘的情況。建國伊始，儘管《解放日報》的賠累總數比同城的民營報紙只多不少，但主要虧在打折促銷。從現有資料來看，《解放日報》非但未見紙張匱乏，甚至還將白報紙借給《大公報》、《新民報》等民營報紙周轉。

民營報紙所獲平價紙張配額不足，也可以從廣州《新工商周刊》取得證據。該周刊係民營，以報導工商業情況爲主，資金絕大部分是從工商界人士集股而來。截至 1950 年 8 月 31 日，共收股本 123 股，折合人民幣 5.6036 億元，股本占最多的是 10 股，最少 1 股，而持 1 股的人占大多數。從 1950 年 2 月 25 日創刊至 7 月底，該報一直虧損，直至 8 月份開始好轉，但因紙價忽漲，刊物成本大增，該刊又因照顧讀者購買力，每期由 28 頁增到 40 頁，仍不予增加售價。8 月的收支平衡，主要是靠廣告收入維持，廣告減少即受影響。該刊因此希望政府能給予平價紙張。〔註 25〕《新工商周刊》的這一請求說明，政府對民營報刊的紙張配額多有控制。

有關《廣州工商》或公或私的界定也與紙張配給有關。《廣州工商》周刊由廣州市工商業聯合會主辦並撥付資金，創刊於 1953 年 3 月 18 日，係由經濟導報廣州分社及《新工商周刊》合併組成。因組成《廣州工商》的兩家報刊均爲民營企業，該怎樣確定《廣州工商》的經營性質？這件事讓廣州市

〔註23〕《光明日報》，1957 年 5 月 19 日。

〔註24〕上海大公報館：《一年來業務總結報告》，1950 年 5 月 15 日，上海市檔案館：B35-2-108-25。

〔註25〕《新工商周刊社情況報告》，1950 年 8 月，廣州市檔案館：179-1950-長久-12，第 77～83 頁。

新聞出版處犯了難：「這一商業性團體的機關刊物，是否應享有公營期刊的待遇？倘確定該刊爲公營性質，必須牽涉到今後配紙問題。」〔註 26〕新聞處只好具函向廣州市政府徵詢意見。市政府的回覆模棱兩可，一方面考慮配紙問題應定爲私營性質，另一方面叮囑愼重處理，繼續向上級請示。1953 年 4 月 16 日，當瞭解到上海也有一份類似的刊物時，廣州新聞處立刻發函予以詢問。5 月 5 日，華東軍政委員會新聞出版局的回覆最終幫助解決了上述難題，回函稱：「關於上海工商業聯合會出版的《上海工商》，我處係列作私營類型。」〔註 27〕

從上述案例可以看出，國家對壟斷資源的再分配存在厚公營薄民營的現象，尤其是最爲緊俏的白報紙的平價配給問題，因無法獲得與公營報紙同樣的配給比例與價格，民營報紙的運營成本有所增加。這種不甚公平的計劃調控方式制約了民營報紙的生存與發展。

6.1.2 對報紙種數的計劃調控

1952 年 6 月，中央財經委員會開始編制 1953 年至 1957 年新中國發展國民經濟的第一個五年計劃。根據國家總的路線方針，1953 年 2 月 7 日，出版總署第一次出版建設五年計劃（草案）修訂稿出臺，按照規劃，全國報紙總數將從 1952 年的 282 種增至 1957 年的 327 種。

表 6-1：出版總署第一次出版建設五年計劃（報紙部分）〔註 28〕

年份	1952	1953	1954	1955	1956	1957
報紙種數	282	300	305	312	319	327
期發份數（萬）	884 日刊 369	1000 日刊 409	1250 日刊 461	1400 日刊 520	1550 日刊 607	1769 日刊 707
印張（萬）	151260	172892	217960	245512	272344	311533

〔註 26〕廣州市新聞出版處：《就「廣州工商」周刊的經營性質詢廣州市人民政府》，1953 年 3 月 20 日，廣州市檔案館：179-1952-長久-123，第 91 頁。

〔註 27〕《華東軍政委員會新聞出版局的覆函》，1953 年 5 月 5 日，廣州市檔案館：179-1952-長久-123，第 92 頁。

〔註 28〕根據《出版總署第一次出版建設五年計劃》（草案）整理，1953 年 2 月 7 日修訂，載《中華人民共和國出版史料（1953）》，第 70～71 頁。

在五年計劃的第四部分，出版總署詳解了報紙業的發展規劃。種數方面，再增加工礦、經濟作物區報紙 30 種。

表 6-2：出版總署 1952～1957 報紙種數增加計劃分佈〔註 29〕

年份	總數	中央級	工礦、經濟作物區	少數民族區	專區級	市報	其它
1952	282	5	14	16	124		123
1957	355	10	44	24	151	5	123

報紙種數的增加並不意味品種的同幅增長。出版總署規定，5 年內大行政區級報紙除華東者外，都陸續撤銷，因調整而停刊的報紙達 42 種。〔註 30〕出版總署五年計劃的這一段要點解釋，決定了民營報紙的命運。按照規劃，1953 年起，不再批准新的民營報紙出版，從此，民營報紙或關閉，或改爲公營，或實現公私合營。截至 1957 年底，民營報紙在新中國徹底消失。

表 6-3：全國文教會議核定出版事業基數（上海市報紙部分）〔註 31〕

年份		1952 年				1953 年				1954 年			
內容		總數	新出	總印數	總印張	總數	新出	總印數	總印張	總數	新出	總印數	總印張
		11	--	188017	178339	8	--	207093	206803	8	--	206374	203866
報紙屬性	國營	8	--	128907	97583	5	--	135742	106948	5	--	119819	100727
	公私合營	1	--	37510	56564	3	--	71351	99855	3	--	86555	103139
	私營	2	--	21600	24192	--	--	--	--	--	--	--	--
報紙類別	綜合	4	--	109397	138458	4	--	128600	154357	4	--	138376	163082
	工人	4	--	37922	18998	2	--	36903	18591	2	--	28524	14527
	青少年	2	--	39961	20515	2	--	41590	23855	2	--	39474	26257
	外文	1	--	737	368	--	--	--	--	--	--	--	--

〔註 29〕根據《出版總署第一次出版建設五年計劃》（草案）整理，1953 年 2 月 7 日修訂，載《中華人民共和國出版史料（1953）》，第 80 頁。

〔註 30〕《出版總署第一次出版建設五年計劃》（草案），1953 年 2 月 7 日修訂，載《中華人民共和國出版史料（1953）》，第 80 頁。

〔註 31〕筆者根據全國文教會議核定出版事業基數表整理，1955 年 6 月 20 日，上海市檔案館：B167-1-4-4。

儘管出版事業計劃的基數，經國家計劃委員會及國家統計局確認，規定在今後一定時期內不作更動，〔註 32〕但此計劃並未得到眞正貫徹。據文化部報告顯示，1956 年，全國報紙總數已近千種，幾乎達到 1956 年規劃數字 319 種的三倍。超出計劃部分大多是公營的專業報、工礦企業報、專區報、縣報。由此可見，爲計劃所制約的報紙品種，主要是民營報紙。

6.1.3 對發行數量的計劃調控

1952 年 10 月，第二屆全國出版行政會議決定，1953 年起全國報刊必須實行計劃發行。所謂計劃發行，是指配合出版計劃，逐步主動地掌握市場，擺脫盲目的受自由市場支配的狀況，換句話說，是要逐步實現供需結合和產銷平衡，改變供需脫節、產銷失調的現象。計劃的制訂必須根據定量供給、合理分配、定時流通、定額備貨四項原則，其中定量供給是計劃發行的主要內容。〔註 33〕

以廣州報業市場爲例。這次會議規定《南方日報》發行計劃數每期最高 11 萬份，但 1952 年 12 月該報發行數已經超過了這一計劃數，1953 年 1 月上旬達到 11 萬 7 千餘份。因此，1 月中旬，《南方日報》通知郵局停止發展，將廣州發行的 34000 份縮減至 30000 份，國防軍約需 8000 份，只能給 5000 份。隨著報紙發行量縮減及發行區域的調整，各地讀者紛紛來信或打電話給報社和郵局，要求訂報。截至 1953 年 4 月，要求訂報數合計約 1 萬份。對此，報社無可奈何。〔註 34〕

表 6-4：廣東省、廣州市 1953 年報紙發行計劃統計表〔註 35〕

報名	刊期	全年平均每期份數	報名	刊期	全年平均每期份數
南方日報	日刊	114583	粵中農民報	兩日刊	24542
聯合報	日刊	35000	珠江農民報	三日刊	34000

〔註 32〕國家計劃委員會、國家統計局、文化部聯合通知：《下達文化、出版事業五年計劃中一九五二年至一九五四年基數由》，1955 年 7 月 22 日，上海市檔案館：B167-1-4-1。

〔註 33〕《進一步地實行計劃發行》，1952 年 10 月，載《中華人民共和國出版史料（1952）》，第 290～308 頁。

〔註 34〕南方日報：《貫徹全國第二屆出版會議精神報告》，1953 年 4 月 17 日，廣州市檔案館：179-1953-長久-111，第 108～109 頁。

〔註 35〕筆者根據《廣東省、廣州市 1953 年報紙發行計劃統計表》整理，1952 年 10 月 14 日，廣州市檔案館：179-1953-長久-008。

廣州標準行情	日刊	2000	西江農民報	三日刊	13921
粵東農民報	三日刊	69750	高雷農民報	三日刊	24666
每日新聞	日刊	13500	湛江勞動報	三日刊	12875
汕頭工人報	三日刊	17567	新海南報	日刊	18875
東江農民報	三日刊	33500	海南農民報	日刊	20625
北江農民報	三日刊	27666	粵中農民報	兩日刊	24542

爲什麼要控制報紙發行數量，出版總署的出發點無可厚非。據統計，截至 1952 年 11 月，全國報紙發行份數與人口對比，已經每 50 人有一份報紙；全國雜誌發行份數與人口對比，已經每 30 人有一份雜誌。發行數字過高，導致有重複浪費和強迫攤派現象，讀者負擔太重。這才引致如何控制發行數字的問題。〔註 36〕

控制發行數字產生的影響是全國性的。像成都的《工商導報》，係民營報紙，截至 1954 年 8 月，該報在成都市發行 1928 份，外埠 8174 份，發行總計 10102 份。計劃規定該報的發行指標爲 1 萬份，儘管只超出 102 份，這種情況也被主管方面察覺並予以提示。〔註 37〕

按照計劃發行的規定，報紙一旦需要改變計劃，必須事先獲得主管部門批准。從廣州一家報紙的經歷可知報批程序十分繁複。表 6-4 中的《聯合報》係經改造《越華報》等民營報紙而來，雖然屬於民主黨派報紙，但在性質上屬於民營。該報的發行限額是 35000 份。1953 年，《聯合報》改組爲公營的中共廣州市委機關報《廣州日報》，經與出版總署和中央宣傳部商議，最高發行數仍核定爲 35000 份。但至 3 月底，該報發行量已達到最高控制數，不少讀者因此無法訂報。《廣州日報》於 4 月 3 日請求出版總署准予增加，總署 4 月 16 日指示需等中南新聞出版局考慮批覆。〔註 38〕《廣州日報》先後於 6 月 18 日及 9 月 2 日致函中南局催請，直至 10 月 9 日，中南新聞出版局勉強同意《廣州日報》最高期發數增至 37000 份。〔註 39〕1953 年 3 月 5 日，斯大林逝世。《廣

〔註 36〕《出版總署關於編造 1953 年出版計劃的說明》，1952 年 11 月 15 日，載《中華人民共和國出版史料（1952）》，第 327 頁。

〔註 37〕中共成都市委秘書處：《工商導報情況初步瞭解的報告》，1954 年 10 月 10 日，成都市檔案館：54-1-312。

〔註 38〕廣州日報：《請求核准恢復中南局前已認可的每日四萬份最高發行限額》，1953 年 6 月 18 日，廣州市檔案館：179-1953-長久-005，第 21～22 頁。

〔註 39〕《中南新聞出版局覆函》，1953 年 10 月 9 日，廣州市檔案館：179-1953-長久-005，第 21～22 頁。

州日報》自7日刊登斯大林逝世消息後，讀者紛紛要求購報，導致7至10日四天發行數字超出限額很多，計3月7日55500份，8日66000份，9日50230份，10日44680份。除7日發行數曾報告廣州市新聞處並經同意外，8日讀者要求購報的更多，《廣州日報》再去電話請示，適逢該日為星期日，新聞處負責人不在，接電話的人不能決定。《廣州日報》遂請示市委宣傳部，經同意後加印。9日，該報經理部用長途電話向中南新聞出版局請示加印，得到的回覆是「七八兩日超額發行要即將超額原因補行報告，可予同意。九十兩日勿再超額等語」。鑒於讀者仍紛紛要求購報，《廣州日報》只得再向中共廣州市委通融，市委認為此係一重大政治事件，應滿足群眾要求，以資對幹部群眾進行教育，《廣州日報》遂敢再行加印。〔註40〕

計劃發行還涉及到對發行區域的控制。《廣州日報》剛創刊時打算委託天津日報社代訂，但不為郵局接受。1953年1月9日，《廣州日報》致函出版總署，徵詢異地發行事宜。2月10日，出版總署予以回覆，函稱：「你報開展訂戶，原則上應限於本地區。外省個別單位，如確因業務需要須訂閱者，郵局得予適當照顧，但發行工作上不應主動向外地發展。」〔註41〕出版總署的這一回函基本代表了管理部門對待報紙異地發行的態度：除了《人民日報》、《光明日報》、《中國青年報》、《工人日報》等全國性報紙外，省、市級報紙不得異地發行。

計劃發行對省、市級報紙予以控制，必然導致全國性報紙的大幅度擴張。截至1955年，報紙的每期發行總份數增加了3.7倍，在265種專區以上的報紙裏面，有17種是全國性的。其中，《人民日報》，1949年創刊，每期發行71萬份；《中國青年報》，1951年創刊，每周出版三期，每期發行48萬份；《工人日報》，1949年創刊，每期發行15萬份；民主黨派聯合主辦的《光明日報》，1949年創刊，每期發行7萬多份；《大公報》，當時在天津出版，著重闡述商業、合作社、財政和金融工作方面的問題，每期發行11萬多份；《文匯報》，在上海出版，它的主要服務對象是全國中小學教師，每期發行18萬份；中文的《中蘇友好報》，每周出一期，發行25萬多份；《中國少年

〔註40〕廣州日報：《關於斯大林逝世期間加印的補充報告》，1953年3月11日，廣州市檔案館：179-1953-長久-005，第19～20頁。

〔註41〕出版總署：《報紙開展訂户原則上限於本地區函廣州日報》，1953年2月10日，廣州市檔案館：179-1953-長久-005，第5頁。

報》，周報，每期發行 180 萬份；上海出版的《新少年報》，每期發行 57 萬份。〔註 42〕

全國性大報如何開疆闢土？僅以《大公報》爲例。自該報 1953 年從上海遷天津與《進步日報》合併，仍以《大公報》名字出版以來，完成了從民營報紙向公私合營報紙的轉變。1953 年 1 月 14 日，1954 年 10 月 6 日，中共中央兩度發放紅頭文件，言明《大公報》雖「對外仍保持私營的面目」，「實際已是黨領導的公私合營的報紙」〔註 43〕。這一事實說明，《大公報》已從地方性報紙升級爲全國性大報。1956 年 10 月 1 日，《大公報》遷京出版，進一步奠定了其全國性大報的地位。一旦成爲「國家隊」成員，其發行數字的增長絕非地方性報紙所能攀比。

表 6-5：大公報歷年發行情況（1953～1965）〔註 44〕

1953	1954	1955	1956	1957	1958	1959	1960	1961	1962	1963	1964	1965
67451	100750	146739	287508	235282	192358	204361	204148	144046	100427	156468	258304	278408

雖然全國性大報同樣受計劃發行定額的制約，但因坐守中央所在地，在突破紙張限額，臨時調整發行額度方面還是具備相當優勢。像 1962 年年初《大公報》響應文化部要求壓縮發行後，只剩下不到 11 萬份報紙，導致供求之間極爲緊張。《大公報》立即致信國務院副總理李先念，請求在紙張供應可能條件下，「明年多供給大公報四、五噸報紙，增發四、五萬份報紙。」〔註 45〕果然，文化部 1963 年下半年增撥了紙張，《大公報》發行數又逐步增加。

全國性大報的擠壓、發行數量定額，已令民營報紙舉步維艱，預訂制度的推廣進一步壓縮了民營報紙的生存空間。所謂預訂制度，是指預先支付報款，按月、按季、按年訂閱報刊。整訂增加，零售必然縮減，主管部門的意圖也是如此。爲了壓縮零售市場，1952 年 9 月，出版總署擬定降低批銷零售

〔註 42〕廖蓋隆：《中華人民共和國的報刊》，《光明日報》，1955 年 5 月 20 日。

〔註 43〕《中央給各地指示電關於重視運用光明日報和大公報的通知》，1953 年 1 月 14 日；《中央宣傳部關於大公報若干問題的通知》，1954 年 10 月 6 日，北京市檔案館，043-001-00022-1、4-5。

〔註 44〕大公報黨組：《大公報歷年發行情況（1953～1965）》，北京市檔案館：043-001-00026。

〔註 45〕大公報黨組：《致國務院副總理李先念的信》，1962 年，北京市檔案館：043-001-00026-16-18。

折扣，初步設想是：報刊定價不降低，發行費降低至 25%；報販發行費批發價本埠爲 15%，外埠 10%。舉例示之：《南方日報》定價 600 元（舊幣）不變，1952 年郵局發行費 30%=180 元，1953 年改爲發行費 25%=150 元，郵局少得 30 元；1952 年報販批發價 25%=150 元，1953 年起報販批發價本埠 15%=90 元，外埠 10%=60 元。〔註 46〕照此計算，報社沒有損失，郵局一份報紙少收 30 元，而本地報販的收益減少了 60 元，外埠報販所受影響最大，收益減少 90 元。報販利潤大幅度減少，自然會導致零售市場的萎縮。這一調整方案出臺後，連地方管理部門都覺得可能會引起問題。像廣州市新聞出版處即致電出版總署，反映調整後的批銷零售折扣與現在折扣 40%〔註 47〕相差太遠，會嚴重影響報販生活。鑒於「廣州市報販未成立組織，情況複雜，有個別壞分子活躍於其中，現活動已很囂張，按情況勢難執行，極易發生事端，工會亦難說服。若折扣提高至本埠 20%，外埠 15%，或望可行。」〔註 48〕

零售市場的萎縮對主要靠市場而非行政命令發行的民營報紙是致命打擊。但就所剩不多的零售市場而言，「國家隊」再次獲得政策支撐，得以搶佔零售領域。1953 年 9 月 21 日，郵電部黨組、出版總署黨組在給中央的報告中提到，爲了照顧一部分讀者習慣，並維持一部分報童攤販的生活，「人民日報、光明日報、工人日報、大公報先行開展北京、上海、天津、瀋陽、武漢、廣州、重慶、西安八大城市的零售工作。」至於省、市級報紙是否需要在出版地零售，報告僅提出請「省市黨委考慮」。對於跨出版地零售則不予支持。〔註 49〕

經過紙張配額限制、報紙種類限制、發行數量限制、發行區域限制等連環「計劃」，民營報紙幾無立足空間。有一定實力和影響力的民營報紙紛紛轉制，或公私合營，或改組爲公營。截至 1953 年 12 月底，全國僅餘下 8 家民營報社；1954 年底餘下 3 家；1955 年底 2 家；1956 年底 1 家；1957 年底，民營報紙全部消失。

〔註 46〕《出版總署初擬新政策計算示例》，1952 年 9 月，廣州市檔案館：179-1952-長久-078，第 79 頁。

〔註 47〕民營報紙一般執行 40%折扣價。

〔註 48〕廣州市新聞出版處：《徵詢報刊發行費用可能引起問題復出版總署》，1952 年 9 月 15 日，廣州市檔案館：179-1952-長久-078，第 84 頁。

〔註 49〕《郵電部黨組、出版總署黨組關於報刊發行工作給中央的報告》，1953 年 9 月 21 日，載《中華人民共和國出版史料（1953）》，第 522 頁。

6.2 融資乏力普遍經營困難

舊中國連年戰禍，導致物資匱乏、交通梗阻、金融混亂、物價飛漲、民生凋敝。當時的情境到底如何？或可從幾段日記中看得較爲具體。

路翎（1948年12月15日）：成千的人在鬧市中擠兑黃金……銀行門口在排著隊。每一個人的肩膀上揹著一個被警察用粉筆畫上的號碼。這粉筆的滋味我們也嘗過的。上個月搶購的時候，買平價米，想找警察畫一個號碼而不得，園兄就是自己用粉筆在肩上畫了一個字，而跳了進去的。〔註50〕

浦江清（1948年12月22日）：我們的薪水拿到12月份，而金圓券已經不能買蔬菜，偶可買到，非常貴，肉六十元一斤，雞蛋十數元一枚，菜三四元一斤，凍豆腐三四元一塊。所以不到幾天我們的金圓券也已完了……西郊成爲拉鋸戰的戰區。又不知人民政府何時來接收清華，使我們能夠拿到薪水。〔註51〕

葉聖陶（1948年12月23日）：兑金銀爲經濟政策改變後之辦法，意在維持金圓之信用，實則係不成體統之措施。舉辦以來，擠兑紛紜，逐利者得金售於黑市，得半倍以上之收益。公教人員規定例可得兑，實同於政府分其餘臠於夥伴。今日擠兑最甚，銀行區域聚集至十萬人以上，皆以晨四時來者。迄止夜報出版，知擠死七人，傷二十餘人。〔註52〕

上述日記作者，或爲作家，或爲大學教師，或爲翻譯家，皆爲精英人士。他們所記述的內容已夠淒涼，如果翻閱解放前夕的報刊，絕望之景象更是歷歷在目：「滬市場驚濤駭浪，米價狂漲瞬息萬變，黑市每石千八百元，搶糧搶飯之風盛行」；〔註53〕「北平學生多以窩頭充饑，雲大日前幾乎斷炊，武漢學生在漢陽門的廢墟上舉行活命拍賣會，廈大一位女教員吞服水銀自殺……」〔註54〕民生凋敝，危船將傾。新政權接收的就是這樣一個殘病的中國。

中央人民政府成立後，國民黨遺留下來的各種社會問題尚不能立即根除，加之解放全中國的戰爭並未結束，軍費開支巨大；對舊政權軍政公教人

〔註50〕轉引自錢理群：《1948：天地玄黃》，北京：中華書局，2008年12月版，第241～242頁。

〔註51〕浦江清：《清華園日記·西行日記》，北京：三聯書店，1987年6月版，第223頁。

〔註52〕轉引自錢理群：《1948：天地玄黃》，第219頁。

〔註53〕上海《大公報》，1948年11月8日。

〔註54〕上海《大公報》，1948年12月2日。

員採取「包下來」的政策；恢復基礎設施及救濟災民等等，新政權只能靠發行鈔票緩解上述危機，導致自 1949 年 10 月 15 日起，全國物價持續四十餘天猛漲。〔註 55〕各行各業均受制於整體經濟環境的困頓，新聞出版業也是一片凋敝。像商務印書館一個月開銷 6 億元（舊幣），而收入極少，南京分店月營業才十萬元。〔註 56〕1949 年 11 月 10 日，商務印書館董事長張元濟致函時任出版總署署長胡愈之，其言戚戚：「鄙公司兩遭兵燹，舊有工人大多失業，嗷嗷待哺，殊堪憐憫。若輩均有多年之經驗，任其廢棄，亦屬可惜。貴署如有添募工人之舉，可否酌量收用，俾得一吃飯之所。」〔註 57〕不出一月，張元濟又寫信給政務院副總理陳雲，希望能夠承攬折實公債債券的印刷，信中再次觸及商務的困境：「近來營業驟減，收入奇絀。在上海職工尚有五百餘人，不易維持，極願承攬此項證券工作，藉紓涸轍。」〔註 58〕偌大商務印書館尚且困頓如此，時已 82 歲的張元濟老先生親自向昔日下屬求援，〔註 59〕可以推想新聞出版業的整體情形。民營報紙的境況如出一轍。

6.2.1 經濟基礎薄弱

1950 年 6 月 30 日，時任大中國書局總編輯，兼職誠明、震旦兩處教職的顧頡剛在日記中寫到：「大中國的薪金打了一個對折，誠明以捐款不到，薪水打七折，欠薪已及三月，震旦則因地價稅及房捐之重，欠薪亦兩月。」「苦日子，我以前亦曾過過，在北京軍閥政府時代，我在北大，欠薪達兩年，但有蔣仲川處可借。今則人家皆窮，眞有錢的已出國，留在國內的同陷於僵局，

〔註 55〕龐松：《中華人民共和國史（1949～1956）》，第 45 頁。

〔註 56〕《顧頡剛日記》第六卷，臺北：聯經出版社，2007 年 5 月版，第 589 頁。

〔註 57〕《商務印書館檔案・雜類・當局信件（張菊生）》，三，第 46～47 頁。轉引自周武：《從全國性到地方化：1945 至 1956 年上海出版業的變遷》，《史林》，2006 年 06 期。

〔註 58〕《商務印書館檔案・雜類・當局信件（張菊生）》，三，第 219～221 頁。轉引自周武：《從全國性到地方化：1945 至 1956 年上海出版業的變遷》，《史林》，2006 年 06 期。

〔註 59〕胡愈之 1914 年進入商務印書館擔當編譯所練習生，是其新聞出版生涯的開始。參見《胡愈之：爲新聞出版的一生》，《三聯生活周刊》，2012 年 7 月 18 日；1919 年 11 月，高小畢業的陳雲到上海商務印書館當學徒工，後多次領導商務印書館工人罷工。1982 年商務紀念建館八十五週年時，陳雲題詞：「商務印書館是我在那裏當過學徒、店員，也進行過階級鬥爭的地方。應該說商務印書館在解放前是中國的一個很重要的文化事業單位」。參見《陳雲在商務印書館的日子》，《中華讀書報》，1997 年 7 月 23 日。

每個人自顧不暇。在許多親友裏，我身兼數職，還是『頂呱呱』的。人家方來求我，教我如何去求人呢？」〔註 60〕顧頡剛所記錄的，不僅僅是他個人的際遇，也是中國人乃至各行各業的整體狀況。國窮民也不富，新中國民營報紙的開篇即始於此。

多數民營報紙的經濟基礎十分薄弱。廣州《新商晚報》是由歸國僑領、中國致公黨創始人司徒美堂創辦的，該報出版十分倉促。在籌備期間，由司徒美堂先生籌得認股數字港幣三萬五千元，實收到的股款僅一萬元，到創刊時已花去了九千元。〔註 61〕

張友鸞創辦的《南京人報》，從抗戰勝利始，辦報經費就一直捉襟見肘，靠其胞弟張友鶴主持的《南京晚報》提供辦報地點並代印報紙才得以啓動。以後也是舉債度日，經常借了新債還舊債，甚至到 1953 年，報紙的債務還未還清。張友鸞的女兒張鈺在回憶《南京人報》困窘的經濟狀況時說，「1953 年，人民銀行還曾向他（張友鸞）收取一筆折合人民幣 90 餘元（新幣值）的貸款。這筆款子是當年新民報總經理陳銘德介紹，由和成銀行承兌的，後來到期還不出，陳和銀行商量，把這筆貸款劃入了『呆賬』。解放後，人民銀行清理賬目，向父親索還了。」〔註 62〕

北京《影劇日報》獲得的本是日報的登記證，然而在出刊 6 天後，即告「所備經費 24 萬元現已用罄，詢之原股東不願繼續出資且願退出」，陳情改出七日刊，「俟經濟來源有著，日報再行恢復。」〔註 63〕此舉背後實則隱含著一種投機行爲。在未經報告新聞處的情況下，陳逸飛即另出《影劇日報增刊》（周刊），與已令行停刊的《戲世界》內容與形式大體相同，並套用《影劇日報》的登記證。〔註 64〕據知情人透露，原《戲世界》裏的舒舍予、景孤血、蒼卓如、李燕聲等七人，已全部參加《影劇日報》搞編輯，並與陳逸飛定了

〔註 60〕《顧頡剛日記》第六卷，第 652 頁。

〔註 61〕廣東省新聞出版處：《關於廣州新商晚報的情況》，1952 年 1 月 9 日，廣州市檔案館：179-1951-長久-041，第 3 至 7 頁。

〔註 62〕張鈺：《報壇馳騁 30 年——記先父張友鸞新聞工作經歷續》，《新聞與傳播研究》，1991 年第 1 期。

〔註 63〕陳逸飛：《影劇日報改出七日刊申請》，1949 年 5 月 30 日，北京市檔案館：008-002-00030-26-27。

〔註 64〕北京市人民政府新聞處：《爲影劇日報出版後連續發生違法行爲並擅自發行增刊套用日報登記證報請撤銷其登記證由》，1949 年 6 月 20 日，北京市檔案館：008-002-00030-34-37。

長期合同。《影劇》之印廠即原《戲世界》之印廠（大成印刷所），《影劇》之小版頭也都是過去《戲世界》用過的。據說，舒舍予等七人每期給陳逸飛 500 元。〔註 65〕這種擅自發行增刊並套用日報登記證的行為當然不為主管部門所允許。不僅發出去的 981 份增刊被收回，《影劇日報》的登記證也告失效。這張只出版了 6 天日報兼一日增刊的民營報紙可謂是曇花一現。

天津《星報》於 1950 年初創刊，因基礎未固，業務收入不能自給自足，逐月經費賴向文化局貸款周轉，勉強維持。一部分幹部薪金亦由文化局文聯支付。1951 年開始，文化局因響應政府節約號召，一切開支精簡，不能再補助《星報》。《星報》自認為乏策開源，且各項開支已經精簡至極，遂於 1951 年 6 月 27 日提出停刊申請，並於 7 月 1 日正式停刊。〔註 66〕

成都《工商導報》共有股東 79 戶，全部股本經報社副社長兼經理安新賢根據各股東投資時的股金折合當時食米計算，總共為 102251 石。其中公股 4 股，占 19.247%；公私合營股 12 股，占 19.552%；私股 20 戶，占 17.119%；不明性質股 43 戶，占 44.082%。〔註 67〕解放後，股東即星散，並無繼續投資。而以資方名義在報社領薪的也只有安新賢一人。安另外經營合眾卡片廠，他名義上雖是《工商導報》的副社長兼經理，但除了領薪外，並未參加報社實際工作。由於報社運營困難，後續資金無望，內部職工對報社性質十分模糊，「說是私營，又找不到老闆，說是公營，又沒有黨和人民政府的具體領導，形成一百多職工靠領印刷雜件維持報紙和最低生活」。〔註 68〕政府並非對《工商導報》不聞不問，1951 年 8 月，當時的川西新聞出版處派出蘇平和賴君奎參加報社的社務委員會，但隨著「三反」、「五反」運動的到來，新聞處的兩位代表再未去過報社，《工商導報》又陷入缺乏黨的領導的局面，原則性錯誤屢見不鮮，甚至被《新華日報》命名為「奸商的應聲筒」。政治上背負資產階級報紙的壞名聲，經濟上無流動資財，《工商導報》的困境可想而知。截至 1953 年 4 月 20 日，《工商導報》總計負債 7.5 億元，其資產卻只有 5.64 億元，

〔註 65〕北京市人民政府新聞處：《戲世界報社廣告部主任來談情況》，1949 年，北京市檔案館：008-002-00030-9。

〔註 66〕天津市新聞出版處：《准予星報停刊》，1949 年 6 月 27 日，天津市檔案館：X57-Y-1-72-99。

〔註 67〕四川省人民政府新聞出版處：《工商導報的股權情況》，1955 年，成都市檔案館：56-1-50。

〔註 68〕楊琳芳：《致四川省人民政府主席李井泉的信》，1953 年 3 月 31 日，成都市檔案館：56-1-26。

〔註 69〕日常運營中該報常因不能履行對銀行貸款和賒欠材料的付款合同，被數次告到法院，上門債主吵嚷不休。職工工資過低也是該報的生存瓶頸。1951 年 8 月，報社曾評過一次薪，當時是以折實單位計算，全員平均薪資爲 43 分，三分之一以上的人實際只有 40 分。1952 年，政府公佈職工薪水按工資分計算，折實單位的 40 分相當於工資分 124 分，每人每月人民幣 27.9 萬元（舊幣），除去伙食費僅剩 20 萬元。〔註 70〕沒有成家的青年員工勉強過得去，那些拖家帶口的月月寅支卯糧，有些員工即便病了也不願意休息，怕扣工資，結果身體越拖越壞。1953 年春節，有 13 人臥床不起，已發現患肺病或有肺病可能的 21 人，其中，2 人死亡，4 人爲重症肺病患者，15 人症狀稍輕，10 人有肺病嫌疑。〔註 71〕這樣的工資水平自 1951 年 8 月之後鮮有調整，並呈現出高、低收入間的巨大差距。截至 1953 年 4 月，職工中最低工資僅有 132750 元，最高工資 834750 元（僅一人，爲醫生），〔註 72〕相差 6 倍之多。

表 6-6：1953 年南方日報職工工資統計表〔註 73〕

名　目	人　數	最高工資	最低工資	每人平均工資
生產工人工資	50	848232	328276	593997
車間工資	9	502857	267072	415957
工廠管理部門工資	19	1228940	276838	614139
編輯工資	110	1874848	314366	776923
銷售部門工資	13	885980	348188	557339

從表 6-6 公營《南方日報》的薪金水平可以比照成都《工商導報》員工薪水之低。《工商導報》平均工資水平始終處於行業下游，到了 1955 年已顯得過低，「較四川日報一般低百分之二十到四十」，〔註 74〕職工怨聲載道，將報

〔註 69〕中共成都市委秘書處：《工商導報情況初步瞭解的報告》，1954 年 10 月 10 日，成都市檔案館：54-1-312。

〔註 70〕楊琳芳：《致四川省人民政府主席李井泉的信》，1953 年 3 月 31 日，成都市檔案館：56-1-26。

〔註 71〕佚名：《工商導報簡況》，1953 年，成都市檔案館：56-1-52。

〔註 72〕佚名：《工商導報目前的經濟情況》，1953 年，成都市檔案館：56-1-26。

〔註 73〕筆者根據《南方日報報紙成本分析表》整理，1953 年，廣州市檔案館：179-1953-長久-111，第 6 頁。

〔註 74〕中共成都市委宣傳部：《工商導報情況》，1955 年 2 月 2 日，成都市檔案館：56-1-50。

社的境況形容爲「不生不死」的癱瘓狀態，渴求此種狀況早日結束。從 1953 年起，不斷有員工投書政府主要領導和《人民日報》等強勢媒體，盼望黨和人民政府派人來具體領導，「私立學校和一些劇院的問題都解決了，就是工商導報還是沒有得到適當的解決」〔註 75〕、「絕不能讓一百五十多人躲在陰暗的角落，任其發黴、腐朽」〔註 76〕。內部動力的衰竭無疑成爲民營報紙難以爲繼的動因之一。

但凡先天不足的報紙，往往在管理方面千瘡百孔。上海《人民文化報》於 1949 年 8 月 1 日創刊，因各董事對所認購股款未能如期繳足，報社需靠貸款度日。截至 1950 年 1 月 6 日，總計向人民銀行貸款 5000 萬，〔註 77〕到 1950 年 6 月底本利合計已滾動到 9300 萬元。因經濟困頓，該報只能聘請臨時的廣告員和推銷業務員。一些臨時人員或以謊報廣告價目方式欺詐客戶，或假借《人民日報》名義兜攬廣告，還有人謊稱《人民文化報》係黨政部門機關報。〔註 78〕這些行爲令報紙信譽無存。報社內部貪污現象也很嚴重，查明經理及發行負責人共計貪污有出處者，達人民幣 1400 餘萬元。〔註 79〕貪污的渠道五花八門，例如中興輪船公司投資的五萬元股款根本未進報社財務，而是直接進了經理的腰包，連收據都是私人名義開具的。〔註 80〕1950 年 4 月 21 日，上海市新聞出版處曾約談《人民文化報》的董事長簡日生，副董事長錢世傑，希望他們多方籌措，解決報社的債務問題。但兩位投資人也是一肚子委屈。他們說自己已經繳出了股款，是該報經理方面沒有將股款全部收足，一開始就遭遇了經濟困難。過去他們是不過問報社行政事務的，經理蘇家驥和社長豐村對經濟上的實際情況是瞞著的。直到 1950 年 2 月份，他們才曉得 8000 萬投資額已賠得精光，還欠外債 1 億元，且以後按月還要虧本 1500 萬元。這

〔註 75〕游元亮等：《致李井泉書記的信》，1953 年 4 月，成都市檔案館：56-1-26。

〔註 76〕楊琳芳：《致四川省人民政府主席李井泉的信》，1953 年 3 月 31 日，成都市檔案館：56-1-26。

〔註 77〕人民文化報：《第二次股東會議記錄》，1950 年 1 月 18 日，上海市檔案館：B1-1-1922-14。

〔註 78〕豐村：《人民文化報社結束工作總結》，1950 年 9 月 11 日，上海市檔案館：B1-1-1922-54。

〔註 79〕上海新聞出版處：《關於人民文化報社結束後貸款處理意見的請示》，1950 年 12 月 28 日，上海市檔案館：B1-1-1922-85。

〔註 80〕中興輪船公司：《接洽前投於人民文化報社之股份五股，現因故擬辦理股款過戶手續由》，B167-1-197-2。

許多的負債，是出乎意料之外的，他們也沒有能力籌付如此大的虧空。〔註 81〕為了能夠讓報社繼續生存下去，《人民文化報》的大部分職工自動提出減低薪金，由原薪對折再打七五折，伙食也可以改吃稀飯，並積極投身業務的開展，到 6 月份已能做到自己自足。〔註 82〕但貸款利息的不斷累積始終是懸而未決的問題。6 月 29 日，虹口區（《人民文化報》所在地）的黨政領導，新聞出版處、報社、銀行方面的負責同志，以及當初舉薦《人民文化報》的文化界名人葉以群共同參與了一次黨內會議，會議決定，《人民文化報》於 7 月 8 日起停刊。〔註 83〕報紙停刊，除了需了結銀行債務，還涉及到欠聯合出版社白報紙及百宋印刷費、同仁薪資稿費等，總計需 2300 餘萬元。簡日達等兩位董事長補貼了清理費 1200 萬元，其它債務與債務人協商打折付出，如百宋印刷費 75 折，稿費四折等，總算應對過去。〔註 84〕然欠銀行的貸款本息，卻非報社自身能力可以解決。6 月 29 日的黨政聯席會給出的意見是，由《人民文化報》社長豐村寫報告，呈夏衍、姚溱同志轉呈市委，請人民銀行做損失論。夏衍也同意轉入呆賬報銷的建議，但人民銀行顯然不買賬，稱：該項貸款係由政府負責機關（文管會）介紹，並具有商號（群益出版社）保證，不便輕易報銷呆賬，且如此做亦有使私營事業非議之處。〔註 85〕至 1950 年末，貸款本息已滾至 1 億 1150 萬元。銀行屢次催款不果，只能依法追訴保證人群益出版社履行保證責任，代為賠償。

通過法院判決來解決報紙沉屙的還有廣州的《每日論壇報》。《每日論壇報》原定 1950 年 2 月 1 日復刊，後延遲至 2 月 28 日出版。截至當年 5 月終刊，該報僅有陳秋安等四名股東，共 269 股，每股港幣 100 元，總投資額為港幣 26900 元。〔註 86〕由於經濟基礎薄弱，該報自 1950 年 1 月籌備出版迄停

〔註 81〕《新聞出版處方學武的信》，1950 年 4 月 22 日，上海市檔案館：B1-1-1922-25。

〔註 82〕豐村：《人民文化報社結束工作總結》，1950 年 9 月 11 日，上海市檔案館：B1-1-1922-54。

〔註 83〕上海新聞出版處：《關於轉送人民文化報社黨內會議決議的報告》，1950 年 7 月 7 日，上海市檔案館：B1-1-1922-38。

〔註 84〕豐村：《人民文化報社結束工作總結》，1950 年 9 月 11 日，上海市檔案館：B1-1-1922-54。

〔註 85〕上海新聞出版處：《關於人民文化報社貸款未還處理辦法的請示》，1950 年 8 月 17 日，上海市檔案館：B1-1-1922-110。

〔註 86〕《廣州市人民法院民事判決》，1950 年 7 月，廣州市檔案館：179-1950-長久-12，第 53～55 頁。

刊止，並未正式發薪。1950 年 3 月 15 日，社長與總編輯之間又生出拆股的糾紛，4 月 20 日，該報社長單方面呈報廣東省文教廳，宣佈停版。〔註 87〕從此，開始了長達三個月之久的勞資談判並訴諸至法院。《每日論壇報》除積欠 132 名〔註 88〕員工之工薪，計中米 54000 市斤之外，還外欠《南方日報》廣告費 57.6 萬元，萬豐行貸款 2791.25 萬元，冼行記機器租金米 300 市斤，黃泳三打版器材費米 5020 市斤，廖式茹印刷機器租米 450 市斤。〔註 89〕4 月 20 日《每日論壇報》宣佈停版後，該報員工為生計所迫維持出版了近一個月，但終究後繼乏力，於 5 月 17 日宣告終刊。社長章導自此之後，一再請求法院緩慢處理《每日論壇報》的債務糾紛，寄希望於籌款發薪還債，期待這張報紙能夠復版。顯然，此舉功效甚微。他所能籌集到的款項除了維持員工的伙食，根本無力清欠工薪、債務。1950 年 7 月 23 日，廣州市人民法院作出判決：准第一原告《每日論壇報》員工何漢等人點存報社機器雜物拍賣清償。拍賣所得不足抵償工薪之數，限於兩個月內清償完畢；《每日論壇報》應向《南方日報》、萬豐行、冼行記等清償債款，限於半年內清償完畢。鑒於「被告主張因經濟陷於困境，沒有現金清還債務及清發工薪，提出唯有宣告破產，拍賣報社財務，按比例抵償債務及工資，其餘不足數目便做了事」所請，判決書強調，查「《每日論壇報》陳秋安等股東合夥經營報社，既未聲明係幫助性質非出資經營，該社盈虧及負債自應負責。且該股東等並非無能力清償債務及工薪，故不能以該社虧欠現款為理由而要求宣告破產，迴避清償債務與欠薪，因此被告申請宣告破產應予駁回。若該報社現有財產（包括機器雜物在內）除借用者外不足抵償工薪及債務時，其不足數額，仍應由股東陳秋安等全體共同負責清償。」〔註 90〕

顯然，這一紙判決書代表了新中國初期處理民營報紙內部糾紛的一貫主張：投資方必須承擔報紙經營的一切風險。如投資方無力擔當，就由擔保方、

〔註 87〕龍勁風：《致廣東省人民政府文教廳函》，1950 年 4 月 21 日，廣州市檔案館：179-1950-長久-12，第 61 頁。

〔註 88〕後經廣東省人民政府文教廳調查，該報員工實數為 131 人，包括編採 22 人，經理部 22 人，校隊 7 人，電臺 3 人，字房 49 人，車房 11 人，勤雜 17 人。載廣東省人民政府文教廳擬提交新聞總署函：《呈報每日論壇報情況由》，1950 年 7 月 27 日，廣州市檔案館：179-1950-長久-12，第 43～45 頁。

〔註 89〕《1950 年度民字第 1238 號債務及工資案件廣州市人民法院民事判決》，1950 年 7 月 23 日，廣州市檔案館：179-1950-長久-12，第 53～55 頁。

〔註 90〕《1950 年度民字第 1238 號債務及工資案件廣州市人民法院民事判決》，1950 年 7 月 23 日，廣州市檔案館：179-1950-長久-12，第 53～55 頁。

主辦方承接此責任。這在上海《人民文化報》、《煙業日報》，廣州《每日論壇報》等報紙的勞資糾紛中已見施行。投資報紙顯然成了高風險的行當，來自民間的資金不得不考量自身面對的政治及經濟的雙重風險。

6.2.2 生存空間有限

報紙的收入直接受到物價、工商業情況和讀者購買力的影響，國家的暫時困難，必然會反映爲報館業務經營上的困難。以上海《大公報》爲例，截至 1950 年 5 月，在經歷了 1949 年 7 月，10 至 11 月中旬，1950 年 1 月總計三次大的物價波動後，該報一年內賠累的人民幣總額達 17.6 億餘元，只有 1949 年 8 月出現過一次盈餘。〔註 91〕

在同等困難的情況下，民營報紙與公營報紙的境遇不可相提並論。大多數公營報紙由於採用供給制，管理支出占比甚少，比如《人民日報》1950 年 3 月的總務支出僅占總支出的 3.5%，而《大公報》同年 4 月的總務支出則達到總支出的 21%。民營報紙又因含私營資本，需承擔各種捐稅。像《大公報》，1950 年起始的前四個月，其繳納的貨物稅、營業稅、房捐、印花稅、汽車使用捐及公債等，就達 4 億元之多。對於像《大公報》這樣的民營報紙來講，最快扭虧的方式就是在紙張中翻跟頭，通過差價出售存紙獲得利潤。在《大公報》1950 年前 5 個月的收入構成中，有 7500 多萬元就是通過出售切割好的白報紙獲得的。〔註 92〕

表 6-7：1950 年上海報紙收支對比〔註 93〕

	解放日報	大公報	文匯報
收入	273 億	162.7 億	57.5 億
支出	332 億	188.9 億	96.6 億
虧損	55 億〔註 94〕	26.2 億	39.1 億

〔註 91〕上海大公報館：《一年來業務總結報告》，1950 年 5 月 15 日，上海市檔案館：B35-2-108-25。

〔註 92〕上海大公報館：《一年來業務總結報告》，1950 年 5 月 15 日，上海市檔案館：B35-2-108-25。

〔註 93〕筆者根據《上海市報館同業公會會員報社一般情況調查表》整理，1952 年，上海市檔案館：S314-4-5。

〔註 94〕如果按照收支比，解放日報社 1950 年虧損應爲 59 億。文中 55 億係檔案原文如此。筆者注。

讀者購買力下降對民營報紙來講是致命打擊。作爲上海文化界的領導者，夏衍 1950 年 6 月講過，「在解放前整個銷路，每日約 50 萬份左右，以上海 500 萬人口計，有十分之一的人是買報的，最高時曾達到 70 萬份左右，但在解放後銷數降低了，現在僅有 30 萬份，這銷數減少的事實，使報紙經營者感覺到困難。」〔註 95〕這種情況下，公營報紙往往利用紙張配給、信源壟斷等優勢，不計成本地大肆擴張，對民營報紙來說更是雪上加霜。表 6-7 中，《解放日報》出現的大幅度虧損主要是打折銷售報紙造成的，這種策略容易造成民營與公營報紙之間發行量的此消彼長。以 1949 年 6 月上海剛解放時《文匯報》與《解放日報》的發行數字，對比 1950 年 5 月兩報的數字，變化十分明顯。1949 年 6 月 21 日，《文匯報》期發 80600 份，《解放日報》期發 100913 份，二者比例爲 79.8：100；到了 1950 年 5 月，《文匯報》月末數字降至 15800，《解放日報》雖也有所下降，實數爲 77997 份，但二者比例已經變爲 20.3：100。若論各自下降幅度，《文匯報》爲 80.4%，《解放日報》僅爲 22.7%。

表 6-8：1949 年 6 月至 1951 年 5 月《文匯報》與《解放日報》發行數字對比〔註 96〕

月份	《文匯報》		《解放日報》	
	期（月）初數	月末數	月初數	月末數
1949.6.21	80600	34000	100913	114905
1949.7	32720	24500	118193	148321
1949.8	22700	24300	144335	113965
1949.9	24900	45600	112944	92999
1949.10	53000	69200	100143	102761
1949.11	68300	50000	105281	121085
1949.12	50000	38000	119361	103959
1950.1	38000	29200	114906	103288
1950.2	29200	27800	102916	102644

〔註 95〕夏衍：《在新民報的講話（摘要）》，1950 年 6 月 9 日，參見丁賢才編：《探索（新民晚報）研究文集》，上海：文匯出版社，1999 年 7 月版，第 16～17 頁。

〔註 96〕筆者根據《一九四九～一九五二年以前文匯報及文匯報副頁逐月報紙發行情況》及《1949 年～1951 年解放日報出版統計資料》整理，1952 年，上海市檔案館：B167-1-4-18-20-25。

1950.3	27700	20500	100704	91653
1950.4	19900	20200	88898	82956
1950.5	17100	15800	81392	77997

《文匯報》的困境還可以從該報駐北京辦負責人浦熙修寫給嚴寶禮的信中管窺一斑。浦熙修告急稱：「（1949）九月份共收到匯款百萬元（舊幣），而支出爲一百七十萬元，我除了把薪水全部墊出外，還拉了不少債。」〔註 97〕《文匯報》復刊初期，每天僅有屈指可數且收費低廉的文娛戲目廣告，入不敷出，報社月月虧損，復刊到 1950 年 8 月，報社向人民銀行、新華銀行、上海銀行、金源錢莊等金融機構借貸的總額高達 18.6 億元，每月向銀行支付的利息占日常開支總額的 20%。〔註 98〕最後竟到了資不抵債、借貸無門、拖欠工資的境地。「職工工資發不出，僅給十元錢（新幣値）零用，以後常常脫期，還打折扣」。〔註 99〕

不惟《文匯報》。諾大上海，民營報紙的困境是普遍性的。1949 年 7 至 9 月間，上海《大公報》、《文匯報》、《新聞日報》聯合《解放日報》分別向上海市軍管會、上海電力公司、上海市財政經濟接管委員會公用事業處等部門申請費用減免。在呈請降低房捐的函件中，各報談及了經營中的主要困難：「白報紙及其它材料來源未暢，目前營業式微。平日水電工資種種開支籌措已感爲難，而原來資金有限，致所有辦公及工廠宿舍等用屋租住民房者有之負擔甚重。若按一九三七年房屋基數折合現在應納房捐則每月僅房捐一項即需數百萬元之巨。爲此，特聯合陳明以上因業務負擔費用情形擬請鈞會依照原頒佈辦法第九條丙項公私文教機關聲請核減捐率之規定酌減敝報等房捐數目。」〔註 100〕

除了申請費用減免，在報紙價格方面減少虧損也是不得已之舉。1950 年，上海各報曾於三四月間將報紙價格調整至 1000 元（舊幣）一份，隨著市場好

〔註 97〕謝蔚明：《能幹的女將——浦熙修與文匯報》，載《文匯報回憶錄 1：從風雨中走來》，第 422 頁。

〔註 98〕戚家柱：《經營管理工作的曲折歷程》，載《文匯報回憶錄 1：在曲折中前進》，第 556 頁。

〔註 99〕莊人葆：《憶「救報運動」》，載文匯報報史研究室編《從風雨中走來》，第 111 頁。

〔註 100〕新民報、大公報、文匯報、新聞日報：《關於申請核減房捐的函》，1949 年 9 月 17 日，上海市檔案館：G20-1-26-10。

轉，從 5 月起又開始調低報價，直至穩定在 700 元一份。未曾想這年年底，紙價驟漲，國產紙每磅造價 5150 元，蘇聯紙進貨成本達 5200 元。如兼用二者，以對開一張半報紙計算，每份報紙的紙張成本 504.14 元，油墨每份報約 50 元，合計 554.14 元。當時上海報紙批發的普遍折扣爲 68 折，尚需繳納營業稅 2%，只能實收定價的 66.6%。按報紙定價 700 元計算，報社只能收回 466.2 元，卻要支付 554.14 元的成本，每份虧蝕 87.94 元。1950 年 12 月 6 日，新聞、大公、文匯、新民、大報、亦報等民營報紙在《解放日報》的帶領下，向華東軍政委員會新聞出版局提出漲價申請，申請方案提出：「調整售價對開一張以上者爲每份人民幣 1000 元，報社實收 666 元，除抵付紙張油墨兩項直接材料費外，尚餘 111.86 元，尚可抵充電力、機油、鉛耗等材料支出及一部分編輯費印刷費開支。」〔註 101〕

針對經營困境，民營報紙所能想到的另外一種節源方式即薪酬打折。廣州《新工商周刊》於 1950 年 2 月 25 日創刊，正値「物價波動，幣値不穩，謠言紛紛」，銷路比理想狀況大打折扣。第一期 6000 份，第 2 期 4000 份，第 3～6 期 2500 份，7～19 期 2000 份。欲追加股本，也只籌集到 19 股，只能通過減薪勉力維持。直到第 18 期開始，工商業情況好轉，銷路和廣告有所增加，員工工資才從 1950 年 6 月的谷底慢慢回彈。

表 6-9：廣州《新工商周刊》部分職員待遇（1950 年 4 月～8 月）〔註 102〕

姓名	職務	第一次減薪 1950 年 4 月	第二次減薪 1950 年 6 月	現有待遇 1950 年 8 月
劉日波	主編	三擔	二擔	三擔
楊蔚秋	編輯兼美術主任	停支	停支	二擔
樊建華	編輯	停支	停支	二擔
馮曦	採訪主任	一擔半	一擔半	三擔
區頌聲	資料主任	二擔	一擔	二擔
甄景亳	營業主任	四擔	二擔八十	四擔
吳恩培	會計	三擔	二擔四十	二擔半

〔註 101〕《解放日報社、新聞日報社、文匯報社等關於要求調整報價的請示報告》，1950 年 12 月 6 日，上海市檔案館：A73-1-44-5。

〔註 102〕《新工商周刊社情況報告》，1950 年 8 月，廣州市檔案館：179-1950-長久-12，第 77～83 頁。

梁潮濟	派報員	二擔	一擔六十	二擔
曾青	記者兼校對	二擔半	二擔半	二擔半
備註	1、停支者另有工作收入或不靠本刊工作爲主要生活來源。 2、因照顧個別人家庭負擔，故營業主任薪金高於主編。			

想盡辦法節流開源，未必能像《新工商周刊》一樣改變左支右絀的局面。既然報社大部分都是賠錢的，爲什麼還要繼續做下去呢？哈爾濱《建設日報》社長趙展鵬的觀點代表了民營報紙生存的一個重要原則：信譽。趙展鵬認爲，「以前報紙沒有辦好，鉛字模糊，使看報紙的人不高興。今後就是賠錢，也得辦出像個樣來，以後停刊，也不算晚。」〔註 103〕但在生存維艱的情況下，民營報紙自毀信譽的事情還是難以避免。像北京《新民報》時有富孀徵婚的欺騙性廣告登出，〔註 104〕爲了招攬廣告，還有不尊重事實的情況出現。1949 年 8 月 7 日，該報第五版刊登《對這次新藥評議所得稅的我見》一文，作者「占豆元」。文字主要攻擊金剛嬰兒片及其經售人金學瀛，其中引朱德總司令在全國工會工作會議的演講中文字，並提出：「我們堅決主張將這些投機藥商們害人騙人剝削來的財產全部收歸國家」。次日，《新民報》廣告欄登出金剛嬰兒片經售人對占豆元一文的駁斥，同時，第五版的編輯做了自我檢討，認爲處理稿件不當，並說占豆元爲匿名投稿，地址不詳。事後，有人從衛生局方面瞭解，金剛嬰兒片確爲有害成藥，衛生局已促該藥經售人刊登啓事承認錯誤，聽候政府彙集各小兒科專門醫師意見後處理。金剛嬰兒片經售人於 8 月 19、20 兩日登出認錯啓事。在這件事上，讀者來信的語言雖過於偏激，但所指成藥的危害確有事實。《新民報》在藥品經銷商與消費者之間，通過編輯自我檢討並公開發表的形式站在了廣告商一邊，這種饑不擇食的狀況，反映出新中國初期經營極度困難的民營報紙對廣告商的高度依賴。

《新民報》的做法若在過去本不算大事。舊時的民營報紙，一向視廣告爲生命線，對廣告客戶多方遷就。而廣告客戶爲了達到最好的傳播效果，也是挖空心思，標新立異，「有的要三面靠『水』（新聞）」，「有的要在整版新聞中，壓著塞進 5 個廣告大字」〔註 105〕，要求塞進大字的往往是烏雞白鳳丸，

〔註 103〕《哈爾濱民營報紙九月份各報統計表》，1948 年，哈爾濱市檔案館：XD48-1-1-33-37。

〔註 104〕北京市新聞出版處：《私營報紙審查周報》，1949 年 7 月 24～30 日，北京市檔案館：008-002-00028-10-11。

〔註 105〕徐鑄成：《文匯報的誕生》，載《文匯報回憶錄 1：從風雨中走來》第 11 頁。

人造自來血這樣的藥品廣告。據《文匯報》總編輯徐鑄成回憶，每次他要撤掉頭條新聞處奇形怪狀的廣告，總有廣告部門的負責人來和他「蘑菇」。

解放前，照上海慣例，報社對送上門的廣告沒有折扣。由廣告員拉來的，給兩到三折的回傭；廣告社轉來的廣告，一般按七折收費。有些廣告少的報館，給廣告社的回扣更低至六折甚至五折。上海《新民報》即存在這種情況。因該報是晚報，叫賣的時間短，廣告自然較少，推廣起來也比較吃力，只能進行動員，鼓勵全體員工介紹廣告，並支付件工酬勞。與此同時，予以廣告公司更高回扣，吸引廣告公司的投放。〔註 106〕到了 1952 年，廣告業務雖然有所好轉，卻又出現了內部分配極不均衡的問題。廣告員平均每月收入最高者，四倍於經理或總編輯，最低者也與經理等觀。此種情況並非上海《新民報》一家獨有。1952 年 4 月，上海各報同時進行廣告改革，取消了傭金制度和折扣，公定服務費標準。北京報紙也隨之跟進。此種改革雖然斬決了舊社會沿續下來的一些陋習，但對各報的廣告收入影響甚大。僅以上海《新民報》爲例，1951 年該報個別月份最高廣告額曾達到 2 億元，而在廣告改革後的次月，收入僅有 2000 萬元。按照改革後的版面容量，最高僅能刊登 4500 萬元的廣告。〔註 107〕

在工商業不景氣、讀者購買力下降的雙重制約下，民營報紙的生存空間已很狹小，1951 年，政務院又開始實施貨幣管理，這對立足於民間的民營報紙來說，又是一次打擊。根據政務院及中央財政經濟委員會頒發的貨幣管理實施辦法，機關、企業之間，不得發生賒欠和借貸，信用應集中於國家銀行，一切往來，通過銀行結算，必須取消彼此之間的商業信用，使信貸集中通過銀行。〔註 108〕出版總署在執行政務院政策時，規定各企業單位在接到結算憑證時，不論貨物是否到達，仍應在三日內清付。否則銀行得於期限最終之一日，在其結算戶內劃付清帳。〔註 109〕這一政策的影響在於，民營報紙慣常運用的「短期無息借款」的渠道被堵死了。解放前，民營報紙每遇困難，往往

〔註 106〕《新民報上海社業務報告》，1951 年，上海市檔案館：G21-1-281-1。

〔註 107〕《新民報上海社業務報告書》，1952 年 6 月 14 日，上海市檔案館：G21-1-281-3。

〔註 108〕出版總署、中國人民銀行總行：《關於取消商業信用原則的聯合指示》，1951 年 5 月 9 日，載中國出版科學研究所、中央檔案館編：《中華人民共和國出版史料（1951）》，第 142 頁。

〔註 109〕《中央人民政府出版總署所屬企業單位劃撥清算辦法》，1951 年，載《中華人民共和國出版史料（1951）》，第 180～184 頁。

找一些有錢人籌借，像《文匯報》的嚴寶禮即經常向資本家任筱珊和虞順懋「調頭寸」。〔註 110〕上海解放後，這種方法在報社間還會使用，如《文匯報》曾於 1950 年八九月間向解放日報社借款 24 億 5 千萬元，並於同年八至十月間以捲筒紙折價 22 億 3 千餘萬元歸還，且替解放日報社代繳稅款 6700 餘萬元。收付兩抵後，僅欠對方 1 億 4 千餘萬元。〔註 111〕這一企業間的信用拆借行爲一旦統一由銀行結算，不再有任何彈性。對於生存處境本就艱難的民營報紙來說，一條至關重要的融資途徑被政策斷流。

6.3 基層崛起勞資紛爭加劇

俄國革命民主主義代表人物車爾尼雪夫斯基曾提出「合理利己主義」的概念。他說，「人人都是自私的」，從這種利己原則出發，爲了整體的利益，要接近自己的目標，一切皆可以利用，一切手段皆可採取。其名作《怎麼辦》的副標題是「新人的故事」，這個「新人」就是「合理利己主義」的典型代表，他們有著強烈的民主主義思想、追求言行一致的實幹精神、把獻身於崇高的事業當作自己最大的快樂。〔註 112〕但這種快樂並非是背負著沉重義務感的苦行，而是以費爾巴哈的人本主義爲哲學基礎，相信人的自然本性就是對於利益的追求。按照「合理利己主義」的看法，被壓迫階級對於自身應該享有的權利和利益的追求是合理的。車爾尼雪夫斯基承認革命並不是一個特別「清潔的活動」，有時革命是歷史的「抽搐」，甚至也會帶來災害，但是不這樣做就無法消滅那個制度的惡。所以革命——不論它會帶來什麼損失——都是合乎道德的，包括使用暴力。因爲那些維護黑暗制度的勢力很強大，沒有暴力就無法戰勝它。〔註 113〕

車爾尼雪夫斯基的《怎麼辦》塑造的雖然是 19 世紀 60 年代的人物形象，但卻如民主主義批評家 D・N・皮沙列夫所說，小說的眞正意義在於它創造性的綱領，因此它成爲了年輕一代的旗幟。《怎麼辦》不僅被十九世紀六十

〔註 110〕吳農花：《313 房間：文匯報在這裏孕育》，載《文匯報回憶錄 2：在曲折中行進》，第 24 頁。

〔註 111〕上海文匯報館經理部：《關於借資金無法歸還問題的函》，1952 年 7 月 16 日，上海市檔案館：A73-1-113-1。

〔註 112〕〔俄〕車爾尼雪夫斯基著，魏玲譯：《怎麼辦》，南京：譯林出版社，1998 年 12 月版，譯序。

〔註 113〕金雁：《倒轉「紅輪」：俄國知識分子的心路回溯》，第 550～557 頁。

年代的俄國青年奉爲「生活的教科書」，而且被後世譽爲「代代相傳的書」。列寧也十分喜愛這部作品，他熱情讚揚「這種作品能使人一輩子精神飽滿。」〔註 114〕中國的革命者同樣是讀著《怎麼辦》成長的，「合理利己主義」的因子不僅在革命者之中傳播，也不斷向中國的社會底層滲透。

中國共產黨所領導的革命，本就是一場群眾社會革命，強調的是將權力從上層專業人士下放到基層群眾手中。在革命者的理想中，這是一場顛覆差異，趨向平等的過程。一旦這種意識到達底層，不管接受者信奉的利己觀念是否出於崇高的理想，最後的結果都不可能是風平浪靜的，一定會在基層崛起的過程中發生與既得利益者的衝突。這種衝突可能是眞正的暴力，也可能是冷暴力。對經歷了新舊政權交替的民營報紙來說，上述過程不能幸免。

6.3.1 民營報紙的勞資對立

基層之崛起對民營報紙的管理者來說有些突如其來。最早感到一股寒氣的是《新民報》的「總」字輩。1949 年 2 月 25 日，距 1 月 31 日人民解放軍入京尚不足月，《新民報》北平版即刊出《本報職工會重要啓示》。該啓示申明:《新民報》北平版對內對外一切事宜均由 2 月 2 日成立的執行委員會負責；報社與前總經理陳銘德脫離關係並解除北平社前經理張恨水、代經理曹仲英的職務。〔註 115〕

被掃地出門的不僅是陳銘德等人，浦熙修和趙超構的命運同樣如此。爲《新民報》崛起立下汗馬功勞的浦熙修本應留在北平分社，卻遭到工會部分員工的反對。這不能不成爲浦熙修離開「新民」選擇「文匯」的重要因由。而排斥趙超構的多是中共黨員。根據《新民報》總管理處的安排，趙超構需暫時負責北平分社的工作。當他從香港輾轉東北抵達後，迎接他的卻是一些冷面孔。之後，趙超構到了南京，又遭遇南京社某些黨員的質問，要他說清和資方的關係。趙超構後來用「鬥敗了的公雞」形容當時的處境。〔註 116〕

如果說趙超構在風生水起的「勞資」對立中僅僅是折傷了羽翼，那麼，張恨水的遭際卻是生死一線間。1949 年 3 月，時任《新民報》北平版總編輯的王達仁發表《北平新民報——在國特統治下被迫害的一頁》，羅列了張恨水

〔註 114〕轉引自〔俄〕車爾尼雪夫斯基著，魏玲譯：《怎麼辦》，譯序。
〔註 115〕蔣麗萍、林偉平：《民間的回聲：新民報創始人陳銘德鄧季惺傳》，第 300 頁。
〔註 116〕蔣麗萍、林偉平：《民間的回聲：新民報創始人陳銘德鄧季惺傳》，第 301 頁。

以前所寫指責共產黨的社論和迫於國民黨壓力採取的妥協措施，並將敵特「幫兇」、國民黨「代理人」這樣的帽子扣在了張恨水的頭上。〔註 117〕張恨水原本在 1948 年 12 月已經離開了《新民報》，這一事後的「清算」令他突發腦溢血。雖然軀體的生命搶了回來，但那支寫下《啼笑因緣》等力作的如椽大筆無異於宣告「死亡」。

浦熙修、趙超構、張恨水等人並不是眞正的資方，但在新中國初期聲勢浩大的「均權」思想下，凡是和資方接近或受到資方重用的人都被渴望「翻身」的民眾劃進了線內。眞正的資方則頂著更大的帽子，他們現在是「剝削者、資本家和寄生蟲。」

《新民報》自 1929 年開辦，創始人陳銘德、鄧季惺夫婦二十年風雨兼程，秉持「以報養報」的「民間立場」〔註 118〕，是中國為數不多僅靠發行即能盈利的民營報紙之一。但在 1949 年，《新民報》的北平、上海、南京三個分社卻陷入全面虧損。他們自感已無起死回生之力，甚至自身的命運也在風雨飄搖之中：北平版刊登的與陳銘德斷絕關係的啓示正在顛覆他們的合法地位。哀莫大於心死。從 1949 年 8 月至 1951 年，陳銘德、鄧季惺夫婦不斷向政府提出將《新民報》收歸公營或公私合營，僅政務院文化教育委員會秘書長陽翰笙處就跑了不下十次。〔註 119〕

1949 年 7 月 12 日，周恩來在中南海頤年堂設宴招待 11 位新聞界友人〔註 120〕，鄧季惺作為嘉賓之一，果敢地向周恩來陳述了辦報的困境。不久，時任中共中央宣傳部副部長的胡喬木受周恩來委託，負責解決《新民報》的問題。1949 年 9 月，胡喬木和夏衍出席了《新民報》職工代表聯席會議。針對報社內部的勞資矛盾以及人事安排的困窘，胡喬木強調了「勞資兩利」的原則。這次會議決定在《新民報》總管理處下設置一個臨時管理委員會，由勞資雙方組成。此舉意味著報社的一部分管理權下放到了職工代表手中，但還是有人不滿意，他們提出：決定權怎麼還在經理手中？職工的利益怎麼保障？顯然，胡喬木的回答不能眞正解決問題。一方面，他承認整個國家「都是以工人階級為領導的」，不存在職工利益無保障的風險；另一方面，又將

〔註 117〕同上。

〔註 118〕《新民報》社論：《十九年的考驗》，1948 年 9 月 9 日。

〔註 119〕蔣麗萍、林偉平：《民間的回聲：新民報創始人陳銘德鄧季惺傳》，第 305 頁。

〔註 120〕周恩來設宴招待的 11 位新聞界友人是：朱啓平、高汾、鄧季惺、浦熙修、徐盈、彭子岡、儲安平、薩空了、胡愈之、劉尊棋、宦鄉。

調和勞資矛盾寄希望於資方決定權的審慎運用，而這一點正是職工群體所質疑的。〔註 121〕

新中國伊始，新政權在處理民營報紙勞資糾紛問題上，無疑出現了自相矛盾的政策梗阻。一方面遷就甚至鼓勵勞方「要權」「分權」的階級鬥爭立場；另一方面，在資方手腳被「捆住」的前提下，又要他們承擔對國家的應盡義務以及勞方不斷膨脹的物質需求。在工商業百廢待興，民營報紙自身造血功能無從完善的情況下，勞資糾紛無異於內部細胞壞死。

這就不難解釋類似北京《新民報》這樣已經走出虧損泥潭的報紙，為什麼一而再再而三地申請公私合營。實際上，北京《新民報》的艱難歲月在 1950 年中期已經結束。1950 年下半年，全國物價基本穩定，北京《新民報》因是首都惟一一家民營報紙，走的又是大眾路線，成為最早一批由虧損轉向盈餘的報紙。1951 年 1 月，該報在全國民營報紙中第一個簽約「郵發合一」，發行量從年初日銷 13000 份增加到年底日銷 27000 餘份。復因工商業日趨繁榮，廣告收入大大增加，該報自 1951 年 1 月至 12 月，每月或多或少都有盈餘，總計盈餘 10.57 億元。所獲利潤並非進了資方的腰包，而是購買了與原社址毗連的安福胡同 42 號、44 號和 46 號的三所房屋，還從上海訂製了湯姆生式電動鑄字機一臺。職工工資也於 1951 年 4 月份予以調整，較以往工資額平均增加了 80%。〔註 122〕而北京《新民報》的兩次公私合營都是在該報社已能自給自足的前提下完成的。要解釋這一奇異現象，就不能不關注這一時期的政治運動背景。

1951 年 10 月，在全國工農業戰線開展的愛國增產運動中，大量的貪污、浪費現象和官僚主義問題凸顯出來。1951 年 11 月 30 日，毛澤東指出：「必須嚴重地注意幹部被資產階級腐蝕發生嚴重貪污行為這一事實」，「我們需要來一次全黨的大清理，才能停止很多黨員被資產階級所腐蝕的極大危險現象」。〔註 123〕12 月 1 日，中共中央發出《關於實行精兵簡政，增產節約，反對貪污、反對浪費和反對官僚主義的決定》。8 日，中共中央又發出《關於反貪污鬥爭必須大張旗鼓地去進行的指示》，全國規模的「三反」運動開始了。

要根治發生在幹部身上的腐敗問題，還需要粉碎資產階級的「糖衣炮

〔註 121〕蔣麗萍、林偉平：《民間的回聲：新民報創始人陳銘德鄧季惺傳》，第 304 頁。
〔註 122〕新民報北京社：《1951 年經營情況》，1951 年，北京市檔案館：114-1-9-20-24。
〔註 123〕《毛澤東選集》第 5 卷，第 53 頁。

彈」。隨著工商業政策的不斷調整、新解放區土地改革結束後廣大農民購買力的提高和抗美援朝中政府對私營工商業加工訂貨的增加，1951 年，民族資產階級獲得了較爲豐厚的利潤。爲了獲取更多利益，一些資本家用「打進來」、「拉出去」的辦法，向黨、政、軍、民機關內部派遣和安置他們的經濟坐探，進行行賄、偷稅漏稅、盜騙國家財產、偷工減料和盜竊國家經濟情報的活動。北京、上海、天津、武漢，廣州、重慶、西安、瀋陽等八大城市審查過的私人工商業中，犯有不同程度「五毒」行爲的竟占總戶數的 76%。〔註 124〕1952 年 1 月 26 日，毛澤東爲中共中央起草了《關於在城市中限期展開大規模的堅決徹底的「五反」鬥爭的指示》，1952 年 2 月上旬，「五反」運動大規模展開。

「三反」「五反」運動開始後，上海許多資本家受不了基層群眾的揭底式追究，跳樓自殺的有千把人，一時間有「上海的降落傘部隊」〔註 125〕之說。震撼力最大的是四川實業家盧作孚自殺身亡事件。秉持「實業救國」的理想，盧作孚從一條「民生」小船做起，最終成爲擁有上百條輪船的大企業家。新中國成立後，他拒絕了蔣介石的邀約，率領船隊從香港返回大陸。但是在「三反」運動中，他卻被親近的人指控貪污，含恨自殺。事後核查，他本人在銀行連一分錢存款都沒有，卻還是被定性爲「不法資本家」。

解放前，許多民營報紙是與盧作孚有交誼的，就連有中共背景的重慶《商務日報》都與盧作孚「建立了密切的聯繫」。〔註 126〕在這些民營報紙中，《新民報》的陳銘德、鄧季惺夫婦與盧作孚篤情至深。盧作孚的民生實業公司不僅投資《新民報》，盧本人還曾經在《新民報》上著文立說，發表對時局的看法。盧發表在 1935 年的《和諧運動的具體意見》，不僅建議社會上有知識、有地位之士以「第三者」身份調和國、共兩黨的不和諧局面，還倡導整個國家建立全盤的自給計劃，呼籲中央政府「健全政治機構，領袖只是指導動向，而不要越過專管機關，直接處理一切瑣碎事情。」〔註 127〕由此可見，盧作孚與作爲民營報紙的《新民報》一樣，在民族飽受欺凌，政治晦暗不明的情況下，均是以「獨立」、「自主」理念相互仰息的。1952 年，當相濡以沫的朋友

〔註 124〕中共中央文獻研究室編：《關於建國以來黨的若干歷史問題的決議注釋本（修訂）》，北京：人民出版社，1985 年 9 月第 1 版，第 220～221 頁。

〔註 125〕蔣麗萍、林偉平：《民間的回聲：新民報創始人陳銘德鄧季惺傳》，第 310 頁。

〔註 126〕楊培新：《戰鬥在驚心動魄的歲月中》，載《文匯報回憶錄 2：在曲折中行進》，第 31 頁。

〔註 127〕《新民報》，1935 年 11 月 4 日。

以自殺謝幕，《新民報》的陳銘德、鄧季惺二人也正在經歷生死考驗。「五反」運動展開以後，因《新民報》曾有長時期的勞資對立，職工們對鬥爭很積極。一些人開始追究陳銘德、鄧季惺的「經濟問題」，多次開會鬥爭，要他們交代是否貪污，並把矛頭對準二人在北京住房的資金來歷。他家的保姆也被關了起來，要其揭發陳、鄧夫婦的問題。〔註 128〕陳銘德在群眾的要求下做了兩次檢討，鄧季惺做了三次檢討。在巨大壓力下，夫婦二人有意效法老朋友盧作孚，他們開始安排後事，把時任中央人民政府副主席張瀾的地址告訴了孩子們，囑咐萬一家裏發生事情，就去找張瀾。張瀾與鄧季惺的伯父鄧孝可，均爲辛亥革命時期四川保路同志會的發起人，在遇到困難的時候，倒是可託付之人。所幸，悲劇沒有發生。1952 年 3 月 20 日，政府收購《新民報》的辦法達成意向，該報職工逐漸收縮運動，沒有繼續追查他們。〔註 129〕陳、鄧二人最後被定爲「基本守法戶」。

表 6-10：《新民報》編輯人、經理人及董事、主要股東簡歷（1950 年 3 月）〔註 130〕

姓名	年齡	籍貫	社內職務	現在職業	過去職業及學歷	政治經歷	黨派團體
陳銘德	53	四川	總經理	同前	北京法政大學		國民黨革命委員會
王亞平	45	河北	總編輯	同前	日本東京早稻田大學	北京市文委	共產黨員
鄧季惺	43	四川	協理兼北京社經理	同前	北平朝陽學校		民主建國會
吳晉航	55	四川	董事長	同前	警官學校出身		民主建國會
鬍子昂	53	四川	常務董事	重慶市協商委員會副主席，政協代表	北京農業大學	曾任參政員，重慶市議長，僞主任委員	民主建國會
古廣雲	48	四川	常務董事	四川畜產公司總經理	上海聖約翰大學	無政治活動	民主建國會

〔註 128〕蔣麗萍、林偉平：《民間的回聲：新民報創始人陳銘德鄧季惺傳》，第 309 頁。
〔註 129〕北京市委宣傳部：《關於收購新民報財產情況向周恩來總理的報告》，1952 年 4 月 12 日，北京市檔案館：1-12-97-1-4。
〔註 130〕根據北京市檔案館館藏檔案整理。

張友鸞	46	安徽	股東	南京人報社長	北京平民大學		無黨派
王崑崙	48	江蘇	股東	政務院政務委員	北京大學	曾任主任委員參加人民解放革命運動	國民黨革命委員會
趙超構	42	浙江	總主筆	同前	上海中國公學	現任政協代表	無黨派
羅承烈	52	四川	協理	同前	北平中國大學	曾任四川省參議員	無黨派

民營報紙中的勞資對立，不僅存在於《新民報》中，《大公報》總編輯王芸生因爲獲得過報社的「勞績股」，在加入工會時就遇到了麻煩。其實，王芸生出身貧苦，做過茶葉店和布店的學徒，靠勤奮自學才有了此後的地位。他本人一生勤儉，對社會上以權謀私現象極爲憤慨。解放前在編輯《大公報》地方新聞版時，王芸生每當揭露地方陋政，總喜歡在抨擊性標題後面加個大大的驚歎號，一邊加一邊自言自語說：「給它來個棒槌！」當時很多地方當局，提到《大公報》的地方新聞版就感到頭疼惱火，因爲吃了王芸生太多的棒槌。但是新中國的社會革命，是通過渲染「階級有別」而展開的，在城市中，一種自下而上生成的「階級淨化機制」，〔註 131〕不可能將王芸生這樣曾有過「反動」歷史的人物納入到「純潔」的群眾中去。只要一遭逢群眾，王芸生即會遇到麻煩。當想加入中蘇友好協會時，有人說他長期以來一貫「反蘇」；當應邀到兒子讀書的學校演講，講到一段「三毛流浪記」時，竟受到校方的當場批判，因爲新社會不會再發生「三毛流浪記」的故事；在思想改造中做自我鑒定時，王芸生的結論是「解放前我是人民的敵人，三年來也未曾改造」，「我眞是慚愧，慚愧得汗顏無地；我眞是沉痛，沉痛得想痛哭一場」，這樣的發言又被群眾指出沉痛之感毫無來源，以至於他陷入內心的折磨，平均每天只能睡 4 個小時左右。〔註 132〕

因基層權利意識的覺醒而訴諸於群體行動，不顧及現實條件生硬地劃分資方與勞方的界限，這種內部消耗加速了民營報紙的衰亡。廣州《每日論壇報》1950 年 5 月 17 日因經濟困難停刊後，曾有員工提出，「欠薪問題，由勞

〔註 131〕郭聖莉：《階級淨化機制：國家政權的城市基層社會組織構建——以解放初期上海居委會的整頓與制度建設爲例》，《甘肅社會科學》，2007 年第 4 期。

〔註 132〕《新聞界思想改造情況（十九）》，1952 年 9 月 30 日，上海市檔案館：A22-2-1551。

資協商解決，並請求復刊，以打破當前僵局」。此意見當即爲另一部分職員所反對，認爲「這是向資方投降」。6 月 2 日 12 時，首由 28 名員工借用廣州市西湖路 101 號座談，同意勞資協商復版。當晚，此意見在報社全體員工大會中提出後，又遭一名陳姓員工的強烈反對，他認爲這 28 名員工是在搞分化，是破壞團結。車、字房工人在《每日論壇報》員工中佔據較大比例，兩個部門於 6 月 4 日晚在報社開會討論，並請印刷工會派員指導。會中，印刷工會派出同志亦認爲過去堅決追薪，致社方停刊，工人失業，是錯誤的；現在提出勞資協商，雙方讓步，以求解決，這是正確的，符合政府勞資兩利的政策。〔註 133〕但這樣的建議很快被左派的聲音所覆蓋。

《每日論壇報》的內部紛爭顯然爲主管部門所瞭解。6 月 23 日，社長章導返回報社與全體職工協商復版問題時，著重說明了華南分局宣傳部提出的復版的先決條件，其中一項即是「職工團結一致」。〔註 134〕來自官方的回饋無疑增進了勞資雙方進一步洽商恢復出版的信心。從 6 月 24 日至 6 月 29 日，雙方共協商六次，擬定了復版方案：勞方同意復版後先清償 30%的欠薪，其餘部分可在三個月內陸續償還；經濟困難時，職工工薪還可予以減低，除保證 90 市斤米的基本數外，其餘部分按六五折至七五折支領。〔註 135〕遺憾的是，《每日論壇報》的勞資雙方雖然經數月紛爭最終達成和解，但此時報紙已停刊月餘，社會信譽降至冰點，復版資金難以籌集。報社諸多員工是靠工薪維持生活，有些拖家帶口的，生活已經陷於絕境。7 月 23 日，廣州市人民法院作出判決：准予《每日論壇報》員工點存報社機器雜物拍賣清償，以解決他們目前的困難生活。〔註 136〕自此，《每日論壇報》的復版願望徹底斷絕，該報亦成爲新中國之後，廣州第一家消亡的民營報紙。

6.3.2 路西法效應的顯現

以勞工階層爲代表的底層民眾爲何在新中國初期的對資鬥爭中較爲強勢？這是有歷史背景的。根據美國學者莫里斯·邁斯納的看法，近現代中國

〔註 133〕《每日論壇報停刊善後報告》，1950 年 6 月 12 日，廣州市檔案館：179-1950-長久-12，第 17～19 頁。

〔註 134〕《每日論壇報勞資雙方談判有關恢復報紙出版問題最近的情況》，1950 年 6 月 29 日，廣州市檔案館：179-1950-長久-12，第 33～35 頁。

〔註 135〕同上。

〔註 136〕《1950 年度民字第 1238 號債務及工資案件廣州市人民法院民事判決》，1950 年 7 月 23 日，廣州市檔案館：179-1950-長久-12，第 53～55 頁。

歷史狀況的基本特徵是所有階級的軟弱性。資產階級尚處於萌芽和不發達狀態，無產階級凝結成一股勢力的時間不長，曾爲統治階級重要組成部分的豪紳地主，權力與聲望日漸衰落。當帝國主義破壞了豪紳們與之息息相關的封建帝國的官僚基礎時，由於缺乏遠見、機會和資本，豪紳中的成員只有一小部分轉向近代商業和工業或近代商品化的農業形式，在這一階層中沒有產生能夠推動經濟發展或執掌政治權力的「現代化精英」。儘管直到共產主義革命前豪紳還握有農村一級的經濟和政治控制權，但這個階級已經日益衰敗且越來越寄生，他們所能做的事情，就是不受傳統的政治和道德法令的約束，實行最野蠻的經濟剝削。作爲這種剝削的犧牲品，農民一旦獲得機會，即以其人之道還治其人之身。〔註 137〕在城市裏，資本家大都有著與農村豪紳物質與精神上的聯繫，原始積纍更不受傳統道德律令的制約，而城市裏的勞工階層也大都由農民轉化而來，兩者之間的矛盾甚至比豪紳地主與農民之間更加尖銳。而且在城市勞作的工人，因親身經歷很多剝削與外國人密切相聯，這就使得工人的社會革命，帶有反對經濟壓迫和外來壓迫的雙重性質，上陞到了民族主義立場。因此，中國的工人運動具有特殊的戰鬥力。〔註 138〕

儘管並不是所有的資本擁有者都採用赤裸裸的剝削方式，但資本家與勞工之間的對立是一種泛化的意識。在資方那裏，有一種天然的防範思維，總會覺得惹惱勞方是一件不明智的事情。這種思維在解放前就已經存在。1937 年 12 月 12 日，上海各報接到公共租界工部局的通告，要求所有華商報紙，自 16 日起接受日方的新聞檢查。上海的大報，除《新聞報》和《時報》自願服從此屈辱規定，《申報》、《大公報》、《時事新報》及《民報》〔註 139〕決定自 14 日起自動停刊。《大公報》總經理胡政之在報紙停刊的次日，即宣佈編輯部、經理部所有職工，除保留一部分清理善後，其餘人等一律遣散，每人發給 3 個月薪水作爲遣散費。連時任要聞編輯的徐鑄成都在遣散之列。令人奇怪的是，印刷廠工人卻不做遣散。據徐鑄成事後瞭解，胡政之惟獨保留工廠，「一則，他怕解雇工人，比較棘手；二則，他怕一旦戰事結束，重裝機器設備和

〔註 137〕〔美〕莫里斯·邁斯納著，杜蒲、李玉玲譯：《毛澤東的中國及後毛澤東的中國》，成都：四川人民出版社，1999 年 2 月版，第 7～8 頁。

〔註 138〕〔美〕莫里斯·邁斯納著，杜蒲、李玉玲譯：《毛澤東的中國及後毛澤東的中國》，第 32 頁。

〔註 139〕原爲《民國日報》，「一·二八」抗戰時，國民黨屈服於日方的抗議，改稱《民報》。

排字設備，需要時間，影響立即復刊」。〔註140〕而重新組織編輯、經理兩部人員，在胡政之看來，相對容易些。

較爲成熟的民營報紙管理者都對勞方有所顧忌，1950年11月11日，《新民報》的陳銘德發給該報上海社經理高本樂的電報也可看出類似端倪。他請高本樂務必與上海本報工會懇切商談，將虧累情形提出，體諒滬社並未賺錢的苦衷。而發此電報的初衷在於滬市各行業中，因年終獎拖累而關門者已有事例。〔註141〕陳銘德顯然不希望基層員工鬧將起來，引致報社關門。

恰如俄羅斯路標學派的代表人物別爾嘉耶夫所言：「革命永遠是不知感恩的」。〔註142〕是凡革命，採用溫和的、自由主義的、人道主義原則的人很難獲勝，這也是「合理利己主義」所認同的原則。秉持此觀念的，並非惟有共產黨人。美國1950年代的麥卡錫主義，曾被中共指稱係「資產階級專政」。說到「專政」，也有其準確性。麥卡錫主義的社會基礎並非資本家，恰恰是美國下層，其特點是煽動下層民眾揪出精英層中「出賣美國」的疑似「親共」分子。在這場運動中，與共產黨國家做生意的資本家，與社會主義陣營有外交往來的政客、學者，乃至卓別林那樣的文化人，都在「人民」的壓力下惶惑不安，而工會卻在麥卡錫運動中推波助瀾。再往前追溯，美國獨立前因統治者阻止「人民」進攻印第安人而激發的所謂「培根起義」，20世紀初迫害華工的風潮，都是「窮白人」的運動，而資本家倒是對廉價華工持歡迎態度。〔註143〕

既然按照「合理利己主義」的觀點，先有剝削和壓迫這樣「惡」的基礎，而人民惟有通過革命去破壞這種現實，那麼，以「惡」制「惡」就具備了合理性，甚至正義性。問題是，當「惡」成爲一種制勝的法寶，「善」的機制就會被踢出戰局，鬥爭往往變得絕對化，演變成一種「專政」獲曰「專制」。如同托克維爾所分析的，這種「民主遊戲」存在著一種危險性，「只要平等與專制結合在一起，心靈和精神的普遍水準便將永遠不斷地下降」。〔註144〕而路西法效應恰恰會在這種情況下出現。

〔註140〕徐鑄成：《文匯報的誕生》，載《文匯報回憶錄 1：從風雨中走來》，第3～4頁。

〔註141〕新民報總管理處：《關於商談年終獎金的電報》，1950年11月11日，上海市檔案館：G21-1-137-77。

〔註142〕〔俄〕別爾嘉耶夫著、雷永生譯：《自我認識——思想自傳》，第224頁。

〔註143〕金雁：《倒轉「紅輪」：俄國知識分子的心路回溯》，第23～24頁。

〔註144〕〔法〕托克維爾著，馮棠譯：《舊制度與大革命》，商務印書館，1997年版，第36頁。

路西法效應源自一次眞人實境實驗。1971年，美國社會心理學家菲利普·津巴多主持了「斯坦福監獄實驗」。實驗中，身心健康、情緒穩定的大學生被隨機分爲獄卒和犯人兩組，接著被置身於模擬的監獄環境。實驗一開始，受試者便強烈感受到角色規範的影響，努力去扮演既定的角色。到了第六天，情況演變得過度逼眞，原本單純的大學生已經變成殘暴不仁的獄卒和心理崩潰的犯人，原定兩周的實驗不得不宣告終止。〔註145〕據此，菲利普·津巴多得出的結論是，善惡之間並非不可逾越，環境的壓力會讓好人幹出可怕的事情。就像上帝最愛的天使路西法一樣，不知不覺地對他人做出難以置信之事，從而墮落成魔鬼撒旦。

將獲取自身利益的正當行爲演變成一種暴力，也顯現在新中國初期民營報紙的勞資矛盾中。一般來講，暴力是指明顯地違反法律、損害公民的財產權和基本自由的執行行爲，所造成的傷害既可以是身體的，也可能是心理的。

上海《煙業日報》在處理勞資糾紛過程中就出現過體罰這樣的暴力行爲。該報奉新聞主管部門指令，於1951年12月31日停刊。〔註146〕因報紙主辦方捲煙皀燭火柴同業公會籌備委員會不願煙報職工併入公籌會工作，遂善後問題，只能請勞動局調解。第一次調解座談會於1951年12月21日召開，到次年的1月14日已是第五次討論。〔註147〕恰逢「五反」運動展開，2月6日，經上海勞動局指示暫時停止調解。《煙業日報》有職工18人，每月工資3986單位，另報差遞送費2911單位，共計每月6897單位。1951年底停刊時，尙有結餘經費9000餘萬（舊幣），但由於結束問題久拖不決，至1951年3月，不僅結餘資金分文皆無，還由公籌會借墊3600萬元，公籌會委員借墊3930萬元，用來發放職工薪金。由於公籌會經費向來執行預決算制度，庫存因會員會費收取極度困難幾告空虛，但煙報職工工資仍需按月照發，雖是暫向公籌會借貸，但因無償還可能，已造成公籌會本身經濟困難。在協商發放三月

〔註145〕〔美〕津巴多著，孫佩妏、陳雅馨譯：《路西法效應：好人是如何變成惡魔的》，北京：生活.讀書.新知三聯書店，2010年3月版，內容簡介。

〔註146〕上海市捲煙皀燭火柴商業同業公會籌備委員會：《爲本會附設之煙業日報社發行之煙業日報至本年終停版公告週知由》，1951年12月，上海市檔案館：S415-4-6-44。

〔註147〕上海市捲煙皀燭火柴商業同業公會：《關於〈煙業日報〉停刊解雇職工的意見，會議記錄及留存的若干〈煙報〉》，1952年，上海市檔案館：S414-4-135。

份上半月薪資時，煙報職工終於失去了耐性。3 月 15 日上午 9 時，部分職工挾公籌會主委施永順至上海總工會老閘區「五反」第三大隊辦事處，令施永順做立正姿勢。因施患高血壓，站立兩小時，不能支持，遂寫成筆據，保證在兩天內籌發上半月工資，才被放出。〔註 148〕這一事件令公籌會副主委們十分懼怕，聽說煙報職工還會找他們發放工資，副主委們人人自危，希望勞動局迅速恢複調解。又經過近三個月的協商，6 月 14 日，由公籌會根據雙方協議，將解雇費每人兩個半月一次發放完畢，《煙業日報》的結束問題才告一段落。〔註 149〕

成都《工商導報》在經營狀況極度困難的情況下，也是亂象紛呈。報社秘書被發現在 1953 年 2 月份私自檢查職工私人信件；少數員工四處上書揭發內部矛盾，用詞激烈，如指責報社領導「厚顏無恥」、「陰險惡毒」等。更爲嚴重的是，部分指控並非根據事實，而是憑空猜測，如控告一位吳姓員工爲反革命分子。在當時司法制度存在嚴重缺陷的情況下，人民法院判處吳姓員工一年多徒刑，直至司法改革時，才發現證據不足，無罪釋放。〔註 150〕

在經營管理方面較爲成熟的《大公報》也不可避免出現了激烈爭端。1950 年 7 月份，依照勞動局指示，《大公報》由行政、工會兩方面各推選代表 10 人成立了「整編節約小組」。此次整編，報館預計減少 70 多名員工。〔註 151〕整編工作劍撥弩張，據《大公報》內部人士反映，「整編小組事前沒有走群眾路線，輕視群眾，事後又害怕群眾，把事情搞得一塌糊塗。當事情鬧到最緊張時，才邀請上總、印刷工會去處理，公安局並出動了警備車，如臨大敵。」〔註 152〕整編過後，更有被裁員工上書陳毅市長，直陳整編過程存在「包庇私人和個人利益」之舉。儘管並未有確切證據印證上述指控，但匿名信中，「工

〔註 148〕上海市捲煙皀燭火柴商業同業公會籌備委員會:《關於煙業日報職工協商解雇事件之經過的函》，1952 年 4 月 10 日，上海市檔案館：B128-2-864-122。

〔註 149〕上海市捲煙皀燭火柴商業同業公會籌備委員會:《關於履行協議發放煙業日報職工解雇費名冊及辦理移交情況的函》，1952 年 6 月 20 日，上海市檔案館：B128-2-864-161。

〔註 150〕《工商導報簡況》，1953 年，成都市檔案館：56-1-52。

〔註 151〕《大公報》予以整編後離職者的待遇是：解雇金三個月、年終獎金一個月、薪金發至 1950 年十月底，總計五個半月工資；對整編後留職停薪者的待遇是：一年內發給薪資 30%的救濟金。參見《上海大公報館整編協議書》，1950 年 9 月 15 日，上海市檔案館：B35-2-108-5。

〔註 152〕上海市人民政府新聞出版處:《關於上海大公報館內部工作人員整編存在問題的函》，1950 年 7 月 12 日，上海市檔案館：B35-2-108-1。

賊」、「僞共產黨員」等斥責之詞不絕於耳。〔註 153〕

民營報紙改造過程中的路西法效應還表現在合作夥伴之間的分崩離析。據報人馮英子回憶，1949 年 5 月底，他除了擔任香港《周末報》總經理兼總編輯，還應邀出任香港《文匯報》總編輯。因爲他是《文匯報》的「新人」，又不是共產黨員，一些人想盡種種辦法給他這個總編輯「顏色看」。馮英子說：「我在《文匯報》的一年多日子裏，正是中華人民共和國誕生的那些日子」，「這一年多的時間內，既要防備國民黨的迫害，當時國民黨特務在香港的活動非常猖獗；又要應付自己內部的矛盾，我不知道他們在什麼地方爲我設下陷阱，一不小心就粉身碎骨，也不知道他們用什麼辦法來拆我的臺，使你不明不白地倒下去」。所以，他感覺「最最難於應付的，倒是我們自己的『內耗』」。〔註 154〕事情遠未結束。「組織上」出於對報紙佈局的通盤考慮，決定將《周末報》由香港遷至廣州。1952 年 3 月，馮英子與報社同仁回到廣州。剛一到達，他就被告知先回廣州的報社營業部主任已自殺，係因在「三反」運動中被加上許多莫須有的罪名，一時想不開跳樓身亡。由於馮英子回國稍晚，沒趕上「思想改造運動」，此時，「三反」已經開始，他們這些人都參加「含有三反內容的思想改造運動」，「思想改造」與「三反」合二爲一，哪一課都不能缺。這時馮英子才知道，自己也被懷疑貪污公款，有人一直在暗中審查他。「經過這次運動，一個最突出的現象是一個團結合作、共同奮鬥的集體，忽然變成了一個四分五裂、互不服貼的場所」，「那種同甘共苦，不出怨言，全心全意爲工作的作風，一到運動中，卻煙消雲散，不知哪裏去了」。〔註 155〕

不能不承認，新中國之所以能夠成功地控制通貨膨脹、腐敗和社會的混亂現象，關鍵在於執政黨的嚴格自我約束和向群眾組織開放。新政權能夠動員人民大眾，並取得他們的信任，這是新中國初期取得成功治理的重要原因。中國共產黨既然是中國工人階級的先鋒隊，一旦遇到工人利益受到傷害，自然更多站在工人立場，對具體事件的理和據反而不那麼重視。1951 年 6 月，上海《俄文新生活報》一陳姓學徒因私改借據爲報社發現，遭開除處分。報社工會認爲這一處理結果過於嚴格，希望能與資方再行協商。但《俄

〔註 153〕《上海大公報館一群被裁者關於上海大公報館在整編中存在偏向問題的函》，1950，上海市檔案館：B35-2-107-2。

〔註 154〕馮英子：《勁草：馮英子自傳》，第 318～335 頁。

〔註 155〕馮英子：《勁草：馮英子自傳》，第 343～349 頁。

文新生活報》的資方代表聲稱要向上級塔斯社請示，此事就此懸置。〔註 156〕陳姓學徒遂呈請勞動局予以仲裁。在外事部門的配合下，勞動局在瞭解具體情況後做出「開除不當」的結論，認爲對陳姓學徒的錯誤應以教育爲主。顯然，這一仲裁結果產生了效果，《俄文新生活報》同意該員工復工。〔註 157〕雖然仲裁期間的工資無需補發，但就上述結果來說，勞方的背後力量顯然更爲強勢。

6.4 郵發合一削減發行渠道

民營報紙最終失守的經濟原因還包括議價能力的喪失。因「郵發合一」政策的實行，私營派報業整體衰落，民營報紙失去了開拓市場的主要依託。沒有了自主定價的權利，沒有了對零售市場的控制，沒有了給予讀者的利益輸送，民營報紙在經營方面的優勢盡失，其消亡也是必然。

「郵發合一」始自 1949 年 12 月 10 日至 28 日的全國郵政會議，12 月 17 日至 26 日召開的全國報紙經理會議，認同了「郵發合一」的決議。當時至少有三方面原因促成此決議：

首先是社會動員的需要。1949 年，解放戰爭獲得了基本的勝利，但反動勢力尚有殘留，人民的覺悟有待提高，經濟與文化事業需要恢復。無論是對敵鬥爭，還是恢復經濟，都需要大量的報刊在思想上去指導群眾。當時報刊發行的局面是發展不平衡，大城市集中，小地方匱乏；運輸困難，北京出版一本雜誌，送到北京附近郊區要幾天，送到貴陽、昆明要一兩個月；〔註 158〕發行層次多，報紙批銷往往經過大代理、二代理盤剝才能到達報販手中，報紙和報販幾無利潤空間。〔註 159〕

其次是擺脫報紙困境的需要。1949 年，戰爭造成的物質困難一時難以解決，一般占報紙總成本 70%的紙張價格一路飛漲，讀者的購買力有限，幾乎所有報紙都發生了嚴重賠耗，僅據《人民日報》等 16 家報紙不完全統計，全

〔註 156〕《勞動爭議調解申請書》，1951 年 7 月 4 日，上海市檔案館：B128-2-552-77。

〔註 157〕上海市人民政府勞動局《調解案件處理報告》，1951 年 8 月 21 日，上海市檔案館：B128-2-552-78。

〔註 158〕《出版總署署長胡愈之在全國發行工作會議上的講話》，1951 年 2 月 19 日，載《中國報刊發行史料（1951）》，第 169 頁。

〔註 159〕廣州市郵局：《關於廣州市報販最近活動情況報告》，1952 年 9 月，廣州市檔案館：179-1952-長久-078，第 158～159 頁。

年賠耗達 5000 萬斤小米。〔註 160〕

再次是蘇聯及中國老解放區成功的發行經驗。蘇聯實行的是「郵發合一」，報紙均交郵局發行，每期總量達 3300 萬份，〔註 161〕其中，《眞理報》每日發行 250 萬份以上。〔註 162〕這對只有 2 億人口的蘇聯來說，是個相當高的數字。中國老解放區報紙發行工作始於 1930 年代，一開始由交通部門負責。在抗日戰爭中，解放區的報紙出現了「交、發、郵」三位一體的組織形式，華北、西北地區的報紙由郵局負責分銷。東北區「八一五」光復以後，《通化日報》（後改名《遼東大眾報》）在 1946 年 4 月首先交郵局發行，1948 年《東北日報》、《黑龍江日報》交郵，到 1949 年底，東北出版的報紙基本上全部交給郵局發行。山東老解放區在抗戰時即實行「郵發合一」，當時的郵局局長兼發行部部長，報社的發行部就是郵局的發行科，這種發行方式便於報刊衝破重重封鎖，普遍深入到解放區的農村。日本投降後，解放軍開始進入城市，報郵關係發生變化，《大眾日報》1946 年起嘗試報郵分家，全靠分銷處推銷，結果導致報紙積壓、報款難收回等嚴重問題，發行量竟從 18 萬份跌至 10 萬份，其中臨沂一縣即從 2 萬份跌至 1000 份。無奈，1947 年恢復「郵發合一」，發行數量才又逐漸回升。〔註 163〕

上述三重因素都在發行方面指向一個解決方案：利用郵局現有網點多，郵路長且深入農村，分支機搆分佈全國，現有員工數萬人，和國家其它交通機關有密切配合且自身擁有交通工具的優勢，實行「郵發合一」。

6.4.1「郵發合一」的推進

「郵發合一」的原則，經由郵電部召開的第一次全國人民郵政會議和新聞總署召開的全國報紙經理會議確定後，即在全國範圍內開展。爲了推進這項工作，郵電部於 1950 年 2 月 15 日至 28 日召開了全國報刊發行工作會議，隨後，北京《人民日報》的發行工作於 1950 年 3 月 1 日全部移交郵政總局接

〔註 160〕《全國報紙經理會議的決議》，1949 年 12 月 26 日，載《中國報刊發行史料（1949）》，第 7 頁。

〔註 161〕《郵電部部長朱學範在全國發行工作會議開幕式上的報告》，1951 年 2 月 15 日，載《中國報刊發行史料（1951）》，第 152 頁。

〔註 162〕《人民日報》社論：《改進報刊發行工作是重要的政治任務》，《人民日報》，1951 年 3 月 10 日。

〔註 163〕《郵電部部長朱學範在全國發行工作會議開幕式上的報告》，1951 年 2 月 15 日，載《中國報刊發行史料（1951）》，第 151 頁。

辦；同一天，杭州出版的《浙江日報》和浙江郵政管理局訂立發行合約；3 月 11 日，長沙《新湖南報》移交郵局；3 月 25 日，西安《群眾日報》也和西北郵政總分局簽訂合約，將發行工作分期交陝西管理局接辦；3 月 31 日，《皖北日報》和安徽郵管局簽訂了郵發合一的發行合同；4 月 1 日，重慶《新華日報》實行郵發合一；4 月 25 日，上海《解放日報》和上海郵管局簽訂了郵發合一的發行合約。〔註 164〕

根據 1950 年 6 月全國報紙郵發情況統計，當時全部實行郵發合一者 55 種，局部發行者 3 種，共計發行量每日爲 1416382 份，占全國報紙總髮行量的 52%。據此，郵電部郵政總局下達《關於目前發行工作的指示》，要求各郵區積極組織發行力量，健全發行組織，充實幹部，主動和各報刊社洽商「郵發合一」，爭取全國各省級以上的公營報紙早日實現郵發合一。該指示將較大民營報紙的「郵發合一」也列入了洽商範圍。〔註 165〕

到 1950 年 12 月，郵發報紙種類已經達到 140 種，總髮行量 219 萬份。遠超出 1950 年 1 月份以老解放區爲主的 80 萬份。此時，「郵發合一」的報紙種類雖然只占全國報紙種數一半多一點，但在總髮行量上已經達到 70%以上。各家報紙的份數穩步上陞：《人民日報》從 1950 年 4 月的 9 萬份增加到 12 月的 19 萬餘份；《東北日報》由 13.5 萬份增加到 18 萬份；《南方日報》從 1.8 萬份增加到 5.2 萬份；《群眾日報》從 2.2 萬份增加到 3.4 萬份；重慶《新華日報》從 2 萬份增加到 3.8 萬份；《解放日報》從 8.2 萬份增加到 9 萬份。從覆蓋面來講，全國性的報紙，《人民日報》發展了 2481 個訂銷局，《工人日報》發展了 1367 個訂銷局；大行政區級的報紙，《東北日報》有 519 個局，《長江日報》有 871 個局，《群眾日報》有 418 個局，重慶《新華日報》有 442 個局，《天津日報》有 614 個局；省級的《南方日報》有 375 個局，《大眾日報》有 269 個局，《江西日報》有 123 個局。〔註 166〕

具體到單一城市，以廣州爲例。1950 年 12 月份，該市訂閱部分全月交郵

〔註 164〕郵電部郵政總局通令：《關於簽訂報刊發行合約的指示》，1950 年 4 月 27 日，載《中華人民共和國出版史料（1950）》，第 162 頁。

〔註 165〕郵電部郵政總局通令：《關於目前發行工作的指示》，1950 年 6 月 12 日，載《中華人民共和國出版史料（1950）》，第 303 頁。

〔註 166〕郵電部部長朱學範在全國發行工作會議開幕式上的報告，1951 年 2 月 15 日，載中國報刊發行史料編輯組編：《中國報刊發行史料第一輯》，北京：光明日報出版社，1987 年 9 月版，第 150～160 頁。

局份數從 11 月的 183820 升至 225313 份，報社自主發行份數則從 45660 份降至 17557 份，〔註 167〕郵發比例高達 92.8%。當時，廣州市人口數 150 萬人，相當於每份報紙平均 27.5 人看。〔註 168〕

表 6-11：廣州報紙發行份數綜合月報表（1950 年 11 月份）〔註 169〕

	發行份數	交郵局份數	報社自行發行份數	全月總計
1	本市訂戶	183820	45660	229480
2	外埠訂戶	2100	10700	12800
3	本市分銷	11627	64200	75827
4	外埠分銷	739729	57578	797307
5	門市批發	392751	27690	420441
6	零售	4450	2177	2622
7	自用		10610	10610
8	貼報		40469	40469
9	贈送		19718	19718
10	交換		10477	10477
11	合訂本		6300	6300
12	固定存報		600	600
13	剩餘存報		11008	11008
14	報損		5281	5281
15	合計			1642740

民營報紙中，最早和郵局產生聯繫的是《大公報》。1950 年 7 月，該報將 343 個外埠分銷處交由郵局辦理，實行局部郵發合一，到 1951 年 4 月到 6 月間報社才開始將全部發行工作交給郵局。擔任過《大公報》人事工作的梅煥藻曾經在寫給中央相關部門的信中說：《大公報》實行郵發合一的 1951 年，

〔註 167〕廣州市人民政府新聞出版處：《報紙發行份數綜合月報表：1950 年 12 月份》，1951 年 1 月 31 日，廣州市檔案館：179-1950-長久-003，第 134 頁。
〔註 168〕廣州市人民政府新聞出版處：《報紙發行份數綜合月報表：1950 年 11 月份》，1951 年 1 月 20 日，廣州市檔案館：179-1950-長久-003，第 125 頁。
〔註 169〕同上。

僅 4 月到 6 月間就有 70 多人調到郵局工作。〔註 170〕

最早全面實行「郵發合一」的民營報紙是北京的《新民報》。該報於 1951 年 1 月與郵局簽訂協約，截至 1951 年年底，發行數量從年初的 12941 份升至 27327 份。〔註 171〕

表 6-12：北京《新民報》1951 年 1～12 月發行情況表〔註 172〕

月份	印發平均數	實銷平均數	月份	印發平均數	實銷平均數
一月份	13695	12941	七月份	22233	21275
二月份	15157	14758	八月份	23548	22636
三月份	16717	16121	九月份	24560	23701
四月份	18631	17912	十月份	26249	25302
五月份	20786	20039	十一月份	26666	25792
六月份	21466	20667	十二月份	28186	27327

北京《新民報》在「郵發合一」後，總數雖然絕對增長一倍多，但主要增長發生在北京市區，貢獻了 11000 多份，而廣大的全國性發行範圍才漲了 1000 份。〔註 173〕這是因爲《新民報》簽協議時，將發行區域局限於長江以北，山海關以西。但郵局竟自訂了一份《新民報》發行計劃，將該報主要發行區域圈在北京。而在北京區域的發行量暴漲也不能全部歸功於「郵發合一」。由於《新民報》具有濃厚的地方性特色，又比較通俗，是北京市惟一的民營報紙，每逢有關本市的新聞，如「五一」勞動節，「十一」國慶節，鎮壓反革命等，報紙銷數必激增。另外，出版時間早而又能標準化，銷數也會上漲。鑒於郵局業務過於繁忙，還不能普遍主動地展開推銷業務和零售工作，該報便利用各種報紙上漲契機，充分發掘報房、報販等私營發行業的潛力。因此，《新民報》發行數量的增長是公、私營發行業共同作用的結果。

〔註 170〕《處理梅煥藻來信與中央宣傳部的往來文書》，1953 年 9 月 25 日，上海市檔案館：A22-2-114-19-26。

〔註 171〕新民報北京社：《1951 年經營情況》，1951 年 12 月，北京市檔案館：114-1-9-20-24。

〔註 172〕根據新民報北京社《1951 年業務情況》整理，1951 年 12 月，北京市檔案館：114-1-9-13-18。

〔註 173〕新民報北京社：《1951 年經營情況》，1951 年 12 月，北京市檔案館：114-1-9-20-24。

郵局發行人員有限，而業務拓展得太快，這是「郵發合一」的發展瓶頸。截至1951年春，郵局有5萬多處局所，郵路計達92.5萬餘公里，員工約5萬人，但在全國範圍內，專做發行的才2000餘人，全國函件與報刊兼用的投遞員不過1萬人。〔註174〕這種情況必然導致工作制度呆板，對讀者服務不周到，差錯多，不瞭解發行增減原因和情況，不能主動掌握工作，宣傳得不夠等問題。報社很難對郵局建立完全的信任，一個突出的例子是：東北的《瀋陽日報》，曾經兩次交給郵局發行，又兩次收回自辦。〔註175〕整個華東區域在1950年3月實行「郵發合一」以後，52家公私營報紙中的21家響應該政策，但由於「郵發合一」存在著發行方針不明確、公私關係不正常、發行費用不合理等缺點，導致未實行「郵發合一」的31家報紙持觀望態度。〔註176〕上海的民營報紙，除《大公報》局部「郵發合一」外，都在觀望。

所謂公私關係不正常，主要是指郵局給出的發行費率高低不一。如中南區公開發售的58家報紙，有32家交郵局發行，其中折扣最低的25%，最高的40%。〔註177〕這就意味著每100元，享受最低折扣的比支付最高折扣的省15元。一般來講，支付最高費率的都是民營報紙。天津《新生晚報》與郵局簽訂的局部發行合同，發行費率爲報價的34%，除此之外，一切優待折扣都由報社負擔，郵局代爲貼報、贈報，每份還額外收50元（舊幣），另每份貼報每月加半斤麵。這些苛刻條件自然加重報社對交郵局發行的顧慮。〔註178〕

此外，郵局對公、私營報紙的發行力度也不一樣，且公營報紙主要擠佔的是民營報紙賴以棲身的城市空間。以《南方日報》的「郵發合一」爲例。按照報紙分工，《南方日報》主要發行對象應該是農村區以上幹部群眾，但據

〔註174〕《人民日報》社論：《改進報刊發行工作是重要的政治任務》，《人民日報》，1951年3月10日。

〔註175〕郵政總局副局長谷春帆在郵電部全國發行工作會議上的總結，1951年2月28日，載《中華人民共和國出版史料（1951）》，第69～70頁。

〔註176〕華東軍政委會新聞出版局：《關於華東實行郵發合一以來概況及今後鞏固郵發合一人力开展報紙發行工作計劃和要求的材料》，1950年，上海市檔案館：B35-2-31-11-13。

〔註177〕中南軍政委員會新聞出版局：《1950年工作總結報告》，1950年，載《中華人民共和國出版史料（1950）》，第889頁。

〔註178〕天津市新聞出版處：《報紙發行工作中的幾個問題》，1952年，天津市檔案館：X57-Y-1-48。

1952 年 8 月 30 日的統計，城市（包括廣州市）占該報發行區域的 41%，農村占 53.9%。「從這個比例可看出城鄉的分佈是不平衡的，城市比重是相當大。」據表 6-13，《南方日報》1952 年上半年度的發行數量發展得很慢，從 1 月至 8 月，僅發展了 8%，但其中廣州市發行量增多了 5 倍。「廣州市的機關團體幹部就占廣州發行總數 55.1%，而工會及工人僅占 11.6%，這說明了目前報紙還未普遍深入到工人群，農民大眾的比例更少。」〔註 179〕

表 6-13：《南方日報》1952 年 1 至 8 月發行數量表〔註 180〕

1月	2月	3月	4月	5月	6月	7月	8月
79662	76201	82908	82533	81102	83880	87025	85552

相應地，民營報紙的城市發行量自然受到影響。像廣州《聯合報》，發行對象以工商業界、店員、職業青年爲主。1952 年的發行區域，廣州市占三分之二，江門、佛山、石歧、韶關、惠陽、市橋、深圳、石龍、肇慶、東莞等中小城市占三分之一。據表 6-14，《聯合報》1～8 月發行總量下降幅度雖然不大，但與《南方日報》上行趨勢對比，該報畢竟在向下走。

表 6-14：《聯合報》1952 年 1 至 8 月發行數量表〔註 181〕

1月	2月	3月	4月	5月	6月	7月	8月
27580	27355	28997	29873	27922	26031	28701	26670

廣州另外一家民營報紙《廣州標準行情》，主要發行對象爲工商界人士，次爲各財經機構，發行區域以城市爲主，鄉村爲次。其中城市占 90%，鄉村占 10%；廣州市占 60%，外埠占 40%。到 1952 年 9 月份，該報發行量僅剩下 1500 份，幾無存在的必要。

〔註 179〕南方日報經營管理處：《南方日報 1952 年發行情況說明》，1952 年 10 月 4 日，廣州市檔案館：179-1952-長久-078，第 27 頁。

〔註 180〕《1952 年 1 至 8 月南方日報發行數量表》，1952 年，廣州市檔案館：179-1952-長久-078，第 31 頁。

〔註 181〕《聯合報社 1952 年發行情況》，1952 年，廣州市檔案館：179-1952-長久-078，第 37 頁。

表 6-15：《廣州標準行情》分佈區域（1952 年 10 月 3 日）〔註 182〕

	廣州	天津	上海	北京	武漢	長沙	香港	廣東各地	廣西各地	其它地區
份數	861	72	48	20	45	29	70	55	35	275
百分比	54.63%	4.1%	3.1%	1.3%	2.35%	1.25%	4%	3.7%	2.3%	18%

既然「郵發合一」還沒有成熟到可以承攬全國報紙的地步，那麼，還在觀望的報紙，尤其是民營報紙完全可以按照傳統的發行方式繼續運作。然而，國家相繼出臺的政策，打破了民營報紙繼續觀望的想法。這些政策著力於擠壓傳統派報業，從而，「郵發合一」成爲報紙發行的惟一選擇。

6.4.2 私營派報業的衰落

1950 年中葉，出版總署下達《關於各公、私營報紙建立分銷處暫行規定的通知》，要求：各大行政區內的報紙，在本區內省與省間，省與市間，或市與市間，需要設立辦事處或分銷處者，應呈經本區新聞行政機關審查批准後始得設立。中央直屬省市各報社在省、市相互間需設立辦事處或分銷處者，應呈經出版總署審查批准；各大行政區內的報紙須在其它行政區及中央直屬省市內設立辦事處或分銷處者，應先經各該大行政區新聞行政機關初步審查，簽注意見，呈由出版總署審查批准後始得設立。中央直屬省市各報社須在各大行政區內設立辦事處或分銷處，應經呈出版總署審查批准；原有各報辦事處分銷處亦應按上述原則，分別向本區新聞行政機關及本署登記。〔註 183〕

從字面上看，上述規定不過是讓報紙在建立辦事處或分銷處之前履行報批手續，但在參考中南軍政委員會新聞出版局轉知出版總署規定時的附加意見，可以判斷此政策的眞正用意：一是「報紙發行工作應逐步地全部移交郵政局辦理」，二是「爲防止發行商的紊亂及相互間無原則競爭等流弊」。〔註 184〕

〔註 182〕《廣州標準行情分佈及發行情況表》，1952 年 10 月 3 日，廣州市檔案館：179-1952-長久-078，第 39 頁。

〔註 183〕上海市人民政府新聞出版處：《關於各公、私營報紙建立分銷處暫行規定的通知》，1950 年 7 月 1 日，上海市檔案館：A73-1-44-2。

〔註 184〕中南軍政委員會新聞出版局：《爲轉知總署對公私營報紙建立分銷處暫行辦法請即遵照執行由》，1950 年 7 月，廣州市檔案館：179-1950-長久-003，第 36～37 頁。

何爲發行商的紊亂及相互間無原則競爭？試舉天津《星報》的例子。1951年1月29日，山東濰坊市讀者魯思良函告華東新聞出版局，稱：「近來忽然有天津星報華東營業所（駐濟南）的二位先生，到濰縣來，拿著工商局和工商聯合會的介紹信，往各商號硬行批銷星報，說星報是紅星報，是老黨報，各家不看不行，並照該報定價（每月5000元）加五成（共13500元）〔註185〕叫定，並得預收報費半年（81000元），本縣商人採取『破財免災』的思想，忍氣吞聲地訂閱了。」〔註186〕1951年2月22日，北京市門頭溝工商業聯合會也發出了類似的舉報函，稱天津星報社北京分銷處於1950年12月來門頭溝推銷該報，部分工商戶同意訂閱，當時付款。但在訂閱期中或續訂中間，批銷員對訂戶採取強橫態度。「同聚永、天順棧、正成厚三家商號，不願訂星報，該報推銷員強迫他們非訂不成，如不訂，即說該家思想不好，並且多收了同聚永一個月報費。」「又據永生祥喬振廷談：有一個小燈鋪生活困難，吃飯都成問題，請求不再續訂。派報人卻說：不管你吃飯不吃飯也得訂報給錢。如不訂時，應事先給我們公函。」據稱，《星報》還隨便利用黨的名義推銷報紙，且報費收據，未貼印花，有意偷漏稅款。〔註187〕

鑒於天津《星報》各分銷處的違規行爲，新聞總署於1951年3月23日致函天津市新聞出版處，希即向《星報》查明確實情況，提供處理意見。至於此事應否在《人民日報》披露，及用何種方式批評，也需要新聞出版處盡快回應。〔註188〕1951年4月10日，天津市新聞出版處回應，《星報》已於4月1日起全部交郵局發行，外埠的推廣工作也開始由郵局負責辦理。就在辦理髮行交接期間，1951年6月14日，華東軍政委員會新聞出版局以局長惲逸群名義發出一封信，函告天津《星報》華東區營業所派楊、許二人到蘇北南通、揚州等地非法推銷報紙，騙取訂戶報費，並於4月間攜款潛逃。僅南通市即有16戶所定22份報款被騙，每份訂3個月，訂費40500元（舊幣）。〔註189〕正是這一

〔註185〕檔案原文計算如此。

〔註186〕新聞總署:《爲星報代銷處在山東濰坊市等地用不正當手段推銷希查明迅報署由》，1951年3月23日，天津市檔案館：X57-Y-1-72-82-85。

〔註187〕新聞總署:《爲星報代銷處在山東濰坊市等地用不正當手段推銷希查明迅報署由》，1951年3月23日，天津市檔案館：X57-Y-1-72-82-85。

〔註188〕新聞總署:《爲星報代銷處在山東濰坊市等地用不正當手段推銷希查明迅報署由》，1951年3月23日，天津市檔案館：X57-Y-1-72-82-85。

〔註189〕新聞總署：《爲星報騙取報費事希督促賠償並在報上對此事深刻檢討報署由》，1951年6月29日，天津市檔案館：X57-Y-1-72-101-104。

波又一波的發行亂象，最終使經濟上先天不足的《星報》於 1951 年 7 月 1 日宣告停刊。

此種狀況並非《星報》獨有。1950 年 8 月，長春市的聶劍飛（自稱）持有《天津日報》長春市分銷處的證件，要哈爾濱《建設日報》在長春設點分銷處。《建設日報》考慮到哈市地方新聞不適合向南面發展，未同意。聶劍飛竟在黑龍江省拉林等地僞造《建設日報》分銷處公章，推銷《人民日報》、《天津日報》、《建設日報》等共 10 份。〔註 190〕

1951 年 4 至 6 月間，廣州快活報杭州分銷處推銷員呂輝偕同一名原國民黨中統特務，「非法推銷快活報，並騙取報費」。當那名中統特務被湖州公安局逮捕以後，呂輝非但沒有投案，還繼續逃至揚州、蘇州一帶繼續活動。〔註 191〕

被同時舉報的還有廣州經濟導報社。1951 年 6 月間，經濟導報社上海分銷處擅自抬高報價達一倍，由上海市新聞出版處移送公安局處理。晚些時候，又有王淼清、李仁綱、吳振東三人，擅設新中國人民文化服務書報社，在滬兜銷《經濟導報》，「並僞造服務證、徽章、私印發票」。〔註 192〕

針對各報外地分銷社屢次出現的違法行爲，1951 年 10 月 5 日，新聞總署發佈新署字第 621 號文件，規定「今後私營派報業辦理分銷報紙業務，應向郵局辦理申請登記手續」。該文件雖然針對的是私營派報業的發行亂象，但其實質是將原本並列關係的郵政發行與私營派報業變成了領導關係。因地位的上陞，部分地市的郵局開始出現「關門主義傾向」，〔註 193〕用各種辦法擠壓當地的私營派報業。以《大公報》成都分銷處的遭遇爲例：解放前以及解放初的一段時間，《大公報》成都分銷處代理的報紙均由館內人員向郵局投遞組領取，向未發生任何錯誤。然而從 1950 年 10 月 12 日起，郵局拒絕該處向投遞組領取，也不派員投遞，而是要求分銷處向發行科領取。經過此輾轉過程，

〔註 190〕建設日報社：《關於聶劍飛的情況向教育局的報告》，1950 年，哈爾濱市檔案館：XD48-1-3-55。

〔註 191〕西南軍政委員會新聞出版局:《請密切注意協助緝捕非法在杭州設立的廣州快活報杭州分銷處推銷員呂輝》，1951 年 11 月 17 日，四川省檔案館：建西 34-214-4。

〔註 192〕上海市人民政府文化教育委員會:《爲請處理經濟導報社任意委託不法分子在滬分銷該報事由》，1952 年 10 月 27 日，廣州市檔案館：179-1952-長久-087，第 39 頁。

〔註 193〕朱學範：《改進報紙發行工作，反對關門主義傾向》，《人民日報》，1950 年 6 月 2 日。

發行時間受到了很大影響，分銷處的信用也打了折扣，很難進一步開展發行工作。〔註 194〕

表 6-16：大公報成都分銷處代理報紙列表〔註 195〕

代理方式	每日發行份數
直接擔任分銷	上海大公報 60，重慶大公報 20 份，廣州快活報 10，
由廣州分館寄來	香港大公報 25，香港周末報 30
由成都郵局批銷	北京人民日報 69，重慶新華日報 53，太原山西日報 6，瀋陽東北日報 6，成都川西日報 238
由北京進步日報分銷處批銷寄蓉	北京光明日報 15，天津進步日報 16，西安群眾日報 4，廣州南方日報 4，北京工人日報 3，北京新民報 1，天津日報 1，大連旅大人民報 2，大連實話報 2，保定河北日報 1，開封河南日報 1，漢口長江日報 2，青島日報 1，濟南大眾日報 1，石家莊日報 1，張家口察哈爾日報 1，內蒙古日報 1，杭州浙江日報 1，南京新華日報 2
從新生書店批銷	上海文匯報 6，上海解放日報 13，上海新聞日報 3，香港文匯報 2

郵電部與新聞總署在 1949 年 12 月決定將報紙發行交郵局辦理後，也考慮到報販在報刊發行方面有較長的歷史和一定的力量，尚不能完全取消，郵電部曾指示各分局對私營派報業採取團結、教育、改造的方針。但眞正執行起來，卻是非常困難，畢竟牽扯利益之爭。

以廣州爲例。1950 年 5 月，廣州市郵局在郵發《南方日報》後，即著手推行對全市報販的教育、領導工作。解放前，報販業曾有工會，爲一些封建把頭所掌握。解放後，該工會被廣州市總工會接收並解散，「其首要分子多已逃走港澳，現尚有一些是受管制，報販中大多數參加過反動黨團及反共救國軍或特務駁腳，成分相當複雜。」〔註 196〕過去在經營報業方面，分爲大代理、二代理、報販三種，以往每一種報紙都包給大代理，由大代理分發二代理，再發報販，直接派報零售的報販是要經過兩重的盤剝。《南方日報》創刊後，

〔註 194〕大公報成都分銷處郭耀三：《我處對郵發合一的認識》，1950 年 10 月 30 日，四川省檔案館：建西 34-29-21-23。

〔註 195〕大公報成都分銷處：《我處經銷報情況》，1950 年 10 月 30 日，四川省檔案館：建西 34-29-24-27。

〔註 196〕廣州市郵局：《關於廣州市報販最近活動情況報告》，1952 年 9 月，廣州市檔案館：179-1952-長久-078，第 158～159 頁。

報社先將大代理製取締，但仍保留二代理。報紙交郵發後，經過幾次的整頓，直到 1951 年 7 月才把二代理製取消，而二代理本人未被清洗，仍容許其做報販。

經過一年多的時間，郵局協助市府攤販管理處進行全市報販登記，截至 1952 年 9 月，登記在冊的報販共有 510 餘人，其中擺攤位兼零售書刊的有 80 餘檔，流動的則有 400 餘人，另外尚有 5 家雇有派報童的經營代銷處。廣州市郵局承認，雖然做了一些對報販的組織工作，但在業務上不可避免常與報販發生矛盾和利益衝突。「如《南方日報》出版較遲，我們要照顧內地農村及我局投遞員班次，必須先發趕班後發報販。我們發動社會力量協助發行，建立發行站等工作，又必定有不少訂戶轉向郵局，因此就影響到報販營業收入」。〔註 197〕報販中開始產生報販與郵局應該是報紙發行的左右手，要等量齊觀，不應由郵局專業的想法，甚至說郵局是中間剝削，代替了大代理，要脫離郵局在業務上的領導。1952 年 7 月 6 日，曾經的二代理江一鳴，報販梁華、馮倫等在廣州黃花崗召集 80 多名報販開會，在會上選出了梁華等 7 人作爲報販代表向新聞出版處請願。他們寫了七封同樣的報告，紛呈市府、監察委員會、中南軍區政治部、廣州市郵局等單位，要求幫助他們組織報販工會。廣州市郵局在此期間的態度並非檢察自身的問題，而是將報販的活動定性爲「詆毀政府政策，打擊報販積極分子，挑撥郵局與報販的關係」。顯然，郵局的動議獲得了公安局、工商局、新聞出版處等部門的支持。多方商議結果，擬由工商局取消活躍分子江一鳴的營業牌照，並對梁華等人予以警告，令其轉業〔註 198〕。此方案報呈市政府後，引起高度警覺，「估計其中可能有政治問題」。市府囑各部門「應繼續深入瞭解，爭取掌握其中較好的分

〔註 197〕廣州市郵局：《關於廣州市報販最近活動情況報告》，1952 年 9 月，廣州市檔案館：179-1952-長久-078，第 158～159 頁。

〔註 198〕江一鳴係鳴記派報社經理，曾被廣州市公安局繳獲其自鑄圓形鳴記社章。1952 年 8 月，又非法刻有廣州報刊代銷處的膠章，向中南區機關兜攬訂户。廣州市新聞出版處建議，江一鳴此非法營業應由公安局取締追究，工商局應不准其廣州報刊代銷處登記。對於梁華、謝卓廣及陳家浩三個原爲舊二代理的報販的處理，新聞處建議取消其派報權利，但不撤銷攤販證，令其改業。見廣州市人民政府新聞出版處：《關於本市部分報販非法集會及處理經過》，1952 年 8 月 14 日，廣州市檔案館：179-1952-長久-078，第 143～144 頁；另見廣州市郵局：《關於廣州市報販最近活動情況報告》，1952 年 9 月，廣州市檔案館：179-1952-長久-078，第 158～159 頁。

子，布置力量，秘密打入，取得情況，另方面從中分化其內部，使壞分子孤立暴露。這些工作成熟之後，再定處理方案」，「對報販的處理，亦須認眞研究，各方照顧，定出妥善的解決辦法，以免予敵以可乘之機，作爲破壞活動之藉口。」〔註 199〕

當私營派報業被歸類爲藏污納垢的行業，且其自身確實也存在各種各樣的弊病時，對此行業的改造就變得理所當然，行業的整體衰落也在所難免。長期以來，民營報紙的發行工作一直通過設立分銷處或與各地既成的私營派報業合作。私營派報業的衰落，促使民營報紙惟有一條路可走，那就是「郵發合一」。

6.4.3 民營報紙議價能力降低

新中國成立以前，民營報紙多爲自辦發行，總結出了很多靈活機動的發行辦法。如儲安平在主編《觀察》雜誌時，有意利用購買人和批銷人的心理，在發行方面造成一種搶購的現象。當各方面渴望得到這份刊物的時候，仍舊控制印數和批數，然後在各方的殷切要求之下，再版、三版甚至四版。儲安平原定《觀察》試辦期爲一年，1000 萬元的本錢賠完就關門大吉。誰知半年後周刊社的賬面已超過 2000 萬元，到 1947 年 9 月，周刊社盈餘 2 億 3300 萬元，一年間竟賺了 20 倍！〔註 200〕在《觀察》的營收構成中，發行是大頭，廣告所佔份額甚微。《觀察》的成功增加了儲安平繼續走民營之路的信心：「在經濟上，本刊的發行數足以證明本刊可以自給，無須仰求外援，因此我們認爲，本刊的經營足以爲中國言論界開闢一條新的道路，並給一切懷有成見的人們以新的認識：即辦刊物不一定要靠津貼，刊物本身是可以依賴發行收入自給的。」〔註 201〕

《大公報》的發行經驗也是異常豐富的。比如在 1949 年 1 月紙價飛漲，讀者購買力有限的情況下，重慶《大公報》每日採用 6 種紙張印報，由讀者選擇訂閱：西洋紙，（金圓券）2 元 5 角；中央紙，1 元 8 角；嘉樂紙，1 元 5

〔註 199〕廣州市人民政府：《有關報販問題的函件》，府秘知字第 1025 號，1952 年 9 月 13 日，廣州市檔案館：179-1952-長久-078，第 157 頁。

〔註 200〕陳建雲：《大變局中的民間報人與報刊》，福州：福建教育出版社，2008 年 12 月版，第 189 頁。

〔註 201〕儲安平：《艱難・風險・沉著——本刊第 2 卷報告書》，載《觀察》第 2 卷第 24 期。

角；中國紙，1元5角；熟料紙，1元2角；生料紙，1元。〔註202〕爲了推廣銷路，《大公報》還天天刊登招請分銷處的廣告，入選的都是鐵路、公路沿線的地方。〔註203〕可以說，民營報紙能夠在發行方面開疆擴土，靠的就是靈活的發行策略和遍及各處的分銷機構。

「郵發合一」實行之後，民營報紙的靈活性不復存在。不僅受上文提及的私營派報業衰落的影響，報紙定價方面，民營報紙的自主權也被收回。1950年8月4日，上海市人民政府新聞出版處通知上海市各報批售折扣統一爲七折，《新聞日報》的回覆透露了調整報價的難處：「上海市各報批售折扣在解放前素極低下，派報工友由於積習，提高原感困難，惟我報已先自六折加至六四折近復加至六八折。茲上海印刷工會派報分會正在教育會員徹底改革過去不良習慣，開始建立新的統一派送制度。俟其稍上軌道即當聯合同業繼續協商提高。」〔註204〕8天之後，《文匯報》也致函新聞處，言稱報紙批發價已由五六五折調整至六八折，因與派報業工會協商頗有周折，只能有待與其它報紙協商，統一調整爲七折。〔註205〕

新中國成立以前，按照派報業的傳統習慣，小型報的批發價僅5折。1949年《亦報》創刊時，正值上海著名小報《飛報》和《羅賓漢》奉令停刊，基於傳統習慣，《亦報》的批發折扣只能是5折，並維持了4個月時間。經與派報業工會的不斷接觸，從1950年2月起，上海市批銷價格提高爲58折，外埠批銷價格提高至58折至65折不等。《亦報》認爲，如果統一爲7折，還需派送組織進一步完善後才能實現。〔註206〕《大報》的情況和《亦報》非常相似，在1950年8月中旬時，其批發價格僅爲58折。〔註207〕1951年6月1日起，《大報》實行郵發合一，才得以解決報紙折扣問題。

〔註202〕王文彬：《戰後重慶大公報的經營管理》，載周雨編：《大公報人憶舊》，第27頁。

〔註203〕王文彬：《戰後重慶大公報的經營管理》，載周雨編：《大公報人憶舊》，第28頁。

〔註204〕上海新聞日報館：《關於報紙批售折扣問題的報告》，1950年8月7日，上海市檔案館：B35-2-30-7。

〔註205〕文匯報：《關於報紙折扣問題的報告》，1950年8月12日，上海市檔案館：B35-2-30-6。

〔註206〕亦報：《關於調整報紙折扣不低於七折情況的報告》，1950年8月12日，上海市檔案館：B35-2-30-10。

〔註207〕大報：《關於在最短期間內將報紙折扣提高爲七折的報告》，1950年8月17日，上海市檔案館：B35-2-30-9。

「郵發合一」看似解決了私營派報業的積習，但也宣告了報紙自主定價的終結。而在某些特殊時段，自主定價往往會幫助民營報紙走出困境。例如成都的《工商導報》，該報在解放前若干年，鑒於通貨膨脹嚴重，物價波動太大，採取了高報價高廣告刊費的政策，一度對訂報費和廣告用銀元計算，間接拒收金圓券，一定程度上保證了再生產的所需資金。又由於銀行的信用貸款也因通貨膨脹而貶值，使報社易於償付，三年零八個月中，《工商導報》非但未受損失，還在資產上有所增加。成都解放後的一年，《工商導報》的經營政策調整爲低報價高廣告，先後調整了四次廣告價格，提升幅度達到 125%。而報價則長期保持在 500 元（舊幣），除去發行費率，實際僅收回 350 元。最初實行此一政策時，因紙價不斷上揚，紙張成本從最初占實收報價的 18.6%升高至 70%以上。加以油墨等印刷材料，報費收入不足支撐印刷成本。《工商導報》決定進一步破釜沉舟。1950 年 12 月，將報價降低至 400 元，銷路大幅增加，截至 1951 年 1 月，發行量增加到 9600 餘份。〔註 208〕

廣州《新商晚報》也曾通過調整報價開拓生存空間。《新商晚報》1951 年 1 月底發行量 1790 份，適逢春節前後市場慣例平淡以及印刷出紙時間的延遲，至 2 月下降爲 1572 份。〔註 209〕該報自 1951 年 5 月 13 日起改用九分一的薄片，版面內容較過去多了 6000 餘字。又爲使排字和印刷工人高度發揮工作能力，自 6 月起將原來的工務組改爲生產組，由工人自行管理，工作效率明顯提高，提早了出紙時間。〔註 210〕6 月份因爲香港《大公報》停止入口及報紙內容顯著進步，發行數大增，從 5 月份的平均每日印行 3436 份增至 6 月的 4730 份，上漲幅度高達 37.66%。但由於發行數目激增，紙張支出亦隨之增加，而批發價每份僅 400 元，只能收回紙張成本。鑒於此種情況，到了 7 月份，《新商晚報》乾脆自己直接發行，〔註 211〕免除了代理商的中間環節。此舉即可以減輕報販的成本，提振他們銷報的積極性，又增加了報社自身的報紙發行收入。爲了配合自辦發行的舉動，《新商晚報》在印刷環節增加了澆鑄部，使得出版

〔註 208〕工商導報社：《創刊以來的經理工作》，1951 年，四川省檔案館：建川 054-60-69-73。

〔註 209〕新商晚報：《1951 年 2 月份工作簡報》，1951 年，廣州市檔案館：179-1951-長久-041，第 21～25 頁。

〔註 210〕新商晚報：《1951 年五六月份工作簡報》，1951 年，廣州市檔案館：179-1951-長久-041，第 41～47 頁。

〔註 211〕同上。

時間提前了兩個小時，〔註212〕並將售價減為600元，批發價降至360元，發行數立刻增加了300多份。在發行區域上也獲得突破，像小北、黃沙、芳村、西郊、花地等空白區基本上被覆蓋。〔註213〕發行數量的上漲及發行區域的擴張，增加了該報的影響力，收益也有所增加。

表6-17：廣州《新商晚報》1951年1～8月日均發行量統計〔註214〕

1月	2月	3月	4月	5月	6月	7月	8月
1790	1572	未詳	未詳	3436	4730	4996	5369

一旦報紙全部交由郵局發行，原本私營派報業的讀者轉給郵局，必然會因公私營報紙折扣的不統一而發生業務矛盾。最後的結果一定是售價趨同。例如民營的天津《進步日報》外埠分銷處折扣是七五折，公營的《天津日報》八折。二者都交由郵局發行後，考慮到取消折扣可增加郵報收入，也能解決公私發行業之間的業務矛盾，郵局、《天津日報》、《進步日報》三方一開始都同意取消折扣，並決定從1951年7月份實行。後來報社方面考慮到因取消折扣，實際增加了讀者負擔，不免引起報數跌落，故又決定暫緩取消。但在如何降價問題上卻產生了矛盾，《天津日報》擬用適當降低報價的方式取消折扣，而《進步日報》堅持不降價而給予折扣。二者爭執不一，只能請新聞總署決定。〔註215〕

這種爭執多了以後，郵電部、出版總署乾脆在1952年12月28日下了一個整齊劃一的規定：報社、雜誌社如需變更定價時，必須於每年年度開始前三個月與郵電局簽訂合同協商決定之。如中途變動，郵電局一律不負補收、退款及其它責任，否則一切費用由報社、雜誌社負擔；訂閱報紙廢除「按期計劃報費」辦法，平均每月一律按30天計算，各報均須在每期報頭加印「本報每月定價X元」字樣；報紙、雜誌不給讀者任何優待折扣。〔註216〕

〔註212〕新商晚報：《1951年七八月份工作簡報》，1951年，廣州市檔案館：179-1951-長久-041，第51～54頁。

〔註213〕同上。

〔註214〕筆者根據廣州市檔案館《新商晚報》1951年各月工作簡報整理。

〔註215〕天津市新聞出版處：《報紙發行工作中的幾個問題》，1952年，天津市檔案館：X57-Y-1-48。

〔註216〕《郵電部、出版總署關於改進出版物發行工作的聯合決定》，1952年12月28日，載《中華人民共和國出版史料（1952）》，第390～394頁。

沒有了分銷處及私營派報業的額外發行渠道，沒有了自主定價的權利，甚至沒有了給讀者折扣的利益輸送，民營報紙對比公營報紙，幾乎失去了所有的競爭優勢。隨之失去的，就是對「郵發合一」的議價能力。

試舉廣州《聯合報》的交郵發行問題。《聯合報》的「郵發合一」從 1951 年 3 月份起開始洽談，矛盾焦點集中在手續費上。《聯合報》主張根據全國報紙經理會議確定的最高限額 30%收取，郵局卻堅持按照 35%計收，後折中爲 33%。1951 年 5 月 16 日，《聯合報》正式郵發合一。由於郵局發行人員沒有配備好，接辦初期，晚間批發掛號和晨早發紙、派紙等工作，仍由《聯合報》自理，直至五月底才全部交由郵局接辦。交郵的前半個月，銷報未有顯著進步。《聯合報》爲此派出工作人員 3 人，分赴廣東之東、西、北江及中區一帶，與當地郵局代理及報販，商談如何推廣宣傳，解決了批發預收按金過高等問題，同時加強了發行力量。6 月 1 日，《聯合報》印數達到 19170 份，較五月底增加 3363 份。根據該報的總結材料可以看出，報紙人員到過的地方，發行數量均有相當發展，如南海 1485 份，東莞 325 份，深圳 216 份，西南 124 份，曲江 133 份，清遠 115 份，石龍 75 份，臺山 57 份，高要 158 份，但未到過的地方，訂閱量很低，如省轄市湛江只有 45 份、惠州 30 份，市橋 1 份，鶴山 1 份，從化 1 份。〔註 217〕從上列各地發行數來看，地方環境大致相同，而數字相距懸殊，可見有無報社配合郵發，差別很大。

1952 年 2 月份，爲擴大銷量，《聯合報》打算降低報價，從每份 700 元（舊幣）降至 600 元。後接獲郵局通知，稱報價降低必須事先一個月通知郵局。郵局爲何對此事不甚積極，根源在於《聯合報》的降價方案牽扯到郵局的既得利益。按照《聯合報》的設想，報價降低後，報社向郵局收回 7 折，即 420 元；郵局交報販 75 折，即 450 元，郵局可獲每份 30 元的收益。〔註 218〕對於報社上述設想中的省外發行部分，郵局並無異議，但對廣州發行的份額堅持按以前約定的 67 折計收，即只返還報社 402 元。〔註 219〕《聯合報》對於郵局的回覆顯然很是不滿。對報社來說，這次降價是要減少自身收益

〔註 217〕聯合報：《發行情況彙報》，1951 年 6 月 11 日，廣州市檔案館：179-1952-長久-081，第 18～20 頁。

〔註 218〕聯合報：《致廣州市郵局發行科》，1952 年 2 月 28 日，廣州市檔案館：179-1952-長久-081，第 4 頁。

〔註 219〕廣州市郵局發行科：《致聯合報》，1952 年 3 月 1 日，廣州市檔案館：179-1952-長久-081，第 5 頁。

的。按照以前的報價 700 元計算，67 折後，報紙可收回 469 元，報費降至 600 元後，即便按 7 折計算，報社也要比以前短收 49 元，如果按照郵局 67 折的算法，報社的損失將達到每份 67 元，〔註 220〕這是萬萬不能接受的。何況郵局給黨報《南方日報》的發行費率是 7 折，憑什麼收《聯合報》67 折？《聯合報》惟有據理力爭。郵局顯然失去了談判的耐心，他們抓住本市訂閱及零售方面每份少收 51 元〔註 221〕這一關鍵問題，建議《聯合報》待郵發協議滿期後再行協商，現時仍維持原有報費。〔註 222〕此後，郵局更是提供給廣州市新聞出版處一份 7 折與 67 折的損益差別表，以表明自己在《聯合報》降價問題上的強硬立場。

表 6-18：聯合報最低發行成本估計表（以 1952 年 3 月 1 日發刊為標準）〔註 223〕

甲種估計 33%（本市），30%（外省）		乙種估計 30%	
報價總額：799920（30 天總份數）×600 元 =479952000 元		報價總額：479952000 元	
發行費收入：（551910×600 元×33%）+（248010×600×30%）=153919980		發行費收入：799920×600×30% =143988600	
支出：總計 147103756		支出：總計 146428218	
批銷折扣	94084200	批銷折扣	94084200
業務費用	30497425	業務費用	29821887
郵遠費	6757486	郵遠費	6757486
辦公費	15764645	辦公費	15764645
盈利：6816224		虧損：2442618	

對此，《聯合報》認爲郵局計算的盈虧情況不夠全面並與事實有出入。報紙降價後，「郵局每天只比以前短收七萬幾元，而報社要比以前短收 95 萬元。如不調整發行費率，報社每天要比以前短收至 130 多萬元，相反，郵局不但

〔註 220〕聯合報：《致廣州市郵局發行科》，1952 年 3 月 6 日，廣州市檔案館：179-1952-長久-081，第 6 頁。
〔註 221〕每份 700 元 67 折，郵局收入 231 元，600 元 7 折則只收入 180 元。
〔註 222〕廣州市郵局發行科：《致聯合報》，1952 年 3 月 11 日，廣州市檔案館：179-1952-長久-081，第 7 頁。
〔註 223〕筆者根據廣州市郵局發行科《聯合報最低發行成本估計表》整理，1952 年 5 月 14 日，廣州市檔案館：179-1952-長久-081，第 11～12 頁。

不會減收，還會增加，比原來每天多賺 25000 元。」此外，《聯合報》還對郵局的一些成本列支有所質疑：「我報交郵局發行是不需要大大擴充原有機構，而事實上，郵局也沒有這樣龐大的機構發行我們的報紙」，宣傳廣告由「報紙義務刊登卻被郵局計算進去」。此外，《聯合報》認為郵局計算的壞報損失、辦公費也有問題。負責居中調停的廣州市新聞出版處這時也犯了難，惟一能夠想出的辦法是「建議你報待原發行合約期滿後，才雙方重新洽商關於調整發行費率問題。」〔註 224〕

報紙降價問題，從 2 月底提出動議，歷經近 4 個月的談判，直到 6 月 18 日，雙方才初步達成協議，將「本批、本訂、零沽等折扣提高至六九折」，〔註 225〕擬從 7 月 1 日起開始降價。經過這一輪降價談判，雖然郵局也做了一些讓步，但從實際結果來看，《聯合報》的發行數字非但沒有提高，年末比年初還有下降。

表 6-19：《聯合報》1952 年 1 至 11 月發行數量表〔註 226〕

1月	2月	3月	4月	5月	6月	7月	8月	9月	10月	11月
25940	27354	28997	29873	27922	26031	28701	26670	26535	25392	24886

相反，黨報《南方日報》的發行量卻從年初的 79662 份增長到年底的 11.7 萬餘份。尤其富有戲劇性的是，1953 年初，《聯合報》改組為廣州市委機關報《廣州日報》，在與郵局重新簽訂發行合同時，發行費率立即降至 25%。〔註 227〕同樣一張報紙，民營與公營的境況竟如此不同。從《聯合報》這一案例可以清楚地看到，郵局在報刊發行渠道上的壟斷地位已然形成。比之公營報紙，尤其是黨報，民營報紙的議價能力明顯偏低。

民營報紙議價能力降低還體現在零售市場的開拓上。1953 年第一、第二季度之間，上海《新民報》發行量全面下降，報社內部「群疑滿腹，眾難塞

〔註 224〕廣州市人民政府新聞出版處：《復聯合報降低報價及調整發行費率問題》，1952 年 5 月 18 日，廣州市檔案館：179-1952-長久-081，第 1 頁。

〔註 225〕聯合報社：《關於本報降價後折扣問題致郵局函》，1952 年 6 月 18 日，廣州市檔案館：179-1952-長久-081，第 21 頁。

〔註 226〕筆者根據《聯合報月報表》整理，1952 年 1～11 月，廣州市檔案館：179-1952-長久-081。

〔註 227〕《廣州日報與郵電部廣州郵局發行合同》，1953 年 3 月 1 日，廣州市檔案館：179-1953-長久-005，第 15～16 頁。

胸」，認爲「大新聞輪不到晚報，晚報只有『炒冷飯』的命運」。〔註 228〕一時間，「上海到底需不需要一張晚報」成爲報社熱議的話題。爲了探索報紙的運營空間，1953 年 3 月，《新民報》就該報 2 月底退訂戶及新訂戶進行重點訪問，與此同時，對 4 個區，68 個遞送組的 5439 份訂戶進行讀者成分分析，瞭解到訂戶中單獨訂閱《新民報》的僅占 10%，其餘 90%兼訂早報。這一調查結果初步回應了「晚報的地位不能代替日報而只是日報的補充問題」。〔註 229〕針對上述情況，《新民報》結合《莫斯科晚報》的經驗，糾正了「郵局實施預訂制度即是消滅零售的糊塗思想和郵發合一後報社的發行工作已無可爲力的依賴思想」，利用舊的文化新聞服務社民主改革爲零售提供了富餘人力的機會，向報販推行「當天拿報、隔天結帳、賣不完可以退」的辦法，打消了報販想多拿報又缺乏本錢和怕賠錢的顧慮，逐步打開了零售市場。1953 年 10 月份，當零售局面徹底改善之後，《新民報》復將此業務轉移至郵局。然而，在郵局和報社之間，始終存在著對零售問題的爭執。在郵局看來，對零售必須有所限制。直到 1954 年，郵局才清晰認識到晚報發行的特點，放手開展零售工作，將零售範圍從有限的零星區域擴展到全市，覆蓋了公園、輪埠、醫院、車站等公共場所，零售時間也延長至夜晚的九時左右。至此，《新民報》的發行總量較 1953 年又增長 46%，1954 年 6 月，《新民報》一報的零售數量，占全市報紙零售總額的 48.93%。〔註 230〕然而，發行數字的上漲並不能掩蓋郵、報之間的一些矛盾。比如郵局推行一長制，報社只能同總局的相關人員聯絡，不能到各支局聯繫業務。一長制顯然成爲郵報關係的中梗。因郵局拒絕報社與派報人員之間的聯繫，導致報社提出的開展里弄零售等建議無從實施，一定程度上限制了報紙零售的進一步提升。

報紙在零售方面沒有自主權，這個問題此後一直存在。1958 年 10 月 4 日，已是公營的《大公報》打給中央的報告稱：「吉林、黑龍江、遼寧、甘肅、青海、湖南、江西等七省給我們配備了地方記者，廣東、廣西、貴州、四川、陝西、新疆等六個省也正在配備中。但是發行份數卻一直沒有增加，最近反而下降近三萬份。」「縣以上財貿系統不斷精簡機構人員，緊縮開支，原訂的

〔註 228〕《新民報社管理部門一九五三年工作總結（初稿）》，上海市檔案館：G21-1-281-9。

〔註 229〕同上。

〔註 230〕《新民報社管理部 1954 年工作總結》，1955 年 1 月 29 日，上海市檔案館：G21-1-281-24。

大公報減少了，我們想多發些零售報，郵局不同意。」〔註231〕

郵局不同意！這句話是報紙與郵局之間權力失衡的形象描述。「郵發合一」之後，發行報紙逐漸從郵局和報紙之間的合同關係轉變爲行政主導下的郵局專營壟斷，自此，發行業務剝離出報社，也一步步逼迫在1949年之前非常活躍的私營派報業失去利潤空間，喪失了生存之本。而高度依託私營派報業的民營報紙也因此失去多元的發行渠道，沒有了競爭優勢，失去了與公營報紙平等競爭的可能。從而，一個由國家控制的，以黨報黨刊爲發行主體的全國性發行網絡，得以建立起來。

〔註231〕大公報黨組：《關於大公報發行情況的報告》，1958年10月4日，北京市檔案館：043-001-00026-2-3。

7、新中國民營報紙消失的歷史影響

西班牙作家，被譽爲「現代小說之父」的塞萬提斯在其代表作中塑造了兩個對比鮮明的人物。一個是堂・吉訶德，耽於幻想，急公好義；一個是桑丘：處處求實，膽小怕事。作爲僕從的桑丘，永遠懂得「挨打的滋味很壞，而奧拉・波德利達的小香腸，滋味卻十分美好」。令人不解的是，這樣一個現實主義者，爲什麼還會跟著堂・吉訶德東跑西顛，「爲了主人最高尚的意圖常常挨到最不高尚的毒打」？德國詩人海涅得出的結論是：「理想的熱情具有強大的吸引力，使得現實的理智和他所有的驢子都身不由己地跟在後面。」〔註1〕

回到現實中國。新舊政權交替之際，作家沈從文也挨過像桑丘一樣的「毒打」。1948 年郭沫若發表在香港《大眾文藝叢刊》的《斥反動文藝》，將沈從文定性爲專寫頹廢色情的「粉紅色作家」，說他是「有意識地作爲反動派而活動著」；〔註2〕同一期雜誌，馮乃超寫《略評沈從文的「熊公館」》，斥責沈從文稱道熊希齡〔註3〕的故居係爲地主階級歌功頌德，體現了「中國文學的清客文丐傳統」。〔註4〕這些攻訐發生在歷史轉折關頭，不能簡單地理解爲文人之間的相輕。1949 年，沈任教的北京大學打出「打倒新月派、現代評論派、第三條路線的沈從文」的標語，這才是真正的時代語境。難堪巨大的精神壓力，

〔註1〕〔德〕海涅著、張玉書譯：《論浪漫派》，第 95 頁。轉引自錢理群：《豐富的痛苦——堂吉訶德與哈姆雷特的東移》，北京：北京大學出版社，2007 年 1 月版，第 83～84 頁。

〔註2〕郭沫若：《斥反動文藝》，《大眾文藝叢刊》第一輯，1948 年 3 月 1 日。

〔註3〕民國第一任總理。

〔註4〕馮乃超：《略評沈從文的「熊公館」》，《大眾文藝叢刊》第一輯，1948 年 3 月 1 日。

沈從文一度崩潰，並自殺兩次。後來，沈從文借《史記》，三曹詩，陶、杜、白詩，蘇東坡詞，曹雪芹小說來抒時代之慨，留下了這樣的文字：「他又幸又不幸，是恰恰生在這個人類歷史變動最大的時代，而又恰恰生在這一個點上，是個需要信仰單純，行為一致的時代」。〔註 5〕

從智識上來講，沈從文對現實的理解能力要高出桑丘，但從實際結果來看，海涅所指的「一種神秘的力量」對沈從文的「驅使」並不比對桑丘小。即便遭受了那樣不堪忍受的打擊，1950 年，沈從文卻這樣寫到：「『犧牲一己，成全一切，因之成為我意識形態一部分。現在又輪到我一個轉折點，要努力把身受的一切，轉化為對時代的愛。從個『成全一切』而沉默，轉為『積極忘我』。」〔註 6〕如此的沈從文終於進入了「和社會相互關係極深的一種心理狀態」，心中「極慈柔」。〔註 7〕

一個對沈從文並不「慈柔」的時代，為何會喚出他「犧牲一己」融入社會的熱情？這就是歷史的複雜性。因此，在考量新中國民營報紙的消亡及其歷史影響時，首先應立定彼一時代，不能以今天的現實逆推，陷入「主題先行」的怪圈。與此同時，也應該借用法國結構主義大師阿爾都塞的「症候閱讀法」，致力於挖掘歷史演變中的社會性寓言，從中讀出空白、猶豫與沉默。惟有這樣，才能找到歷史敘事的支點。

7.1 民營報紙在過渡時期的積極作用

1949 年初至 1952 年國民經濟恢復時期結束之前，民營報紙呈現的是新舊中國既斷裂又延續的過渡式場景。新的文化體制尚未完全建立，舊的歷史遺存不可能瞬間消逝。恰恰是這樣的銜接環境，賦予民營報紙一定的話語空間及競爭氛圍。在不溢出執政黨的容忍度前提下，民營報紙擁有一定程度的轉圜餘地。

7.1.1 新中國伊始城市報紙的主體

城市是民營報紙的依託。民營報紙的生存需要廣告及集中式發行，這些

〔註 5〕沈從文：《抽象的抒情》，1961 年。轉引自劉洪濤、楊瑞仁編：《沈從文研究資料》，天津人民出版社，2006 年 5 月版，第 135 頁。

〔註 6〕沈從文：《致布德》（1950），《沈從文全集》第 19 卷，第 68 頁。

〔註 7〕沈從文：《四月六日》（1949），《沈從文全集》第 19 卷，第 28 頁。

要求只有城市的工商業才能夠提供。城市中有報業生產所需的技術設備，有從「尊聞閣時代」〔註8〕便已存在的報人群體，有教育及文化產業孵化出的大量受眾。自 1873 年艾小梅在漢口創辦《昭文新報》，開啓國人自辦民報之先河，民營報紙的生存始終與城市綁縛在一起。即便在抗日戰爭顛沛流離之日，民營報紙所做的也是城際遷徙。民營報紙與城市的這種因緣，到了中華人民共和國，其固化關係依舊存在。

據 1985 年《中國出版年鑒》統計，1950 年，全國共有報紙 382 份，經筆者確認，民營報紙有 72 份。考慮到上述民營報紙並非同期存在，有的創刊時其它報紙已消亡，因此，民營報紙所佔報紙總量不及 20%。這與抗戰結束後民營報紙占比 59.5%及 1947 年占比 34%差距甚遠。〔註9〕分解到具體城市中去，上海 1947 年有報紙 96 種，1949 年中共佔領上海後，領取申請登記表者有 43 家，當年只批了 14 種；〔註10〕1949 年，廣州大約有 18 種報紙，到了 1950 年，僅剩下三四種。南京 1947 年發行的報刊約 87 種，到 1950 年底，幾乎均遭淘汰。〔註11〕武漢在解放前共有大小報紙 35 種，其中除 4 個小型晚報外，全是日刊，〔註12〕但在解放後只批准了《大剛報》和《戲劇新報》兩家民營報紙。

單從上列數字來看，新中國的新聞管制政策不可謂不嚴苛。但具體事實卻呈現出新的國家管理者在寬嚴之間的不斷調適。以天津爲例。1949 年 1 月

〔註8〕早期的《申報》報人將自己的辦公地點稱爲「尊聞閣」。尊聞閣報人是上海最早的一批報人。這一時期，報人與報館的關係日漸固定並開始職業化，而報人群體也開始出現。參見王敏：《上海報人社會生活（1872～1949）》，上海辭書出版社，2008 年 12 月版，第 2 頁。

〔註9〕文中數據係根據下列數字推算而來。1947 年，國民黨黨報（含官營）報紙共計 1170 餘家，發行量 116 萬份。如果以 1947 年全國報紙 1781 家、發行量 220 萬份計算，國民黨黨報在報紙總數和總髮行量中所佔的比例分別爲 66%和 54%，大大高於戰前 40.5%和 21.1%的比例。參見蔡銘澤：《中國國民黨黨報歷史研究》，北京：團結出版社，1998 年 9 月版，第 273 頁。

〔註10〕《一年來的新聞出版廣播工作》，1950 年 4 月 20 日，上海市檔案館：B35-1-6-1。

〔註11〕《美國國務院情報研究所關於中國的新聞自由的備忘錄》，1951 年 4 月 17 日。參見沈志華、楊奎松主編：《美國對華情報解密檔案（1948～1976）：中國政治》，上海：東方出版中心，2009 年 4 月版，第 18 頁。

〔註12〕《武漢市軍管會文教接管部新聞出版處接管工作報告》，1949 年 7 月，湖北省檔案館：GMS-1-69。轉引自李理：《從合作社性質的民營報紙到共產黨黨報——漢口〈大剛報〉研究》，華中科技大學博士論文，2011 年。

17 日，中共中央致電天津市委並林彪、羅榮桓、聶榮臻、華北局、彭眞和葉劍英，談及天津的「益世、大公、新星」三種報紙的未來。「新星是李宗仁的報，應即實行封閉」；「益世是天主教的報，常常公開表示反共，應首先以其反共反人民停止其出版，但勿牽涉到宗教問題」；「大公擬從內部革命，加入外力，利用其原有資財、班底，發表宣言，改換名稱，組成進步分子的報紙。」〔註 13〕僅一天之後，中共中央再次致電天津市委，批評後者「命令一切報紙一律停刊的方法」不符合 1948 年 11 月 8 日發佈的《中共中央關於新解放城市中中外報刊通訊社的處理辦法》規定，囑其「凡在中央電中尚未涉及之報紙刊物通訊社，你們有所決定，必須事先請示中央及總前委，得指示後方得行動。」〔註 14〕也許認爲 18 日的函電內容不夠詳實，態度也不夠嚴厲，1 月 19 日，中共中央第三度致電天津市委，開篇即指出「你們對於天津這樣重要的城市，在採取任何爲中央所未曾規定的政策步驟前，不向中央請示是錯誤而危險的。」按照中共中央的思路，「先停刊後登記是使自己陷入被動的辦法，不如採取一面聽其續出（不是用法律允許其續出）一面令其登記的辦法，我們可居於主動地位。」〔註 15〕

驚覺於中共中央的三令五申，以黃克誠、黃敬爲主導的天津市委迅速做出「先令報紙恢復出版待審查後再發許可證」的迴旋辦法。中央至此才表示滿意，並進一步指示「《大公報》過去對蔣一貫小罵大幫忙，如不改組不能出版」；「《新星報》反共反政協反蘇言論甚露骨，以不許其復刊爲妥」；「《益世報》既已接收現在不忙改變」。〔註 16〕從 1 月 17 日到 1 月 23 日，7 天內四封急電，事無鉅細地指導天津的報紙出版工作，足見中共中央對天津之於全國觀瞻性作用的重視。這四封電文，即涵蓋了新政權對未來報紙取捨的策略性謀劃，也體現出這個幾無城市管理經驗的政黨寬嚴並濟的彈性風格。正是在

〔註 13〕《中央對處理天津廣播事業、報紙及登記國民黨員等問題給天津市委的指示》，1949 年 1 月 17 日。參見《中國共產黨宣傳工作文獻選編（1937～1949）》，第 774 頁。

〔註 14〕《中央關於不要命令舊有報紙一律停刊給平津兩市委的指示》，1949 年 1 月 18 日。參見《中國共產黨宣傳工作文獻選編（1937～1949）》，第 776 頁。

〔註 15〕《中央關於對天津舊有報紙處理辦法給天津市委的指示》，1949 年 1 月 19 日。參見《中國共產黨宣傳工作文獻選編（1937～1949）》，第 777 頁。

〔註 16〕《中央關於對天津〈大公報〉、〈新星報〉、〈益世報〉三報處理辦法給天津市委的指示》，1949 年 1 月 23 日。參見《中國共產黨宣傳工作文獻選編（1937～1949）》，第 783 頁。

這種緊與放相結合的彈性管理模式下，新中國的民營報紙開始了嶄新的辦報實踐。

以當代人的視角，在談及新中國伊始民營報紙的經營困境時，往往強調黨報的影響力，似乎民營報紙全然在黨報的陰影下苟存。例如第一部當代中國新聞史專著《中華人民共和國新聞史》即稱，民營報紙雖努力適應新中國讀者的需要，但讀者「多訂購中央和本地的中共機關報」。〔註 17〕《中國新聞事業史》也說，「在新中國的讀者心目中，黨報的威信遠遠高於私營報紙。」〔註 18〕然而，上述論斷並沒有具體的數據支撐，且忽略了一個重要現象，即新中國初期黨報系統尚不健全，其存在並不完全服務於城市，還要兼顧廣大農村。以 1950 年春的報業格局爲例，黨報數量最多的是河南，也只有 8 份，僅僅輻射到鄭州、洛陽、開封、信陽、南陽等大中城市，江蘇是 6 份，湖南也是 6 份。〔註 19〕這和國民黨統治時期，江蘇 60 餘縣有 40 多家縣級黨報，湖南幾乎每縣都有黨報的龐大網絡不可比擬。〔註 20〕在這種情況下，各省黨報均要發行到區域末端，直至村一級行政單位。像《解放日報》除了承擔上海市委機關報的職責，還兼代華東局黨委機關報，它的輻射面就更廣了，涵蓋華東五省及上海、南京〔註 21〕兩市。如此一來，黨報在城市的發行量被外圍削減，基數雖然大，但所佔城市份額並不具絕對優勢，城市中的大量閱讀空間還是由民營報紙來填充。

表 7-1：1950 年 3 月重要城市公私（民）營報紙數量對比（日報）

	公營報紙	民營報紙
北京	人民日報、每日英文電訊、工人日報（人民團體）、光明日報（民盟）	新民報
歸綏	綏遠日報	奮鬥日報、綏聞晚報
天津	天津日報	進步日報、新生晚報、博陵報、華北漢英報、星報、俄文新語報

〔註 17〕張濤：《中華人民共和國新聞史》，北京：經濟日報出版社，1992 年 6 月版，第 20 頁。

〔註 18〕丁淦林：《中國新聞事業史》，北京：高等教育出版社，2002 年 8 月版，第 396 頁。

〔註 19〕《中國新聞年鑒》（1988），第 517～525 頁。

〔註 20〕蔡銘澤：《中國國民黨黨報歷史研究》，第 271 頁。

〔註 21〕南京當時也是直轄市。

上海	解放日報	大公報、文匯報、新民報晚刊、亦報、大報、商報、百貨新聞、工商新聞、煙業日報、俄文晚報、俄文公民日報、俄文新生活、字林西報、新聞日報（公私合營）〔註22〕
南京	新華日報	南京新民報、南京人報
寧波	南江日報	寧波人報
杭州	浙江日報	當代日報、西湖報晚刊、金融論壇報
福州	福建日報	星閩日報
廈門	廈門日報	江聲日報
漢口	長江日報、湖北農民	大剛日報、戲劇新報
長沙	新湖南報、民主報（民盟）	大眾晚報、商情導報
廣州	南方日報	現象報、國華報、越華報、經濟報單、每日論壇報、廣州標準行情
哈爾濱	松江日報	哈爾濱公報、建設日報
西安	群眾日報	經濟快報、工商晚報
蘭州	甘肅日報	新經濟報
重慶	新華日報	大公報、新民報
成都	川西日報	工商導報、新民報

表7-1顯示：如果以日報爲統計單位，新中國伊始，除北京民營與公營比例爲1比4，且《光明日報》最初一段時間也被列入民營序列，其它大城市，民營報紙多佔優勢，尤以上海爲甚，民營與公營比率達到14比1；次席是天津和廣州，民營占6，公營僅1；再次是杭州，爲3比1；歸綏（今呼和浩特）、南京、漢口、哈爾濱、西安、重慶、成都七市爲2比1；寧波、廈門、福州、長沙、蘭州等地則屬勢均力敵。這些數據表明，新中國初期，民營報紙在識字群體最爲集中的城市，依舊保有相當的影響力，是城市閱讀必不可少的支撐力量。

7.1.2 營造「同人」辦報的群聚空間

是不是民營報紙僅僅在數量方面佔據優勢？此結論並不盡然。經筆者考

〔註22〕《新聞日報》係從原上海民營大報《新聞報》改組而來，雖在新中國初期具名爲公私合營，但直到1953年，該報才眞正實行公私合營，此前，也是以民營方式運作。因此，本書也把《新聞日報》列爲考察對象之一。

證的新中國72份民營報紙，半數以上在解放前出版過，且不乏極具影響力的大報。像《大公報》是中國惟一獲得密蘇里學院榮譽獎章的報紙，《新民報》構建過五城八報的托拉斯集團，《文匯報》曾締造創刊五個月問鼎上海報界銷量冠軍的奇跡，〔註23〕《字林西報》更是外人在中國出版的歷史最久的英文報紙。這些報紙雖歷經戰火和通脹威脅，資產折耗慘重，但軟實力尚存，尤以報人群體之保留最爲珍貴。

表7-2：廣州《每日論壇報》外勤記者名單〔註24〕

姓名	性別	年齡	籍貫	職業經歷
俞敏	女	25	廣西	上海大夏大學肄業，曾任北流日報記者，香港基督教女工夜校教員
曾清	男	31	梅縣	曾任正氣報記者，大眾報主編
劉孟平	男	27	英德	文化大學修業，曾任中小學教員通訊社編採
謝抗	男	37	從化	國民大學新聞訓練班畢業，任新聞記者多年
冼堅	男	32	番禺	曾任新會戰報、廣西桂平日報編輯暨中學教員多年
陳北川	男	25	寶安	曾任記者2年，小教3年
何岳英	男	29	高要	國民大學新聞訓練班畢業，任外勤記者7年
文堡	女	27	新會	協和女中畢業，任外勤記者1年
陸雨	男	36	廣西	曾任華商報編輯

從這份廣州解放後復刊的《每日論壇報》記者名單（表7-2）可以看出，民營報紙的用人標準以職業經驗爲主而非單純的政治標準。上述原則不僅適用於報人群體的基層，同樣適用於報紙的管理者。像《大公報》的王芸生、《文匯報》的徐鑄成、《新民報》的趙超構、《南京人報》的張友鸞、《進步日報》的徐盈、《大報》的陳蝶衣、《亦報》的唐大郎、《周末報》的馮英子等，均是舊中國的著名報人。

以上海《新聞日報》爲例，該報於1949年6月25日出刊，截至1950年7月，其核心成員是：總主筆金仲華，總編輯劉思慕，副總編輯婁立齋，總編

〔註23〕《文匯報》於1938年1月25日在上海創刊。5個月後，銷量即突破6萬份，超過了一向冠於上海各報之《新聞報》的5萬餘份。參見徐鑄成：《徐鑄成自傳》，第67頁。

〔註24〕《每日論壇報外勤記者名單》，1950年2月7日，廣州市檔案館：179-1950-長久-12，第15頁。

輯室主任陸詒，總編輯室副主任鄭拾風、徐懷沙。〔註 25〕回顧這些人此前的從業背景，或可一窺當年民營報紙的群體特徵。

金仲華：青年時代參與創辦《婦女雜誌》。1934 年創辦《世界知識》雜誌，任主編。1935 年任生活書店編輯部主任，參加《大眾生活》的編輯工作。1936 年主編《永生》雜誌，同年赴港編輯《生活日報》。「七君子事件」後，接替鄒韜奮，任《生活星期刊》主編兼發行人。抗戰爆發後，協助鄒韜奮創辦《抗戰》、《全民抗戰》等刊物。1938 年任香港《星島日報》總編輯，兼任香港中國新聞學院副院長，後任《華商報》編委，並與進步人士創辦《大眾生活周刊》。1944 年進入美國新聞處，擔任譯報部主任。1948 年主編新華社香港分社出版的《遠東通訊》（英文），並參與香港《文匯報》的復刊。〔註 26〕

劉思慕：嶺南大學畢業後赴莫斯科中山大學留學。1940 年在印尼雅加達主編《天聲之報》。1942 年回國任衡陽《力報》總主筆，《廣西日報》主筆、昆明美國新聞處心理作戰部編輯。抗戰勝利後，和千家駒在廣州創辦《自由世界》。1946 年赴香港任《華商報》總編輯。〔註 27〕

婁立齋：20 世紀 30 年代，在上海持志大學任教時，即爲胡愈之主編的《東方雜誌》寫稿。抗戰勝利後，成爲《世界知識》的重要撰稿人之一。1946 年夏，有中共背景的「現代經濟通訊社」在上海創辦，並以民營名義招股集資，婁立齋擔綱總編輯。1949 年 6 月 18 日，《文匯報》在上海復刊，徐鑄成任總主筆，婁立齋爲總編輯。〔註 28〕

陸詒：1930 年就讀於上海民治新聞專科學院，「一·二八」淞滬抗戰爆發，以《新聞報》記者身份採訪前線戰事。1937 年盧溝橋事變發生後，親赴實地採訪。1937 年任《大公報》戰地記者，是抗戰時期較早訪問毛澤東、周恩來、彭德懷等中共領導人物的記者。1938 年任《新華日報》編委、採訪主任，先後採訪「徐州會戰」、「武漢會戰」。抗戰勝利後，任上海《聯合日報》編委、國際新聞社香港分社主任、中國民主同盟機關報《光明報》主編。〔註 29〕

〔註 25〕上海新聞日報館：《關於送上本報編輯經理兩部「新聞工作人員登記表」的函》，1950 年 7 月 18 日，上海市檔案館：B35-2-101-101。

〔註 26〕王檜林、朱漢國主編：《中國報刊辭典（1815～1949）》，第 492 頁。另見楊學純：《金仲華》，北京：人民日報出版社，1996 年 7 月版，第 249～252 頁。

〔註 27〕《中國報刊辭典（1815～1949）》，第 487 頁。

〔註 28〕筆者根據現有材料整理。

〔註 29〕韓辛茹：《陸詒》，北京：人民日報出版社，1996 年 1 月版，第 180 頁。另見《中國報刊辭典（1815～1949）》，第 498 頁。

鄭拾風：1939 年起從事新聞職業，歷任江西《開平報》，桂林《力報》，重慶《新民報》編輯、主任兼主筆，《南京晚報》、《南京人報》、常德《開平日報》總編輯。1946 年 6 月「下關慘案」發生次日，年僅 26 歲的鄭拾風在《南京人報》被撤稿件的「開天窗」處寫下「今日無話可說」，被譽爲中國雜文史上最短、最有力度的一篇雜文，旋即遭南京國民政府通緝，赴港任《文匯報》編輯。〔註 30〕

徐懷沙：1940 年 7 月 2 日，汪僞組織曾在漢奸報上發佈「通緝令」，通緝 83 人。徐懷沙時任《大晚報》編輯，被列入黑名單。他是上海著名的左翼影評人，曾爲唐納與蘭萍（江青）主持婚禮。抗戰勝利後，《時事新報》於 1945 年 9 月 27 日在上海復刊，徐懷沙出任總編輯。〔註 31〕

《新聞日報》何以組成這樣一個以老報人爲主的「同人」結構，而非後來普遍存在的黨群模式？殊不知此間發生過舊的報業傳統與新的管控模式間的暗戰。位於上海漢口路 274 號的《新聞報》是一張發行量大，備受市民歡迎的報紙。國共政爭時期，曾爲國民黨所控制。1949 年 5 月 27 日，解放軍進入上海的第三天，軍管會代表惲逸群宣佈接管《新聞報》，隨即解散編輯部。不久之後，軍管會考慮到已在申報館基礎上出刊的《解放日報》只能滿足十餘萬讀者的需求，上海還有近二十萬的讀者需要爭取，遂決定以公私合營的名義復刊《新聞報》，改名爲《新聞日報》，以填補這一空間。金仲華受命籌備《新聞日報》的出版。在此之前，華東局曾報請中共中央審批《新聞日報》的主要人員配備。當時沒有設社長、副社長，而是以臨時管理委員會代之。已經是解放日報社社長、華東局新聞出版局局長的惲逸群兼任主任委員，總主筆金仲華，總經理許彥飛，總編輯內定的是張春橋。但是按照金仲華的想法，他希望邵宗漢或者是劉思慕擔任總編輯。《新聞日報》於 1949 年 6 月 29 日出版，當時，總編輯的職位是空缺的，張春橋並未到任。何以如此？直到 1949 年 7 月 25 日中共中央覆電華東局和上海市委，才顯露一點端倪。電文稱：「一、惲逸群身兼兩報三職，勢難兼任。在范長江調回北京後，尤其如此。如《新聞日報》臨管會能另推主任或增一實際負責之副主任較好。二、張春橋任《新聞日報》總編輯亦較弱。如由邵宗漢任總編輯以張爲副或較適當。」〔註 32〕一直到 1949 年

〔註 30〕筆者根據現有材料整理。

〔註 31〕筆者根據現有材料整理。

〔註 32〕轉引自鄒凡揚：《憶金公》，載解放日報報史辦公室編：《解放日報新聞日報報

10月，邵宗漢和劉思慕從香港返京參加全國政治協商會議，邵被留任《光明日報》總編輯，劉獲金仲華邀請出任《新聞日報》總編輯，並獲中宣部批准，「總編輯」風波才告結束。

從此段舊事可以看出，新中國伊始，老報人希望以「同人」結構維護民營報紙的傳統，而執政方面，尤其是高層管理者，尚無強烈動機打散民間報人的群聚空間。這種「同人」結構在其它民營報紙中也曾保留了一段時間，使之形成與黨報截然不同的人事狀貌。

表7-3：廣州市各報現任職員政治背景統計表（1950年12月12日）〔註33〕

報名	中共	青年團	民革	民盟	農工民主黨	民建	無黨派	不詳	總數
南方日報	35	35						53	123
聯合報	1	1	5	8	2	1	2	38	58
新商晚報			1				13	11	25
廣州標準行情							13	4	17
合計	36	36	6	8	2	1	28	106	223
百分率	16.14%	16.14%	1.69%	3.59%	0.9%	0.45%	12.55%	47.54%	100%

表7-3中，《南方日報》爲中共廣東省委機關報，其它三張皆爲民營報紙，且同期存在。從各報現任職員政治背景來看，《南方日報》中黨、團員總數70人，占比56.91%；《聯合報》係民主黨派報紙，各黨派皆有代表，但依舊以無黨派及履歷不詳者居多，中共黨、團員僅2人，占比3.45%；《新商晚報》和《廣州標準行情》黨、團員人數皆爲零。此表暗示，截至1950年底，民營報紙的用人標準尚未以政治爲要目，其特徵是提供新聞而非宣傳工具。

「同人」結構的優勢不僅體現在辦報專業，還在於以「同人」爲中心，輻射其社會交往，從而凝聚大量有益於報紙良性發展的高質量作者群。而這些優質稿源的存在也是民營報紙自身競爭力的體現。

7.1.3 維護城市報業的競爭力、影響力

1949年9月9日是民營報紙《新民報》創刊二十週年，當時，重慶、成

史資料》②，內部資料，1993年3月，第319～320頁。

〔註33〕廣州市人民政府新聞出版處：《廣州市各報現任職員政治背景統計表》，1950年12月12日，廣州市檔案館：179-1950-長久-003，第96頁。

都尙未解放，但北平、上海、南京版已經恢復。中共中央副主席周恩來和中國人民解放軍總司令朱德等黨和國家領導人，爲《新民報創刊二十週年紀念特刊》親筆題詞或寫信祝賀。周恩來的題詞是：「倚靠群眾，教育群眾」；朱德的題詞是：「要全心全意爲人民服務」。同時刊出的還有郭沫若的祝賀文章《我對新民報的希望》，羅隆基的《無負於時代的新民報》，薩空了的《祝新民報二十週年》，以及沈鈞儒、黃炎培、鄧初民、張友漁、邵力子等人的賀辭、賀信和題字。〔註 34〕上述情形從一個側面反映了民營報紙的歷史影響力。這種影響力在新中國以後並未立刻消失，「同人」結構以及民營報紙長期在城市競爭中歷練出來的辦報經驗，依舊在發揮作用。

表 7-4：1950 年廣東省暨廣州市報紙概況表（僅限有民營報紙城市，含香港）〔註 35〕

地區	報名	性質	版式	創刊日期	10 月 1 日發行量	12 月 7 日發行量	人數
汕頭市	潮汕日報〔註 36〕	公營	對開四版	1947.10.12	5900	9300	127
	汕頭工人報	公營	四開四版	1950.3.5	3500	3500	4
	星華日報〔註 37〕	私營	對開四版	1931.4.16	4300	4300	60
香港	大公報	私營	對開八版	1948.3.15	40000	60000	125
	文匯報	私營	對開六版	1948.9.9	20000	20000	115
	標準百貨金融行情	私營	四開八版		3000	3000	

〔註 34〕新民晚報史編纂委員會主編：《新民報——新民晚報七十年史：飛入尋常百姓家》，第 176 頁。

〔註 35〕筆者整理。參見廣東省、廣州市人民政府新聞出版處：《廣東省暨廣州市報紙概況表》，1950 年 12 月 7 日，廣州市檔案館：179-1950-長久-003，第 79 頁。《廣東省暨廣州市報紙八至十二月份發行數概況表》，179-1950-長久-003，第 83 頁。

〔註 36〕原名《團結報》。

〔註 37〕1951 年 1 月 6 日停刊。

廣州市	南方日報	公營	對開六版	1949.10.23	35000	50296	235
	聯合報	私營	對開四版	1950.8.22	12000	12557	120
	新商晚報	私營	對開四版	1950.4.22	2000	2580	32
	廣州標準行情	私營	四開八版	1950.3.16	25000	4569	26
	廣東商情通報〔註 38〕	公營	四開八版	1950.11.1	未創刊	1000	4

表 7-4 反映了 1950 年的廣東及香港公私營報紙的發行狀況。當時，香港報紙可以從廣州入口在國內發行，且本表中所載香港報紙皆有中共背景，其主要發行空間也是在大陸地區。對比 1950 年 10 月 1 日及 12 月 7 日的發行數據可見，以《南方日報》爲代表的公營報紙並沒有壓縮民營報紙的發展空間，兩者是同步增長的。雖《南方日報》的增長幅度高於一般民營報紙，但黨報要輻射全省併覆蓋廣大農村，而民營報紙基本在城市發行，兩者在城市的拓展可謂勢均力敵。從表 7-5 可以清晰看到民營報紙穩定上漲的狀況。

表 7-5：香港及廣州市報紙 1950 年 8 至 12 月份發行數概況表〔註 39〕

地區	報名	刊期	每期報紙平均發行數（份）				
			八月	九月	十月	十一月	十二月
香港	大公報	日刊	40000	56000	60000	60000	60000
	文匯報	日刊	20000	20000	20000	20000	20000
廣州	南方日報	日刊	35000	47695	未詳	48230	50296
	聯合報	日刊	12000	13500	未詳	未詳	12553
	新商晚報	日刊	2000	2300	未詳	2601	2580
	標準行情報	日刊	2500	2500	未詳	4566	4569

〔註 38〕1950 年 11 月 1 日創刊。

〔註 39〕廣東省、廣州市人民政府新聞出版處：《廣東省暨廣州市報紙八、九、十、十一、十二月份發行數概況表》，1951 年 2 月 14 日，廣州市檔案館：179-1950-長久-003，第 83 頁。

在新中國，民營報紙不像黨報那樣，享有公費訂閱的政策保障，它只能依靠市場獲得生存空間。正因爲民營報紙需要依靠自身的競爭力圖謀生存，其辦報實踐爲城市的報業競爭提供了豐富的樣本。

7.1.3.1 靈活的辦報策略

以《新聞日報》爲例。資深報人陸詒執掌該報採訪部之後，提出「趕鴨子下水」的口號，要求記者腿勤、手勤、嘴勤、腦勤。記者每天傾巢而出，晚上回來交稿，經常會有一些與眾不同的內容。因此，該報常常被同行或新聞主管部門指責「搶新聞」。總主筆金仲華的看法是，「別人怎麼說，我管不著，我只管你新聞好不好，不管你搶不搶。」〔註 40〕《新聞日報》並不一味跟風黨報，而是注意發掘自身傳統。比如原《新聞報》的《新園林》專刊很受歡迎，金仲華就將之改名爲《新園地》，請來原《東南日報》老編輯陳向平和作家谷斯範共同主持。爲了恢復和老讀者的聯繫，《新聞日報》還留用了像游蓉蓀這樣的老編輯。因辦報策略靈活機動，並保有民間報紙的傳統特徵，《新聞日報》發刊當日，便創下 13.4 萬份的發行量，其後幾日的最高點達到 19 萬份，居上海市之首。〔註 41〕即便是在民營報紙普遍經營困難的 1951、1952 年，《新聞日報》的情況一直很穩定。要知道，這一成績是在《解放日報》拼命壓低價格的情況下獲得的（見表 7-6）。

表 7-6：1949 年 6 月至 1950 年 7 月《解放日報》與《新聞日報》售價對照表（舊幣/元）〔註 42〕

	49-6	49-7	49-8	49-9	49-10	49-11	49-12	50-1	50-2	50-3	50-4	50-5	50-6	50-7
解放日報	15	30	60	60～100	100	100～200	400	400	400	1000	1000～800	800～700	700	700
新聞日報	20	40～60	100	100	100	150～300	500	500	500	1000	1000～800	800	800～700	700

〔註 40〕轉引自鄒凡揚：《憶金公》，載《解放日報新聞日報報史資料》②，第 322 頁。

〔註 41〕同上。

〔註 42〕《解放日報》1949 年爲對開兩張，1950 年對開一張半；《新聞日報》爲四開一張。筆者根據《新聞日報 1949 年～1952 年出版資料統計表》及《1949 年～1951 年解放日報出版統計資料》整理，1955 年，上海市檔案館：B167-1-4-18-23-25，28-29。

《大公報》也曾在上海剛解放時頂住了《解放日報》的攻勢。1949 年 5 月 28 日創刊的《解放日報》，當日發行 10 多萬份。爲了和一直在出版的《大公報》競爭，《解放日報》創刊第 2 天即推行訂閱優惠：工人集體訂閱 5 折，學生集體訂閱 6 折。此舉一出，發行量立刻漲到 13 萬份。但因報紙內容不能適應上海讀者要求，從第 3 天起開始下跌，到了 6 月 2 日，已經比不過《大公報》。編輯記者紛紛要求「增加經濟新聞和廣告，加強群眾性，提早出版時間。」〔註 43〕在通過自身實力維護讀者資源方面，《文匯報》的徐鑄成也表現出相當的自信：「（五十年代初）《文匯報》銷數總在十萬份左右徘徊。十萬份中間，沒有一份是公費訂閱或組織訂閱的，讀者都是自掏腰包，十萬份也不算少了。」〔註 44〕從《解放日報》與民營報紙的交鋒中可以看到，僅僅是壓低報價並不能夠維持讀者的興趣，必須根據讀者及市場的要求調整辦報策略。這一結論得益於民營報紙的市場競爭意識。

7.1.3.2 豐富的版面內容

民營報紙比之黨報有更多爲老百姓喜聞樂見的內容。徐鑄成常常把講究新聞藝術比喻爲烹調。他曾經總結出新聞烹調學，意思是如何把社會主義的內容，經過高明的烹調，奉獻上一桌色香味俱佳的菜肴，使讀者看一眼就想吃，細細品嘗捨不得走開。〔註 45〕梅蘭芳的《舞臺生活四十年》即是其中極具特色的一道美味。這一自傳性連載，從 1950 年 10 月 15 日起開始見報，由梅蘭芳口述，梅的秘書許姬傳寫成初稿從北京寄到上海，許的弟弟源來補充整理後交給報館。爲了保證連載每日刊出，《文匯報》不僅安排黃裳在上海與許源來聯絡，還委派駐京辦事處的謝蔚明幫助梅蘭芳及許姬傳搜集資料，拍攝照片。〔註 46〕《舞臺生活四十年》整整連載一年，只有像《文匯報》這樣，充分注重信用與名譽、不計成本追求優質內容的報紙才能夠有此大手筆。

北京《新民報》也是憑藉豐富多彩的內容迅速走出困境，成爲新中國最早扭虧爲盈的民營報紙之一。它以通俗文藝吸引北京一般市民的做法，爲新聞總署所關注，並作爲成功案例通報全國。北京《新民報》是四開兩張小型

〔註 43〕解放日報報史辦公室編：《解放日報新聞日報報史資料》②，第 177～178 頁。

〔註 44〕《徐鑄成回憶錄》，第 186 頁。

〔註 45〕唐海：《三個黃金時代——徐鑄成同志的辦報生涯》，載文匯報報史研究室編：《文匯報回憶錄 1：從風雨中走來》，第 370～378。

〔註 46〕柯靈：《文匯報與梅蘭芳》，載文匯報報史研究室編：《文匯報回憶錄 2：在曲折中前進》，第 120～121 頁。

報紙，共八版。第一版刊載國內、國外、北京市重要新聞；第二版係本市新聞、國內文藝新聞以及綜合性的通訊報導；第三版以財經新聞為主，附有每日行情；第四版是第一版的補充，有國際、國內新聞附以特寫、各地重要通訊等；第五版為通俗文藝副刊，取名萌芽，包含精短的文藝理論、書刊評介、雜文、短小說、詩歌、短劇、長篇小說連載等；第六版是通俗文藝性的周刊，每天一種：星期一新戲劇、星期二工廠文藝、星期三新北京、星期四新音樂、星期五新曲藝、星期六新電影、星期日星期畫刊；第七版是專刊，也是每天一種：星期一新學生、星期二新婦女、星期三大眾科學、星期四新工商、星期五店員生活、星期六大眾衛生、星期日新兒童；第八版為讀者來信，從星期一至星期六每日一刊，內容借讀者來信反映廣大人民對生產、建設、交通、衛生等的意見，並附以對社會、人民政府、國家事業等方面的批評、建議等。星期日為大眾學習，以介紹學習時事問題為主。〔註 47〕在總結以內容博取效益的做法時，《新民報》認為，「凡有關本市的新聞，如能突出報導，如『五一』勞動節，『十一』國慶節，鎮壓反革命等，報紙銷數必激增。另外，如果出版時間早而又能標準化時，銷數也會上漲。還有一個經驗，就是對於報販、報房應當爭取，發揮它們高度的積極性。」〔註 48〕由於內容豐富、經營得當，北京《新民報》的發行數量及經濟效益逐月增加。

表 7-7：《新民報》北京社 1951 年 1～12 月發行量及收支概數表（以新幣值計算）〔註 49〕

	1月	2月	3月	4月	5月	6月	7月	8月	9月	10月	11月	12月	總計
發行量	13695	15157	16717	18631	20786	21466	22233	23548	24560	26249	26666	28186	
報費	16000	15300	20700	22200	24500	25700	27500	29200	29700	32700	32200	35600	311800
廣告	17200	15400	21300	19100	22000	25300	30900	29500	29300	31600	26900	25800	294100
副業	0	800	1600	1700	4800	1200	900	800	800	800	1000	700	15100
總收	33200	32000	43600	43000	51600	52200	59300	59500	59800	65100	60100	62100	621500
總付	30000	30600	34900	33300	40200	42800	46700	48800	45100	55500	48800	58900	515800
盈餘	3200	1400	8700	9700	11400	9400	12600	10700	14700	9600	11300	3200	105700
備註	一些計算錯誤係原文如此。5 月份的副業收入中含有新聞總署補貼款 3979.55 元												

〔註 47〕《新民報》北京社：《新民報內容簡介》，1951 年，北京市檔案館：114-1-9-1。
〔註 48〕新民報北京社：《1951 年經營情況》，1951 年，北京市檔案館：114-1-9-1-20-24。
〔註 49〕筆者根據北京檔案館館藏檔案整理。

7.1.3.3 獨特的稿件來源

報紙是社會關係的一種呈現，其對社會交往的要求很高。舊時的民營報紙，依託的就是一張社會關係的網絡。比如，著名報人張季鸞的關係網中，最頂端的是蔣介石。1934 年，蔣介石在南京勵志社宴請群僚，各院部會首腦出席者數百人，首席的主客就是《大公報》總編輯張季鸞，而《大公報》確實利用蔣介石對張季鸞青睞有加，透露了一些新聞檢查所不許發表的消息。〔註 50〕再如抗戰伊始，《大公報》向海外買進一批價值近十萬元的紙張，運到了香港。當時粵漢鐵路運輸十分擁擠，即便花大把的錢也未必運得出來。《大公報》經理胡政之就去找剛剛任職上海市長的俞鴻鈞，請他致電廣東省主席吳鐵城，幫忙把紙代運到漢口。由於俞鴻鈞當選上海市長一事，《大公報》的作用舉足輕重，〔註 51〕運輸紙張一事自然水到渠成。

報人交往不僅局限在政治與經濟領域，他們的社交網絡更多覆蓋文化群體，而後者孕育著報紙的優質稿源。最能體現這種交往的是上海解放後創刊的兩份民營小報：《大報》和《亦報》。這兩張報紙承載著解放前上海「四五十家小報」〔註 52〕的創作及閱讀群體。儘管文化體制和文化生產方式的重組不可避免，但兩張小報還是保留了相當的歷史痕跡。

兩報負責人陳蝶衣、唐大郎、龔之方，原隸屬於舊小報。陳蝶衣曾任《鐵報》主編，唐大郎、龔之方是《誠報》的編輯。其它成員還有陳亮、董天野、湯修梅、胡澄清、王祖舜、馮小秀等人，他們都是民國時期的小報名家。陳亮曾主辦過《迅報》、《飛報》，湯修梅創辦過《滬報》、《正報》，胡澄清、王祖舜分別爲《羅賓漢》、《鐵報》等舊小報編輯。〔註 53〕這種承接著舊日小報傳統的文人組合，使得《大報》、《亦報》的作者結構與其它報紙有著顯著不

〔註 50〕翊勳（惲逸群）：《蔣黨眞相》，韜奮書店，1949 年 6 月版，第 62 頁。

〔註 51〕1937 年，原上海市長吳鐵城調任廣東省主席，市長空缺席位出現「二鈞」之爭，即俞鴻鈞與錢大均二選一。蔣介石原本屬意錢大均，但就在任命公佈的前一晚，時任中政會秘書長的張群知會了《大公報》上述消息。《大公報》當即刊登《上海市長決定由俞鴻鈞眞除》的干擾信息，影響了任命結果，俞鴻鈞最終當選上海市長。參見翊勳（惲逸群）：《蔣黨眞相》，韜奮書店，1949 年 6 月版，第 63 頁。

〔註 52〕上海解放前的小報數據參見夏衍：《懶尋舊夢錄（增補本）》，北京：生活・讀書・新知三聯書店，2006 年 8 月版，第 403 頁。

〔註 53〕杜英：《文化體制與文化生產方式的再建立》，《中國現代文學研究叢刊》，2007 年 02 期。

同。首先是地域空間非常廣泛，作者分佈於上海、北京、南京、杭州、蘇州和香港，他們的作品在敘說身邊瑣事的同時，呈現出不同的城市景觀。其次，作者的專業豐富多彩，除了陳蝶衣、唐大郎、王小逸、柳絮、包天笑等舊小報的旗幟性寫手，還有曲學家盧前，書刻家鄧散木，作家周作人、張愛玲、張恨水，彈詞作者陳靈犀、平襟亞，畫家豐子愷等。

周作人、張愛玲、張恨水等人原本憑藉暢銷書名噪全國，無需向小報賣文。但在新中國成立後，他們的作品被邊緣化，只能依靠爲《大報》和《亦報》寫作維持生計。一時間，梁京的小說，十山的散文，豐子愷的漫畫，堪稱《亦報》「三絕」。張愛玲以梁京爲筆名創作的小說《十八春》，始於 1950 年 3 月 25 日刊登，終於 1951 年 2 月 11 日，共連載 317 天。另一部作品《小艾》，始刊於 1951 年 11 月 4 日，總計連載 81 天。〔註 54〕周作人以十山爲筆名，從 1949 年 11 月 22 日起，開始在《亦報》開闢「隔日談」、「飯後隨筆」等多個專欄，至 1952 年 3 月 15 日，共發表文章 908 篇。爲了生計，周作人還撿出舊作《兒童雜事詩》，囑以筆名東郭生發表，《亦報》請著名畫家豐子愷爲之配畫。1950 年 2 月 23 日，此組詩配畫專欄出爐，爲讀者喜聞樂見。〔註 55〕張恨水，1950 年平均每日都在兩份小報連載小說；盧前，〔註 56〕1949 年至 1951 年，也同時爲兩報寫稿。他以筆名「冀野」作「柴室小品」專欄，以筆名「飲虹」作小品短篇，以筆名「水西門」撰寫「民間文話」專欄，以筆名「公孫拜」、「少史氏」作長篇小說《齊雲樓》與《金龍殿》，分別取材於元末張士誠起義和太平天國的女狀元傅善祥傳奇。〔註 57〕

一直到 1952 年小報風格被擠出新中國的文化建制，上述作者才大部分淡出讀者視線。在此之前，他們雖不能用眞實姓名「發言」，但也因民營小報的

〔註 54〕巫小黎：《張愛玲〈亦報〉佚文與電影〈太平春〉的討論》，《中國現代文學研究叢刊》，2010 年 06 期。

〔註 55〕巫小黎：《〈亦報〉視窗裏的周作人》，《魯迅研究月刊》，2010 年 8 月。

〔註 56〕盧前（1905～1951），原名正紳，字冀野。江蘇南京人。戲曲史研究專家、散曲作家、劇作家、詩人，詞曲大師吳梅的高足。曾受聘在金陵大學、河南大學、暨南大學、光華大學、四川大學、中央大學等講授文學、戲劇。主要劇作：《飲虹五種》、《楚鳳烈》傳奇十六齣、《窺簾》、《孔雀女》。戲曲史論著有：《明清戲曲史》、《中國戲曲概論》、《讀曲小識》、《論曲絕句》、《飲虹曲話》、《冶城話舊》。中華書局出版過《冀野文鈔》，分爲《曲學四種》、《文史論稿》、《筆記雜鈔》、《詩詞曲選》四輯，收集了盧前各方面的代表作。

〔註 57〕杜英：《文化體制與文化生產方式的再建立》，《中國現代文學研究叢刊》，2007 年 02 期。

存在而有了立足之地。這一時段，民營報紙所承載的多元文化，不僅爲「窮途」之文人提供了生存空間，也替新中國的文學史和新聞史留下了許多珍貴素材。

7.2 民營報紙在大陸消失的歷史必然性

新中國初期，民營報紙在中國大陸消失並非懸念。按照中國共產黨人的理想，中國將建成全新的社會主義社會，各行各業均需完成社會主義改造，民營報紙自然不能逸出這一宏大主題。如果說在民營報紙消亡過程中有一些懸念，那就是這一消亡過程顯得出奇地順利。新政權與民營報紙之間，並非全然的主動與被動關係，民營報紙，尤其是跨越了新舊政權的那些民營大報，幾乎沒有抵制這種改造，有些報紙甚至多次主動提出公私合營或轉爲公營。

在蔣介石政府統治後期，一向與官方唱對臺戲的民營報紙，何以在新中國表現得如此順從？這種反常除了前文交代的國際、政治、經濟等原因，有沒有核心因素決定了民營報紙消亡的必然性？要對此作出論斷，不能僅停留在官方對民營報紙進行社會主義改造的單一框架，還應考慮到民營報紙自身的能動作用。應清楚地意識到，民營報紙的消亡，是一個雙向互動的過程，促成這種互動的核心因素不外乎兩個：國家意識和圖求生存的欲望。

7.2.1 服膺國家利益的必然

按照哲學家馮友蘭的說法，歷史中的鬥爭，是靠實力進行的，沒有實力，專靠理論，是不行的。理論只有在它和實力相配合的時候才能發生作用。〔註 58〕解放戰爭即將結束的時候，國、共雙方無論軍事實力還是民心所向均發生了徹底變化。伴隨著上述變化，民營報紙從 1948 年起便集體「左轉」，報紙的領頭人陸續接受中共的統戰安排，參與到知識分子「知北遊」行列。〔註 59〕1949 年 2 月 28 日乘坐掛葡萄牙旗的「華中輪」離港的 20 多人，有陳叔通、馬寅初、包達三、張伯、柳亞子、鄭佩宜、胡墨林、葉聖陶、張志讓、宋雲彬、鄭振鐸、

〔註 58〕馮友蘭：《三松堂自序》，第 41 頁。

〔註 59〕「知」即知識分子，「知北遊」意即文化人北上。1949 年 2 月底乘「華中輪」北上途中，葉聖陶出了一個謎語，謎面爲「我們一批人乘此輪赴路」，謎底爲《莊子》篇名一，結果被宋雲彬猜中，係「知北遊」。遂有此稱謂。參見宋雲彬：《北遊日記》，《新文學史料》，2000 年第 4 輯。

傅彬然、沈體蘭、鄧裕志、王芸生、徐鑄成、曹禺、趙超構、劉尊棋等，其中，王芸生、徐鑄成、趙超構分別扛鼎三大民營報紙《大公報》、《文匯報》和《新民報》。他們的集體回歸，代表著民營報紙群體對中共政權的基本信任，而信任是自覺服膺的重要前提。

7.2.1.1 民營報紙服膺國家利益的歷史敘述

主張「大」歷史觀的黃仁宇認爲，治史者應有三重視野：下看基層組織、上看財政金融、外看世界大勢。他說：「要將歷史的基點推後三五百年才能攝入大歷史的輪廓」。〔註 60〕如果將歷史自 1949 年推後 340 年，正是報紙累積信用的開始。信用始自報紙定期發行。1609 年，作爲世界上最早的周刊，德國《觀察周刊》從不定期改爲每周發行。這個時候，報紙還不能稱爲「新聞紙」，頂多算是「新聞書」，商業化也不成熟，談不上有清晰的新聞思想。直到 1644 年，約翰·彌爾頓的《論出版自由》，廓清了自由主義新聞思想的大致眉目，即自由地持有主張，自由地抒發己見，是人類與生俱來的權利。此後兩個世紀，無論在歐洲還是北美，幾乎是政論報紙大行其道，包括對法國大革命居功至偉的馬拉的《人民之友報》，也是以動員和宣傳見長。在此期間，法國《人權宣言》於 1789 年 8 月 26 日誕生，宣言第 11 條主張：「自由傳達思想和意見是人類最寶貴的權利之一；因此，各個公民都有言論、著述和出版的自由，但在法律所規定的情況下，應對濫用此項自由負擔責任。」〔註 61〕法國《人權宣言》中有關新聞自由的條目，同約翰·彌爾頓的《論出版自由》一道，爲西方自由主義新聞思想奠定了基礎。

西方眞正的民營報紙大多誕生於 19 世紀上半葉。美國以《太陽報》（1833 年）、《紐約先驅報》（1835 年）、《紐約論壇報》（1841 年）爲代表，法國是《費加羅報》（1826）、《新聞報》（1836）、《世紀報》（1836）。英國《泰晤士報》獨大，創刊於 1785 年，比美、法商業報刊稍早些。分析西方民營報紙崛起之時代環境，都是在本土已無戰爭，經濟獲得高速發展時期。與此同時，也是各自國家大肆對外擴張階段。在此之前，自由主義的新聞思想已經借由啓蒙

〔註 60〕 黃仁宇：《萬曆十五年》，北京：生活·讀書·新知三聯書店，1997 年 5 月版，第 269 頁。

〔註 61〕 蔣相澤主編：《世界通史資料選輯》近代部分（上），北京，人民出版社，1972 年版，第 182 頁。轉引自李彬：《全球新聞傳播史》（公元 1500～2000 年），北京：清華大學出版社，2005 年 8 月版，第 136 頁。

思潮深入人心，席卷歐美的資產階級革命促進了民族國家的生成。例如在法國，拿破侖動員渴望爲祖國而戰的公民組成軍隊；規範了「中央的或國家的語言」；建立了公立小學網，教授孩子們法語和對國家的愛；創立了國旗、國歌等民族國家象徵。〔註62〕這種背景下發端的民營報紙，對加強國家凝聚力、動員和集中國家資源、提高政治效率卓有貢獻，成爲安德森所說的「想像的共同體」的依託。正是現代印刷媒介的普及，人們才可能將互不相識的同胞想像爲聲氣相通的國家「共同體」成員。報紙的這種作用可以從英國《泰晤士報》得到驗證：《泰晤士報》派駐海外的記者被稱作英國「第二大使」。「在維多利亞時代中期，《泰晤士報》的影響正接近頂峰。它是當時世界上勢力最大的報紙，是短暫的新聞獨立史上的一部無與倫比的宣傳機器。」〔註63〕

像《泰晤士報》這樣標榜獨立、自由的民營報紙都能成爲國家的宣傳機器，可知任何報紙的獨立都有其相對性，尤其在國家利益受到影響的時候。而國家的執政者往往以「國家利益」爲藉口，對異己聲音予以壓制。二戰時期的英國便是如此。1940 年夏天，英國政府簽署了特別許可令，授予內政大臣對報業實行全面控制的權力，其中最重要的是「2D 法令」。依據該法令，內政大臣有權禁止任何「故意煽動反對女王領導的戰爭」的報刊出版，同時剝奪遭禁報刊向法院投訴或申訴的權利。1941 年 1 月 21 日，共產主義報紙《勞動者日報》和《周報》被命令停刊。〔註 64〕曾經當過記者，並以捍衛新聞自由著稱的時任首相丘吉爾還差點讓《每日鏡報》和《星期日畫報》停刊。戰事期間，英國政府還試圖推行新聞審查制度和根據報紙對戰事的貢獻而配給新聞紙的計劃。後來，審查和配紙計劃之所以流產，是因爲報紙從整體而言表現得非常合作。包括不怎麼聽話的《每日鏡報》，也開始「有意識地以犧牲客觀報導爲代價來提升公眾士氣」，自覺地進行自我審查。〔註65〕這些通過轉變立場來配合政府的報紙並沒有吃虧，對戰時公共管制的服膺反而令報紙的發行量上漲。到了 1945 年，《每日鏡報》、《星期日畫報》、《每日先驅報》、《雷

〔註62〕〔美〕斯塔夫里阿諾斯著、吳象嬰等譯：《世界通史》，上海社會科學院出版社，1992 年 11 月版，第 355 頁。

〔註63〕〔美〕約翰·霍恩伯格著，魏國強等譯：《西方新聞界的競爭》，北京：新華出版社，1985 年 3 月版，第 67 頁。

〔註64〕〔英〕卡瑞、辛頓著，欒軼玫譯：《英國新聞史》，北京：清華大學出版社，2005 年 8 月版，第 49 頁。

〔註65〕〔英〕卡瑞、辛頓著，欒軼玫譯：《英國新聞史》，第 53～54 頁。

納德新聞報》等激進報紙，整體發行量近 900 萬份。〔註 66〕

十九世紀末，美國大眾報紙的高速發展也與美國的對外擴張政策相匹配。普利策的《紐約世界報》、赫斯特的《紐約日報》除了靠「黃孩子」爭奪眼球，二者對 1898 年美國和西班牙戰爭的煽動也是不遺餘力。此後，美國人普遍形成顯然天命的戰爭心態，報紙的鼓動促成了這個國家相當程度的種族主義和社會達爾文主義，「他們尋求在必要時通過征服來向不那麼幸運的民族擴展有益的文明」。〔註 67〕美西戰爭換來了美國國旗從波多黎各上空延伸至菲律賓，美國不僅上陞爲泛太平洋大國，也成爲世界級強國。美西戰爭後一年，時任國務卿的海約翰宣佈了「門戶開放」政策，開始了對亞洲事務的干涉，「並把中國當作推銷美國廣大中部地區剩餘穀物的廣闊而有利可圖的市場」。〔註 68〕多年後，西奧多・羅斯福總統對美西戰爭的評價是，它「不是什麼了不起的戰爭，但卻是我們打得最好的戰爭」。〔註 69〕在這一點上，普利策、赫斯特這些民營報業的老闆，與美國政府同聲一氣，是他們「提供了戰爭」。〔註 70〕尤其是赫斯特，在煽動公眾戰爭情緒方面不遺餘力，他在 4 個月中花了 50 萬美元，一天出號外多達 40 次，以至於人們將美西戰爭稱作是「赫斯特的戰爭。」

美國民營報紙對以政府爲主導的社會動員的應和，更明顯地體現在兩次世界大戰中。第一次世界大戰期間，美國成立了以報紙主編喬治・克里爾領導的公共信息委員會，該委員會共動員了 15 萬人參與其中，並制定了一套以

〔註 66〕〔英〕卡瑞、辛頓著，欒軼玫譯：《英國新聞史》，第 55 頁。

〔註 67〕Richard Dean Burns, ed., Guide to American Foreign Relations since 1700, edited for the Society for Historians of American Foreign Relations (Santa Barbara, CA and Oxford, England: ABC-Clio, 1983), pp.349～350。轉引自〔美〕邁克爾・埃默里等著、展江譯：《美國新聞史：大眾傳播媒介解釋史》（第九版），北京：中國人民大學出版社，2004 年 4 月版，第 199 頁。

〔註 68〕〔美〕邁克爾・埃默里等著、展江譯：《美國新聞史：大眾傳播媒介解釋史》（第九版），第 256 頁。

〔註 69〕John D.Hicks, A Short History of American Democracy (Boston: Houghton Mifflin, 1943), p605。轉引自〔美〕邁克爾・埃默里等著、展江譯：《美國新聞史：大眾傳播媒介解釋史》（第九版），第 250 頁。

〔註 70〕1897 年，被赫斯特派駐到古巴的漫畫家雷明頓拍回電報說，那裏不會有戰爭，請求返回。赫斯特的回電是：「請留古巴，你提供圖片，我將提供戰爭。」James Greeman, On the Great Highway (Boston: Lothrop Publishing, 1901), p178。轉引自〔美〕邁克爾・埃默里等著、展江譯：《美國新聞史：大眾傳播媒介解釋史》（第九版），第 251 頁。

自願為基礎的新聞檢查制度。根據這一制度，各家報紙都應避免刊登可能會對敵人有幫助的材料。這個純粹的宣傳機構，共發佈了6000多條消息，以「省略」和掩蓋消息見長。〔註71〕值得注意的是，絕大多數報紙都希望對戰爭有所幫助，他們的自我審查比公共信息委員會的要求還要嚴格。這一次，赫斯特是個反例。他的報紙反對美國參戰，結果人們譴責他不忠誠，赫斯特的肖像到處被「絞死」。除了公共信息委員會的軟性動員，美國還在一戰期間通過了《間諜法》，實施對反戰和反協約國出版物的絞殺。根據該法案，44家報紙失去了郵寄權，另有30家報紙同意不再刊登反戰的文章才保住了發行報紙的權利。〔註72〕第二次世界大戰期間，美國再次恢復了新聞檢查制度。執行這項工作的是新聞檢查局，工作人員達14462名之多。1942年1月15日，美國還公佈了《報刊戰時行為規範》，規定所有印刷品不得刊登有關軍隊、飛機、艦船、戰時生產、武器、軍事設施和天氣的不適當消息。這不僅讓人聯想，新中國的保密規定似乎就是這個戰時行為規範的翻版。二戰期間，麥克阿瑟在太平洋戰區、艾森豪威爾在歐洲戰區的新聞檢查也是比較嚴格的，但顯然獲得了絕大多數媒體的認同，肯尼迪事件堪做例證。愛德華·肯尼迪是目睹德國投降的16名盟國記者之一，因為聽說德國電臺已宣佈投降的消息，他在未經許可的情況下，傳出了此訊息，使得美聯社在歐洲勝利日的前一天發表了德國投降的報導。儘管肯尼迪辯稱此行為是對新聞檢查的抵制，但他在巴黎的54名同事卻指責他犯了「新聞史上最可恥的、故意的和不道德的欺騙行為」。〔註73〕肯尼迪為此停職一年才被恢復戰地記者資格，但隨後被自己的東家美聯社掃地出門。美國最嚴格的新聞檢查還是在朝鮮戰爭期間。1950年10月，中國軍隊參戰首役，以美國為首的聯合國部隊潰不成軍，一些記者著文批評麥克阿瑟在朝鮮半島的戰術。麥克阿瑟的回應是：實行一種全面的、正式的新聞檢查制度。這一制度在1951年1月開始施行，管制苛刻到像「撤退」這樣的詞都很難使用。但對前線記者來說，最有殺傷力的是，嚴重違反條例的記者將受到軍事法庭的審判。〔註74〕然而，行使審判權的卻是以《時代》

〔註71〕〔美〕邁克爾·埃默里等著、展江譯：《美國新聞史：大眾傳播媒介解釋史》（第九版），第320頁。

〔註72〕同上。

〔註73〕〔美〕邁克爾·埃默里等著、展江譯：《美國新聞史：大眾傳播媒介解釋史》（第九版），第438頁。

〔註74〕〔美〕邁克爾·埃默里等著、展江譯：《美國新聞史：大眾傳播媒介解釋史》

雜誌爲代表的美國保守派報刊，它們彙入麥卡錫主義的「反共」運動，對那些和中國共產黨有過接觸的記者大肆攻擊。如同中國問題專家費正清所說的，傳播媒介「引起了公眾異乎尋常的可以說是病態的關注」。〔註 75〕西奧多·懷特和安娜利·雅各比因在 1946 年描述了毛澤東的實力而被秋後算賬；以《紅星照耀中國》聞名的埃德加·斯諾逃往瑞士；《密勒氏評論報》的鮑威爾被指控犯有煽動罪，只因他的報紙公佈了朝鮮戰爭中美國戰俘的名字；曾爲美國廣播公司報導 1949 年上海陷落的朱利安·舒曼，經歷了長達 7 年的指控和審判。〔註 76〕

本書的這份歷史陳述，僅僅是選取了號稱自由世界的英、美國家，尚未涉獵納粹德國、蘇聯這樣以宣傳爲立場，管制更爲嚴格的案例。由此可見，服膺國家利益是全世界民營報紙的慣常行爲，並無國別與社會制度之分。

7.2.1.2 新中國民營報紙對國家利益的服膺

將民營報紙的歷史逆推三百多年，再順敘回到新中國初建時期。在退去又歸來的歷史大脈絡裏，可以清晰地看到，持國家利益之牛耳，依託民族主義推進的社會動員，民營報紙都有自覺參與，甚至比政府要求做的還多。在這一點上，並不是以資本主義制度還是社會主義制度來區分，而是以民族主義爲底色，以國家爲單位，以圖強爲旨歸。英、美報紙均有此意趣，新中國的民營報紙更不能脫離這個框架。當整個國家驅除了盤踞中國百多年的西方勢力，結束了國共政爭隔江而治的分裂局面，進入到了一個在中國人意識中向好的「大一統」時代；而另一方面，來自西方勢力的敵對意識不曾歇止，並演化爲經濟上的全面封鎖，這對幾乎生活在焦墟上的六億人民，絕非西方舉倡的人道之舉。這個時候，民營報紙是站在和新生政權一個立場，共謀自立圖強，還是堅持獨立、自由的思想，仿照 1948 年以後對蔣介石政權的瓦解？這個問題應該不難回答。

當然，民營報紙並非毫無主見，它也需要被事實說服。說服《大公報》的是共產黨政權對流氓勢力的徹底剿滅。解放前，流氓勢力是舊社會無端秩序不可避免的產物。剛解放那會兒，在上海這樣的大城市，當時流行的說法

（第九版），第 452～453 頁。

〔註 75〕〔美〕費正清著、陸惠勒等譯：《費正清對華回憶錄》，第 406 頁。

〔註 76〕〔美〕邁克爾·埃默里等著、展江譯：《美國新聞史：大眾傳播媒介解釋史》（第九版），第 452～453 頁。

是：假如共產黨的確能制服流氓的力量，那我們眞可以說翻身了。爲了取締流氓勢力，上海市副市長潘漢年找到了青幫首腦杜月笙的兒子杜約翰，讓他給在香港的父親帶信，告訴他新政府歡迎他回上海。杜月笙最終以健康爲由沒有接受返滬邀請，但他答應不從事反共活動，不去臺灣，並許諾讓他在上海的弟子們制約流氓，遵守政府政策。潘漢年也與另一位幫派頭子黃金榮做了類似談判。在新中國，像黃金榮這樣的黑社會老大，不知會被槍斃多少次，但潘漢年卻給了他生的承諾，最終與其達成「君子協定」：如果黃金榮得以制約手下的流氓，便可免除公審。後來黃金榮在報上發表公告，宣佈退休，並不再對手下任何砍手將來的行動擔負責任。〔註 77〕就這樣，流氓勢力的頑疾予以和平解決。對此，《大公報》使用了一個問號：爲什麼只有共產黨才能在這方面成功？這一問，心悅誠服。

中共政權讓《大公報》這樣的民營報紙所信服的事情不只如此。在治理阻塞上海交通的自由攤販問題上，新政權採取的方式是，召集全市街頭攤販組織大會，通過眾人投票，決定所有攤販必須登記，領取執照，方可在合法的地點擺攤，並在他們中間組織攤販小組，定期檢查情況。這些決定是市政當局與攤販組織雙方同意的。〔註 78〕《大公報》爲此發表評論，稱道「這個實踐與過去國民黨反動政府的追求不同。後者制定的政策和措施是建立在極少數一部分人的利益上的。」〔註 79〕《大公報》的這句評價點中了國民黨和共產黨處理社會問題時的區別。只要涉及到動員，國民黨的做法是：緊急會議，向下頒佈法令，監督執行。共產黨的宗旨是：到基層去，從底層開始組織，呼籲群眾積極參加，讓他們起到實際作用。爲此，弗雷德里克在《新政權的建立和穩固》中，評價「共產黨在鞏固統治方面最初的成功關鍵因素是最大程度取得支持，把恐懼縮小到最小程度。」〔註 80〕

美國作家韓丁在《翻身》一書中，形象地記錄了山西省一個村莊的土地

〔註 77〕陶柏康：《從馳騁疆場到「失蹤」：蒙冤二十七載的潘漢年》，北京：中國廣播電視出版社，1989 年 6 月版，第 195～196 頁。

〔註 78〕上海市公安局公安史資料徵集研究領導小組辦公室：《摧毀舊警察機構，保衛人民政權》，《上海文史資料選輯》，1984 年 5 月，第 46 期，第 112 頁。

〔註 79〕《大公報》，1949 年 6 月 8 日。

〔註 80〕Frederick C. Teiwes: “The Establishment and Consolidation of the New Regime, 1949～1957”, in Roderick Mac Farquhar, ed. The Politics of China, 1949～1989, Cambridge University Press, 1993, 26；轉引自〔美〕魏斐德著、梁禾譯：《紅星照耀上海城：1942～1952》，第 123 頁。

革命：整個地區內共產黨員的名單開始露白，所有黨員都要在人民面前一一「過關」，凡是為村民否定者不得為共產黨員；幹部們所做工作之細緻令人驚歎，他們將馬克思的勞動力價值說教給村民，是為了讓村民在重新分配土地時，考慮到家庭已有的勞動力是否和土地相匹配；主要的行動全部經過協定，詳細規劃，初步試驗，修訂，付之實施，然後再重新檢討，直到第二次修正才能算數；為了體現民意，一次會議有 1700 名代表參加，共討論了 85 天。〔註 81〕歷史學家黃仁宇評價此現象為，盧梭所謂「高尚的野蠻人」（指村民）開始組織他們的「社會契約」。〔註 82〕這不正是民營報紙一直追求的「民主」？

社會學家費孝通在 1949 年 9 月 2 日專門談論了新社會的民主。他說：「北平各界代表會議一共開了六天，對我說是上了六天課，這六天課裏學到的抵過了過去六年，甚至三十多年。三十多年來我所追求的夢想，在這六天裏得到了。這是什麼呢？是民主。」當費孝通看到「穿制服的，穿工裝的，穿短衫的，穿旗袍的，穿西服的，穿長袍的，還有一位戴瓜皮帽的——這許多一望而知不同的人物」，在一個會場裏平等地討論問題的時候，他相信中國從此已經有了民主。〔註 83〕參加同一個會議的《新民報》老闆陳銘德也說，國民黨時代的民主都是假民主，在自己 50 多年的生活經驗中，「說到了出席眞正人民民主的會議，這還是第一次」。〔註 84〕

從這些點滴細節來看，新中國初期，民營報紙對新政權是願意輔而佐之的。像《大公報》就參與了國家對民眾舊習俗的改造。該報曾發表有關文章，禁止在全國節假日裏交換禮物；紅白喜事中的贈捐在 3 角 5 分錢之內，且局限在「很親近」的親友範圍內；提倡以自費取代公款宴會，一概取締生日慶祝會來抨擊個人請客送禮的風氣。〔註 85〕《大公報》也有響應政府號召，提倡社會禁絕打麻將。在報紙的動員下，社會生活開始變得嚴肅起來，包括舞廳和夜總會的舞女們都開始尋找丈夫，〔註 86〕而在國民黨統治時期，這一群

〔註 81〕轉引自黃仁宇：《中國大歷史》，北京：生活·讀書·新知三聯書店，1997 年 5 月版，第 299 頁。

〔註 82〕黃仁宇：《中國大歷史》，第 299～300 頁。

〔註 83〕費孝通：《我參加了北平各界代表會議》，《人民日報》，1949 年 9 月 2 日。

〔註 84〕陳銘德：《對北平市各界代表會議的感想》，《光明日報》，1949 年 9 月 8 日。

〔註 85〕〔美〕魏斐德著、梁禾譯：《紅星照耀上海城：1942～1952》，第 110 頁。

〔註 86〕Robert Guillain: “China Under the Red Flag”, transl. L. f. Duchene, in Otto B. Van der Sprenkel, ed., New China: Three Views. London: Turnstile Press, 1950, 104；

體曾經衝擊過社會事務局，以抗議該部門對她們的制約。

馮友蘭在探討中國哲學的範疇時說過，公、私之分，就是義、利之辨。「利」這個字有兩種意義。一種指物質的利益，一種指自私自利的動機。個人是社會的一個成員。個人只有在社會之中才能存在，才能發揮他的作用。他跟社會的關係，並不是像一盤散沙中的一粒沙子，而是像身體中的一個細胞。亞里士多德有一句名言說，如果把人的一隻手從他的身體分開，那隻手就不是一隻手了。〔註 87〕民營報紙本來是「私」的代表，但在看到中國社會開始呈現聚沙成塔的氣象，「私」和「利」便有主動服膺「公」與「義」的趨向。畢竟民營報紙不同於一般的私營企業，它不僅生產物質，同時也在生產精神。

這種精神生產是不能抽離時代背景的。新中國誕生之際，建立了像葛蘭西所說的「文化霸權」。這裏的霸權是指，統治階級實現其統治，不僅通過暴力和以暴力相威脅的直接方式，還因爲他們的觀念逐步被「庶民階級」所接受。英國社會歷史學家湯普森認爲，文化霸權的思想提供了一種比「上層建築」更好的表達方式來說明文化與社會的關係。他在《輝格派與狩獵者》中舉例示之：「首先，18 世紀鄉紳與貴族的霸權既不表現爲武力，也不表現爲把牧師的布道或者報刊神秘化，甚至不表現爲經濟的強制，而是表現在治安法官的就職儀式上，表現在按季開庭的初級法院上，表現在巡迴審判的壯觀場面和泰伯恩的行刑場上。」這種文化霸權的實質，是通過儀式性的內容不斷地向下延伸，把「下層」文化或大眾文化包括進來。〔註 88〕不再有精英文化和大眾文化並存的「雙棲文化」，精英階層全面地從大眾文化的參與中退了出來。

這在新中國的精英層是有顯例的，精英正歸於大眾。像朱光潛先生描述他參加土改的感受：「我聽到農民對地主訴苦說理，說到聲淚俱下時，自己好像就變成那個訴苦的農民，眞恨不得上前打那地主一下。有時訴苦人訴到情緒激昂時，情不自禁地伸手打地主一耳光。我雖記得這算違背政策，心裏卻十分痛快，覺得他打得好。如果沒有這一耳光，就好像一口氣沒有出完就被

轉引自〔美〕魏斐德著、梁禾譯：《紅星照耀上海城：1942～1952》，第 110 頁。

〔註 87〕馮友蘭：《三松堂自序》，第 228 頁。

〔註 88〕〔英〕彼得・伯克著，蔡玉輝譯，楊豫校：《什麼是文化史》，北京：北京大學出版社，2009 年 10 月版，第 26～32 頁。

捏住喉管似的。」〔註 89〕徐悲鴻和他的學生們，當聽到幾十個農民涕淚縱流地控訴惡霸的罪行時，也跟著放聲大哭。〔註 90〕著名學者宋雲彬在其《西湖的春天》中，同樣呈現出對勞動者的臣服。他說：「過去的西湖是被那些大官僚、大地主管領著的。他們在西湖上買地皮，蓋莊子，春秋佳日，就來遊玩一番。那些大叢林像靈隱、天竺之類，也是靠地租收入來維持和尚們的生活的，所以和尚事實上也是地主。我們從前自命爲『文人雅士』，一到春天，探梅孤山，泛舟六橋，或者到靈隱、天竺找和尚們談禪說理，以爲『高雅』得很，現在想起來，實在是愧不堪言。你想，西湖裝點得這樣美麗，這不是勞動人民的勞動成績？所謂『蘇堤』『白堤』之類，還不是靠勞動人民動手築起來的？過去我們坐享勞動人民的成果，自己不慚愧，還以爲『高雅』，把勞動人民看作『俗人』，這不是愧不堪言嗎？」〔註 91〕

連朱光潛、徐悲鴻、宋雲彬等「文人雅士」都服膺這種以基層民眾爲主體的新社會文化，而這種文化的實質本就是民營報紙所追求的。古今中外，成功的民營報紙無不依託大眾文化的基底。正因爲有這樣的基底，新中國的報紙，影響力非同小可。《人民晚報》有一天登了一條百字左右的新聞，從節約電力角度，提醒不要濫用霓虹燈。當時霓虹燈本來少得可憐，經此一提，第二天一個都沒有了。一位經歷過新舊社會的交通警察說：「好厲害，你們的報紙比舊政府布告還管事」。〔註 92〕1951 年 1 月 20 日，南京《新華日報》在一版頭條位置發表了南京市軍管會第 7 號布告《登記反動黨團特務人員》，規定「本市或旅居本市之反動黨、團、特務人員，應於本月 23 日起，迅速親赴指定登記機關辦理登記手續。」報紙配發了社論《貫徹鎮壓與寬大相結合政策，認眞登記反動黨、團、特務人員》，由此拉開了南京鎮反宣傳報導的序幕。在強大的輿論宣傳攻勢和人民民主專政威力的震懾下，反動黨、團、特務人員紛紛主動登記，布告經報紙登出兩個月後，南京全市主動登記的反動黨、團、特務人員共達 6 萬餘人，比公安部門原先掌握的情況多出了 5000 餘人。讀報組也是建國初期施行的一種行之有效的宣傳方式。截至 1952 年，僅廣東珠江地委所轄區域就有 1103 個讀報組。據當時的文獻資料顯示，基層群眾「普

〔註 89〕朱光潛：《從土改中我明白了階級立場》，《光明日報》，1951 年 4 月 13 日。
〔註 90〕于風政：《改造：1949～1957 年的知識分子》，第 50 頁。
〔註 91〕宋雲彬：《西湖的春天》，《新觀察》，第 2 卷第 7 期。
〔註 92〕丁香樂、李琴：《〈人民晚報〉創刊號答覆 57 封讀者來信》，《重慶晚報》，2011 年 7 月 19 日。

遍麻痹大意，少數有變天思想，當讀報組討論了當時的報紙以後，很快的就扭轉了這種偏向」。中山十區的農民看到報紙上的「五比教育」，知道臺灣很小，於是有了「國民黨重有得返」的結論；南海南丫村讀報組讀到美機轟炸開城中立區的消息，村民們一致響應增產支持前線，當晚就發動了全村 207 戶農民集體買肥料 9000 多斤。有些農民說：「讀一晚報紙比開三天會都有用」。〔註 93〕

爲什麼連基本不識字的農民都覺得讀報有用？仔細品味新中國初期國家主導的一些宣傳方針，其核心主題恰恰擊中了每個中國人的內心：惟有圖強。像 1951 年中華人民共和國兩週年的宣傳重點是：我國對保衛世界和平民主的巨大貢獻和我國國際地位的顯著提高；民族團結、文化教育、衛生建設等方面的成就；社會道德風尚等各方面的變化。這種顯然以正面宣傳爲宗旨的報導規劃，其傳播目的非常明確，是想「讓全國人民體會到人民民主制度的優越性，認識到祖國的可愛，具體地瞭解到祖國的不可戰勝的偉大力量的所在，並啓發每個人對做一個中華人民共和國人民的光榮感和做國家主人翁的責任感。」〔註 94〕

在那樣一個有著國族命脈的寄託，處處是累累傷痕的歷史場景，民營報紙不可能不具有共和國子民的「原初的激情」。〔註 95〕因此，無論從國家之圖強，民族之振興，經濟之復蘇，社會之穩定，乃至文化之下移，民營報紙都有與新中國領導者相同的心理趨向。如果有衝突，那也是技術上的，而不應完全以意識形態予以估量。在這種心理狀態下，民營報紙服膺於新政權，自覺地參與社會主義改造，已是順理成章之事。

7.2.2「政治集權」與「行政分權」相結合的必然

新中國初期爲什麼出現了比較頻繁的報紙間併合，導致民營報紙數量銳減直至消失？對這個問題的回答離不開當時的經濟環境，也無法繞開導致中國近代衰落的歷史動因。畢竟，民營報紙的消亡僅是新中國整體經濟政策的一個向面而已。如果撇開冷戰環境下國與國之間的金融與軍事博弈，撇開一

〔註 93〕中共珠江地委會：《珠江區讀報組最近情況及問題》，1952 年，廣州市檔案館：179-1952-長久-078，第 135 頁。

〔註 94〕《國慶節的報導提示》，1951 年，四川省檔案館：建川 054-61-9-10。

〔註 95〕王德威：《狂言流言，巫言莫言》，載王德威、陳思和、許子東主編《一九四九以後——當代文學六十年》，第 5 頁。

連串歷史原因造成的現實節點，僅以「體制」的抽象概念或意識形態的形而上觀點，來解析建國初期的國進民退現象，這個視角不免狹隘。

7.2.2.1「政治集權」與「行政分權」的結合及對民營報紙的影響

根據年鑒史學派的麥迪遜估計，公元元年中國 GDP 占世界總量的 26.2%，1500 年占 25%，1600 年占 29.2%，1820 年占 32.9%。按 1990 年美元不變價格計算，中國人均 GDP 在 1300 年至 1820 年爲 600 美元，無論總量和人均 GDP 都領先於世界。〔註 96〕一個長期領先於世界的中國，爲什麼會在 19 世紀走向衰敗？這即是著名的「李約瑟之謎」。

中國學者韓毓海試圖從三個層面回答上述問題：一是地緣政治原因。公元 10 世紀以來，以恰克圖〔註 97〕爲核心、貫通「內陸歐亞」的北方貿易體系，和以琉球爲核心、聯繫東、西、南洋的海洋貿易體系，都是以中國爲中心。16 世紀中後期以降，隨著美洲白銀的輸入和帝國主義國家的軍事擴張，以中國爲核心的世界貿易及貨幣流動體系在 19 世紀徹底瓦解；二是金融戰略原因。中國自宋、元、明、清到中華民國，長期實行經濟的放任主義，沒有自己的自主貨幣。宋代經濟依賴南洋等地舶來的白銀，明隆慶之後，美洲白銀大量進口，用以解決中國貨幣的短缺。直到 1935 年，中國才廢除白銀和銀元，發行國家貨幣——法幣，但仍以外幣爲儲備金，一方面與英鎊掛鈎，一方面以美國的「銀本位制」爲基礎，卻將日本排除在外，成爲日本發動侵華戰爭的重要藉口之一。戰禍頻仍，終使中國經濟在 1940 年代因嚴重通貨膨脹而陷入崩潰；三是政治體制的低效率原因。宋代以後的文人官僚結構，既沒有管理經濟、財政、稅收、司法、軍事和金融的具體能力，也不能擔負起統合基

〔註 96〕韓毓海：《五百年來誰著史》（第三版），北京：九州出版社，2011 年 11 月版，第 4 頁。

〔註 97〕恰克圖原屬中國，漢名買賣城。西漢時蘇武曾經在此牧羊，唐朝和元朝時此地分別歸北庭都護府和烏里雅蘇臺管轄。明清時期的晉商遠涉戈壁、沙漠，在恰克圖與俄羅斯商人進行貿易，促進了恰克圖的繁榮。1727 年 9 月 1 日（雍正 5 年），沙俄和清政府在此簽訂《連斯奇條約》，俄方稱《恰克圖條約》。根據條約規定，兩國以恰克圖河爲界，河北恰克圖劃歸俄國。1755 年（乾隆 20 年），清政府宣佈中止俄國商人來北京貿易，這樣，中俄之間的貿易就全部集中在了恰克圖。一直到 19 世紀 50 年代初，恰克圖貿易額仍保持上陞勢頭，每年貿易額在 1000 萬美元以上，占中國進出口總值的 15%～20%。從 1853 年開始，特別是 1858 年中俄《天津條約》簽訂後，交易額急劇下降，1880 年代較 1850 年代減少了四分之三。20 世紀初，西伯利亞大鐵路的全線通車徹底摧毀了恰克圖互市。

層社會的責任，無法將社會財富組織成爲國家能力，導致中國的基層治理，落在了橫征暴斂的胥吏手中，加速了中國的頹敗。〔註 98〕

在上述三種原因的共同作用下，中國社會呈下行的趨勢，而西方世界卻開始了軍商合一、軍政合一、資本與國家合一的高效率擴張。反求諸己，中國的衰落並非僅僅是船不堅炮不利，而是長期的經濟放任，以及「體制」的無爲和低效率。毛澤東早在 1945 年即認識到了這一點，他說：「在國民黨政府統治之下，一切依賴外國，它的財政經濟政策是破壞人民的一切經濟生活的。國民黨統治區內僅有的一點小型工業，也不能不處於大部分破產的狀態中。政治不改革，一切生產力都遭到破壞的命運，農業如此，工業也是如此。」〔註 99〕如何改變這種現狀，毛澤東依據在解放區已經獲得的變工隊、互助組、換工班等成功經驗，主張以合作社的方式爭取富裕生活，並提出，「一個不是貧弱的而是富強的中國，是和一個不是殖民地半殖民地的而是獨立的，不是半封建的而是自由的、民主的，不是分裂的而是統一的中國，相聯結的」。〔註 100〕

毛澤東此時的思路已經接近法國政治思想家托克維爾提出的「集權」和「分權」的結合。在托克維爾看來，任何一個國家要繁榮昌盛必須要「政治集權」，形成統一的政治意志，「整個國家就像一個單獨的人在行動，它可以隨意把廣大的群眾鼓動起來，將自己的全部權力集結和投放在國家想指向的任何目標」。〔註 101〕而落實到具體的管理，則應實施「行政分權」，地方的發展由地方政府管轄。托克維爾認爲，英、美兩大國家的崛起，就是憑藉「政治集權」和「行政分權」。

回到中國，在根據地時期，中共中央即形成了一條規矩：「統一領導，分級管理」。新中國成立以後，針對統一財經後出現的隨意上收企業、限制地方經濟發展的現象，1951 年，政務院通過了中財委提出的《關於 1951 年度財政收支系統劃分的決定》和《劃分中央和地方在財政經濟工作上管理職權的決定》等文件，將一部份職權下放給地方政府。此後，毛澤東又提出發揮中央和地方兩個積極性的問題，要求把統一性和獨立性結合起來。〔註 102〕美國學

〔註 98〕韓毓海：《五百年來誰著史》（第三版），第 5～7 頁。

〔註 99〕毛澤東：《論聯合政府》，1945 年 4 月 24 日，《毛澤東選集》第三卷，第 1080 頁。

〔註 100〕同上。

〔註 101〕轉引自甘陽：《通三統》，北京：生活·讀書·新知三聯書店，2007 年 12 月版，第 32 頁。

〔註 102〕薄一波：《若干重大決策與事件的回顧》，第 61～62 頁。

者謝淑麗（Susan Shirk）的研究顯示，中國在計劃經濟最高點時，中央政府只控制不到 600 種產品的生產和分配，而蘇聯高達 5500 種。這說明新中國的計劃經濟，中央集權程度很低，更多依賴地方行政分權。

報紙恰恰處在「政治集權」與「行政分權」的關節點上。作爲意識形態產品，報紙是實施「政治集權」的重要統合工具，而作爲經濟商品，它又要接受政府對企業的行政管理。根據前文，民營報紙爲什麼在 1951 年之後消亡或併合態勢日趨頻繁？從政治原因來講，國家整體意識形態在 1951 年「三反」之後對包括新聞界在內的知識分子施行思想改造，以期在政治動員上形成一體的聲音；從經濟原因來看，除《人民日報》、《光明日報》、《工人日報》等少數報紙直屬中央，包括《大公報》、《文匯報》等具有全國影響力的民營報紙均由所在地管轄。《大公報》是在 1953 年遷天津與《進步日報》合併，並於 1956 年遷至北京後才歸至中央管轄。《大公報》之所以遷移，主要是上海方面想甩掉這樣一個政治上有風險，經濟上又嚴重虧損的包袱。當時主政北京的彭眞也極力避免《大公報》入京，是毛澤東親自干預，《大公報》才得以完成遷移。因此，無論是從「政治集權」，還是「行政分權」考慮，民營報紙都不可能避免被統合的命運。尤其對於具體管轄民營報紙的地方政府來講，既規避其政治風險，又改變其虧損境況，惟有通過整合報業資源的方式實現。

7.2.2.2 民營報紙整合後的前後對比

新中國成立後，幾乎所有的民營報紙都是負債經營。尤其在上海、天津、廣州等城市，民營報紙很難通過自身能力走出困境。這是各級地方政府主導報紙間併合或完成轉制的首要動因。1953 年，上海《新民報》在總結解放以來 37 個月的經驗時，形象地分析了解放後全國報社的四個經營歷程。開始是補貼，其二是保本自給，其三是略有盈餘，其四是出現大量盈餘。在經營思想上，開始是依賴供給制，收支國庫負責，盈虧不管；緊接著轉變爲所謂的資本主義經營方式，不擇手段惟利是圖，抬高報價，無限制地攬取廣告；再接下去是鋪張浪費；最後才轉變爲計劃管理。

上海的《文匯報》和《新民報》是於 1953 年初公私合營的，《新聞日報》則於當年 7 月正式公私合營。此前，上海市新聞主管部門藉以新聞界思想改造的契機，調整了各報分工，改進了各報的組織結構，加之各報公私合營後，報紙盈利不再由資方獨得，職工的生產積極性明顯提高。到了 1953 年，各報經營情況均有大幅度好轉。

表 7-8：《新聞日報》、《文匯報》、《新民報》公私合營前後收益狀況比較（舊幣）〔註 103〕

	新聞日報	文匯報	新民報
1952 年（公私合營前）	盈餘 82 億	虧損 15 億	虧損 14 億
1953 年（公私合營後）	盈餘 115 億	盈餘 48 億	虧損 6.2 億
1954 年（公私合營後）	盈餘 99.2 億	盈餘 83.6 億	盈餘 12.03 億

以當時報紙管理的眼界，一些經歷了新舊社會變遷的老牌民營報紙是比較認同計劃管理體制的。以上海《新民報》爲例，在公私合營之後，其廣告比合營前增加了 5 倍以上，發行量則增加了 6 倍。〔註 104〕解放前就存在的長期虧累情況，在解放後 4 年徹底改觀。到了 1954 年，《新民報》更是實現了盈利 12 億元的前所未有的經營奇跡。更爲重要的是，資金的流轉日益趨向良性，1954 年初，資金周轉期尙需 100 天，到了第四季度，已加速到 40 天左右。報社有了更多資金提高報紙的運營質量。工作效能方面，僅以電話接線爲例，此工作已可達到每日維持 9 小時左右，除專任接線員之外，還培養了 5 名員工可隨時代理，大大提高了與讀者的通聯效率〔註 105〕。稿費處理也納入了日常管理制度，解決了長期以來民營報紙拖欠稿費的信用問題。發行方面，由於國家實行報紙預訂制度，報費收入有了保障；報紙供應與價格政策也由國家統一制定，使得供需適應並大大降低了成本；由於國家嚴格實施貨幣管理並不時檢查，使報紙的財務管理不能不相應地配合改進；廣告費在解放前是不易收進的，由於國家規定企業間結算統一由銀行受理，《新民報》在 1953 年交由國家銀行結算者達 23 戶，其它主要採用通信收費，刊戶憑通知送款。這些措施不僅解決了舊社會廣告款難收的問題，一些廣告客戶甚至將去信的郵票也送還。在經歷了新舊社會變遷的《新民報》看來，「新社會敦厚樸實的風氣，給我們減少人少事多的困難。」〔註 106〕

〔註 103〕蔡星華：《關於三公私合營報社盈餘分派等問題》，1955 年 3 月 3 日，上海市檔案館：B167-1-97-51；蔡星華：《關於新聞日報股東等問題》，1955 年 12 月 15 日，上海市檔案館：B167-1-97-6。

〔註 104〕《新民報社社務委員會關於經營管理的工作報告》，1954 年 6 月 8 日，上海市檔案館：G21-1-17-13。

〔註 105〕《新民報社管理部 1954 年工作總結》，1955 年 1 月 29 日，上海市檔案館：G21-1-281-24。

〔註 106〕《新民報社管理部門一九五三年工作總結（初稿）》，上海市檔案館：G21-1-

國家展現出對報紙工作人員的關愛，也是以往的民間報人不曾經歷的。1952 年 12 月 20 日，中共中央出臺《關於加強報紙、期刊出版發行工作的規定》，特別強調「爲保護報紙工作人員特別是編輯人員的健康，報社應設法建立適當的休息制度。」此項規定肯定了《遼西日報》亦已實行的星期一休刊制度，以及《山西日報》、《新湖南報》、《廣西日報》、《山東大眾日報》、《察哈爾日報》、《黑龍江日報》等在星期一減少二分之一篇幅的舉措，建議「全國各種日報尤其是省級報紙考慮可否規定每周只出六期，每逢星期一休刊一天」。〔註 107〕對於解放前兼職數家報館，爲維持生計疲於奔命，且有失業之虞的老報人來講，有誰能不爲這樣的政策拍手叫好呢？

報紙工作人員的精神面貌大不一樣了。據《文匯報》相關人員記述，解放前，編排關係相當緊張，稿子發過頭了，排字工人就有怨言，在排字房與編輯室中間的過街樓上，叱咨之聲，隔窗可聞。解放後，情形大爲改觀，排字工人有了主人翁感，主動配合，服務周到。版樣劃定後，「臺子上」的師傅就相繼來到編輯室靜坐等候。他們坐在門口用紙筒芯和狹木條釘成的板凳上，連成一排。編輯發一條，就拿去加工一條。有些工人接到稿子常常小跑步回排字房，完工後又上來等活。稿子一條一條發下去，小樣一張一張打上來，編輯按照劃樣貼樣，貼到哪裏，工人就下去把集裝稿件按部就班放進鐵盤。由此，報紙出版效率大大提高。〔註 108〕

報紙惟利是圖的現象也銷聲匿跡了。解放前，民營報紙爲了獲利而弄虛作假的現象經常發生。報人馮英子回憶，1937 年 8 月，他入《蘇州明報》工作。該報每獲與日軍作戰的勝利消息，就出一次《號外》，因爲《號外》不僅給讀者帶來了勝利的歡樂，也給報社同仁帶來了經濟上的效益。按照報社規定，凡出《號外》，報社除收回紙張費之外，其餘收入，由全體職工平分。那時出一次《號外》，每一職工可分到五六百文。於是，出《號外》成爲大家非常熱衷的工作，有勝利消息時，當然可以，沒有勝利消息呢？就造一條勝利消息。1937 年八九月間，《蘇州明報》出了不少這樣的《號外》。〔註 109〕

281-9。

〔註 107〕《中共中央關於加強報紙、期刊出版發行工作的規定》，1952 年 12 月 20 日，載《中華人民共和國出版史料（1952）》，第 363 頁。

〔註 108〕蔣定本：《閒話夜編懷故舊》，載《文匯報回憶錄 1：從風雨中走來》，第 277～286 頁。

〔註 109〕馮英子：《勁草——馮英子自傳》，第 85～86 頁。

但在解放後，報紙還沒有開始「放衛星」之前，弄虛作假的情況會有很大風險。一旦發生錯誤，報紙必須更正。以南京《新華日報》爲例。1949 年 11 月 27 日，該報四版頭條大標題「印度人民決不允許對蘇作戰」，在見報時漏掉一個「對」字，這在當時是嚴重政治性差錯。第二天報紙就發表重要更正，申明社長、總編輯、有關工作人員已作出書面檢查，並請求市委給予處分。當天下午報社召開全體人員大會，當事人在會上作了深刻檢查，市委副書記、宣傳部長均到會講話。事後，報社還制訂了一整套從編輯、採訪到校對、排字、印刷一條龍的責任制。那時，報紙將眞實性視作生命，絕不允許弄虛作假。一次，一位通訊員寫了一篇清理物資的報導，誇大了水銀的價值，上海一位讀者來信指出後，報紙不僅立即作了更正，且將讀者來信和編輯的檢查一併發表。1950 年 4 月 6 日，《新華日報》刊登了文教組一位副組長的檢討，只是由於他在「四・一」晚會的新聞中增加了「掌聲雷動」一詞，不符合事實。1951 年 6 月 1 日，報社還在《讀者來信》專欄中刊出《本報編輯部關於編輯工作作風的檢討》，公開答覆讀者冰花提出的批評。這位讀者於當年 2 月致函報社，對某些標題的浮誇和不準確之處提出批評。編輯未能及時作出處理，這位讀者又寫信給《人民日報》反映問題，於是《新華日報》編輯部特地公開檢討，表示誠懇接受讀者批評，並提出加強報紙清樣檢查等改進措施。〔註 110〕

報紙應該「乾淨」到怎樣的程度，可以從梅蘭芳傳記的一點小波瀾反映出來。1950 年 10 月 15 日，上海《文匯報》開始刊登《舞臺生活四十年》，這一連載是由梅蘭芳口述，其秘書許姬傳執筆的。此後一年，連載逐日刊登，未曾中斷，影響力很大。對此連載，讀者來信多爲歡迎和鼓勵，也有糾正史實錯誤和對某些具體問題提出商榷的，報社都將來信轉給作者，並在隨後的創作中予以更正。梅蘭芳對這個回憶錄非常上心，經常請編輯注意把關，避免出錯，惟恐幫他記述的許姬傳，會從筆下流露出舊的思想與習氣。一次，連載插圖上有「梅郎」字樣，梅先生表示了不滿，說：「什麼時候了，還在報上梅郎梅郎的，多不合適啊！」還有一次，正文說到梅與一些畫家的交往，其中有吳昌碩。編輯配了一張吳寫給徐乃昌的便條，是寫在一張飯店的便箋上的。不料第二天就從梅的老朋友那裏來了嚴重的質詢，他們說這是一種吃

〔註 110〕新華日報網、揚子晚報網：《〈新華日報〉創刊 70 週年特別專題》，2008 年 1 月 11 日，http://zl.xhby.net/xhrb70/。

花酒用的「條子」,用作插圖對傳主和畫家都是一種不敬。〔註111〕就此事可知,報紙呈現事實的風格已經和解放前完全不一樣了,讀者的口味也全然改觀。解放前,京戲是舊劇,「五四」時即遭周作人、錢玄同等人抨擊,演旦角的更是受到雙重歧視。魯迅曾因有人將他和梅蘭芳「並爲一談」而忿懣異常,這是爲文壇所熟知的。據《文匯報》柯靈評述,舊文人稱梅爲「梅郎」,肉麻當有趣,是傳統的輕薄與褻瀆;新文人稱爲「梅博士」,表面抬舉,實際是諷嘲;報紙戲目廣告上大書「伶界大王」,則是老老實實標舉梅的商品價值。這三種徽號,正好表現出梅在當時的生態環境。魯迅之所以不滿梅蘭芳,還有一點意思是很清楚的:他認爲梅「被士大夫據爲已有,罩進玻璃罩」,不是大眾的演劇家。〔註112〕而在新中國,無論是梅蘭芳自身,還是讀者對其名望的尊重,都重新建構了梅蘭芳「人民藝術家」的身份。在顛覆舊社會慣常思維和敘事風格過程中,民營報紙因銜接了兩個時代,它所起到的淨化作用是不容小覷的。從梅蘭芳自傳這一小例上,可見新中國報刊整齊劃一的語言風格正在形成。

7.2.2.3 對讀者利益的傾斜

1949年,熬過了個人痛苦的沈從文寫下了這樣一首詩:「我原只是人中一個十分脆弱的小點／卻依舊在發展中繼續存在/被迫離群復默然歸隊／第一覺悟是皈依了『人』」;「爲完成人類向上向前的理想/使多數存在合理而幸福／如何使個別生命學習滲入這個歷史大實驗/還是要各燃起生命之火,無小無大／在風雨裏馳驟,百年長勤!」〔註113〕這無疑是沈從文思想的大轉型,他開始願意忽略個體的存在,而消失在「集體」的浪潮中。沈從文轉變的邏輯起點是,這個「集體」可以使多數存在合理而幸福。

克己復禮,以服從「至公至平」的天道,這並非沈從文一時的頓悟,而是中國政治思想的傳統。中國爲什麼強調「天命無常」,這是與法權「相對說」同義的。在西方,理就是法,政治的核心是法制。而在中國,好的政治,亦即善治,是以承載「天命」爲要義。最高統治者並非是絕對的法權擁有者,

〔註111〕黃裳:《往事回憶——〈舞臺生活四十年〉的誕生》,載《文匯報回憶錄2:在曲折中行進》,第125頁。

〔註112〕柯靈:《文匯報與梅蘭芳》,載《文匯報回憶錄2:在曲折中行進》,第117～119頁。

〔註113〕沈從文:《黃昏和午夜》(1949),《沈從文全集》第15卷,北嶽文藝出版社,2002年,第234～236頁。

其權力的來源是「天命」與「民命」。也就是說，能否與萬民同好惡，是衡量一切政權合法性的基礎。〔註114〕

在這一點上，中國共產黨是非常清楚的。毛澤東一而再再而三地強調爲人民服務，他非常明白，僅僅是意識形態的灌輸不可能充分獲得民眾，關鍵是如何呼應民眾的基本生活訴求。反映在新聞出版界，新中國是不可能容忍國民黨時期「教科書定價最高有到印刷成本2000%」〔註115〕這樣離譜的事。

什麼有利於讀者？首先是通過國家政策的約束，保證報紙按時、優質出版。1952年12月20日，《中共中央關於加強報紙、期刊出版發行工作的規定》強調，報紙、期刊應按期出版，不得無故缺期，以免發行工作紊亂。如一年內無故缺期達三次以上者，出版行政機關應採取適當措施，必要時得令其停刊。〔註116〕這是對讀者權益的有力保護。

更爲惠民的舉措是督促報紙降價。出版總署1954年作過估算，以《人民日報》爲例，每份月價1.8元（新幣值），約合職工1個月平均工資45至50元的3.6%～4%，而蘇聯《眞理報》每份月價爲6個盧布，約合蘇聯職工1個月平均工資1000盧布的6%。根據1954年第一季度的統計，全國報紙平均每期發行總量爲800萬份，這和全國5億以上的人口相比很不相稱。報紙所以不能大量發行的原因之一，就是現行報紙價格較高。出版總署提出的方案是：對開四版報從每份6分降至5分或5.5分，其它開本報紙也應不同幅度地下調。據出版總署估算，全國報紙實行上述定價標準後，約計要減少收入1100餘萬元。〔註117〕1955年，文化部黨組接續了前出版總署關於報紙降價的建議，決定自1956年4月1日全國統一降價。〔註118〕中宣部立刻批示了文化部的請示報告，並強調降低報價應爭取早日實行，不一定要推遲至1956年4月。〔註119〕

〔註114〕韓毓海：《五百年來誰著史》（第三版），北京：九州出版社，2011年11月版，第375頁。

〔註115〕陸定一：《在全國新華書店出版工作自覺會議上的閉幕辭》，1949年10月19日，載《中華人民共和國出版史料（1949）》，第445頁。

〔註116〕《中共中央關於加強報紙、期刊出版發行工作的規定》，1952年12月20日，載《中華人民共和國出版史料（1952）》，第363頁。

〔註117〕《出版總署關於降低和調整全國報紙定價的請示報告》，1954年4月14日，載《中華人民共和國出版史料（1954）》，第205～208頁。

〔註118〕《關於調整報紙定價給中央宣傳部的請示報告》，1955年10月31日，載《中華人民共和國出版史料（1955）》，第308～309頁。

〔註119〕《中央宣傳部關於適當降低全國報紙定價問題覆文化部黨組的函》，1955年12月17日，載《中華人民共和國出版史料（1955）》，第311頁。

表 7-9：全國報紙定價標準表（1956 年 4 月 1 日起施行）〔註 120〕

開張	每份定價	每月定價		
		全年固定不休刊	每周固定縮張一次	每周固定休刊一次
對開一張	5 分	1.5 元	1.4 元	1.3 元
四開一張半	4 分	1.2 元	1.12 元	1.04 元
四開一張	3 分	0.9 元	0.84 元	0.78 元
八開一張	2 分	0.6 元	0.56 元	0.52 元

那個時候的報紙，因廣告微乎其微，基本都是靠發行贏得收入。國家以犧牲報紙利益來滿足讀者的需求，展開全國規模、涉及到每張報紙的統一降價行動。這樣的舉措，惟有高度組織的國家調控才能實現。

綜上所述，共產黨人建設社會主義的信仰、國人圖強自立的抱負、地方政府控制風險整合資源的動機、民營報紙圖謀生存以及服膺國家利益、秉持「民命」的傳統，這些因子在新中國初期牢固地黏合在一起，形成政治、經濟、外交方面高度一致的總體性社會。作爲強化這種一致性的工具，民營報紙幾無可能發出與主流意識形態不一樣的聲音。首先是政治上的獨立不復存在，另一方面，新中國建設著力發展重工業，民營報紙獲取廣告收入的輕工與娛樂產業日漸疲弱，經濟上的獨立也無可能。同時喪失了政治與經濟獨立的民營報紙，已不再有適宜的自我生存條件，惟有參與社會主義改造，才能獲得繼續生存的資格，這使得民營報紙的消亡成爲必然。

7.3 民營報紙缺位的負面影響

儘管「二元產品市場」理論在 1989 年才由羅伯特·皮卡特提出來，但在 1622 年英國出版商托馬斯·阿切爾創辦《每周新聞》並刊登一份書籍廣告後，〔註 121〕「二元產品市場」已經顯形。到了 1833 年，紐約《太陽報》開創低價出售報紙輔以廣告支撐的商業化模式，「二元產品市場」開始成熟，並影響至今。

〔註 120〕《關於調整報紙定價給中央宣傳部的請示報告》，1955 年 10 月 31 日，載《中華人民共和國出版史料（1955）》，第 310 頁。

〔註 121〕也有 1621 年創刊之說。參見李彬：《全球新聞傳播史》（公元 1500～2000 年），第 77 頁。

「二元產品市場」是傳媒產業的重要經濟特徵。一般產業只有一個產品市場和一個收入來源，而傳媒產業在售賣過程中，存在兩個產品市場（內容和廣告）和兩個收入來源（發行收入和廣告收入）。〔註 122〕在所有的傳統媒介產業中，報紙尤爲依賴「二元產品市場」，1880 年，美國報紙二分之一收入來自廣告，到了 2000 年，這一數據上陞到 80%。〔註 123〕中國的民營報紙承襲的是西方大眾化報紙的經營理念，主要靠「二元產品市場」維持生存，只要有「二元產品市場」存在，就意味著報業競爭不可避免。隨著民營報紙的消失，「二元產品市場」中的廣告市場進一步萎縮，並接近爲零。在沒有市場競爭的情況下，官僚化的行政力量很容易成爲報業管控的主導，一系列不公平不公正的情況也因此衍生。

7.3.1 報業產品市場的「一元」化

中國自 1872 年《申報》等商業化報刊創建以來，除純粹的政黨報紙依靠津貼，民營報紙都要依託發行加廣告的二元售賣方式。

新中國成立伊始，報紙經營普遍困難，國家政策層面鼓勵「全國一切公私營報紙的經營，必須採取與貫徹企業化的方針」，以期達到全部或大部分自給。〔註 124〕1949 年 12 月 17 日至 26 日，新聞總署召集全國報紙經理會議，針對公私營報紙嚴重賠耗問題，會議給出了幾條解決方案，包括改善報紙間的分工、逐步實行經濟核算制、對文化用紙低價配售、郵發合一等等。其中特別強調「城市報紙應當以適當地位主動地刊登有益於國計民生的廣告」，「但報社應當審核廣告內容，並適當地限制廣告篇幅。對大城市中的私營廣告社應以適當方法加以領導」。〔註 125〕這是國家有意識約束廣告的開始。

此後，在新聞主管部門的評閱報中，除了對新聞報導予以監控，也將廣告內容列入到審查項目。如北京市新聞出版處即對《新民報》刊登假富孀徵

〔註 122〕喻國明等編著：《傳媒經濟學教程》，北京：中國人民大學出版社，2009 年 3 月版，第 26 頁。

〔註 123〕Robert G. Picard, The Economics and Financing of Media Companies, Fordham University Press, New York, 2002, p.31。轉引自喻國明等編著：《傳媒經濟學教程》，第 31 頁。

〔註 124〕《全國報紙經理會議的決議》，1949 年 12 月 26 日，載《〈中國報刊發行史料〉，第 7 頁。

〔註 125〕《全國報紙經理會議的決議》，1949 年 12 月 26 日，載《〈中國報刊發行史料〉，第 8 頁。

婚廣告提出質疑，〔註 126〕天津市新聞出版處也對《星報》登載的星報之友廣告又是八折優待又是電影喜劇優待提出批評，認爲「這和賣野藥的辦法買一送一美國的廣告宣傳無甚區別。」〔註 127〕南京《新華日報》刊登的「爲繳納地價稅出售地基，房屋奉送」、「中山陵園廉讓」等廣告也被指稱違反政策。〔註 128〕

整體經濟環境薄弱，加上對報導及廣告內容的嚴格控制，民營報紙生存維艱。據 1951 年 9～12 月的統計，上海的文匯、大公、新民三報均有虧損，「發行既無起色，廣告又每況愈下，更嚴重地威脅了自給自足的方針」。〔註 129〕面對持續多時的虧損，民營報紙只能從市場上動腦筋卻不斷遭到批評：「大報意識重新抬頭，自由主義辦報作風再度興盛」；各報「都在廣告上打主意，不斷組織所謂『專業廣告』，動輒犧牲新聞與副刊篇幅，刊出整版廣告，而且在第三、四版等重要地位，簡直是爲廣告辦報，不成其爲應該具有高度思想性的報紙了。這並不表示其業務經營上的發展，恰恰暴露了其在業務上的狼狽狀態」。〔註 130〕這份報告顯示了主管部門對待廣告的態度。

1952 年 4 月，在主管部門的主導下，上海各報同時進行廣告改革，取消了傭金制度和折扣，公定服務費標準。這種做法也爲北京所採納。

以往，北京市各報的廣告業務在定價之外均有折扣。雖然《人民日報》自 1951 年起取消了折扣，但對舊劇廣告依舊支付傭金，「三反」運動之後才把傭金也取消了。但《工人日報》、《光明日報》、《新民報》繼續維持廣告折扣制度。《工人日報》一般廣告收八折，文娛廣告對折再打九折；《光明日報》一般廣告收七折，文娛廣告收六折；《新民報》一般廣告收八折，文娛廣告收七折。〔註 131〕1952 年 4 月中旬，聞悉上海、天津、濟南等地報社都取消了廣

〔註 126〕北京市新聞出版處：《私營報紙審查周報》，1949 年 7 月 24～30 日，北京市檔案館：008-002-00028-10-11。

〔註 127〕張穎：《致新聞出版處的信》，1950 年 12 月 16 日，天津市檔案館：X57-Y-1-72-49。

〔註 128〕西南軍政委員會新聞出版局抄轉：《南京新華日報九個月來企業化經營總結報告》，1951 年 8 月 28 日，四川省檔案館：建南 030-2-35-40。

〔註 129〕夏衍、惲逸群、姚溱：《關於調整上海各報紙的問題》，1952 年 1 月 4 日，上海市檔案館：A22-1-20。

〔註 130〕夏衍、惲逸群、姚溱：《關於調整上海各報紙的問題》，1952 年 1 月 4 日，上海市檔案館：A22-1-20。。

〔註 131〕北京市人民政府文化教育委員會新聞專員室：《改革廣告制度草案》，1952 年，北京市檔案館：8-11-69-21-22。

告折扣，北京各報遂在《工人日報》召開了一次座談會，一致認爲上海過去的廣告折扣很低都能大力加以改革，北京理應學習，並約定在 1952 年 5 月 1 日起施行新制度。

最早付諸行動的是《光明日報》，該報在 4 月 22 日致函張友漁副市長，稱「反貪污運動中發現報社刊登廣告不按定價而按七折或八折收費，流弊甚大」，「擬於 1952 年 5 月 1 日起仿照《人民日報》辦法，取消廣告收費折扣，改爲定價一律實收。」〔註 132〕此舉立即引起北京市廣告業同業公會籌備委員會的反彈，認爲此種辦法無異於不承認廣告社。該公會認爲，「廣告社在刊戶與報社之間並非不勞而獲」，「各影院劇團所刊登之遊藝廣告，其設計編寫事務均由廣告社代爲辦理，似此情形在各影院劇團與報社之間已因廣告社之存在節省不少人力」，「報社對廣告社付出手續費爲全國性一向普遍之慣例，在目前階段一般工商業戶與本市各影院劇團對廣告社仍有依賴，似仍有維護廣告社存在之必要」。〔註 133〕

擔心取消廣告折扣後對廣告社會形成社會問題，北京市主管部門據此展開調查，發現，廣告業同業公會所屬的 80 餘戶會員中，有半數以上是專營美術廣告的，做報紙廣告的只有 23 家，在這 23 家中，多半還兼營其它業務，眞正與報社往來較多的只有中華、光華、楊本賢（已自請歇業）、金城華民等數家。到處寫信反映情況的並不是什麼「廣告業同業公會」，而只是以中華廣告社爲首的少數幾個人。北京市的影劇廣告幾乎爲中華廣告社一家包辦，形成了操縱壟斷的把頭制度，經常向刊戶虛報行數。《工人日報》在「三反」運動中發現：四個影院聯合刊登 700 行廣告，中華廣告社卻向每一影院收了 700 行的款。〔註 134〕根據上述調查情況，新聞專員室同意《工人日報》、《光明日報》、《新民報》建立新的廣告制度。但如廣告刊戶願意委託廣告社代爲設計、編寫、聯絡等，則廣告社可向刊戶收取 6%的服務費，各報不另予折扣優待。

〔註 132〕北京市人民政府文化教育委員會新聞專員室:《光明日報關於報社刊登廣告收費標準的請示》，1952 年 4 月 22 日，北京市檔案館：8-11-69-1-2。

〔註 133〕北京市廣告業同業公會籌備委員會：《爲請求維護正當行業調查處理事致彭眞、吳晗的信》，1952 年 4 月 23 日，北京市檔案館：8-11-69-4-6。

〔註 134〕北京市人民政府文化教育委員會新聞專員室:《關於本市建立新廣告制度的處理意見》，1952 年 5 月 31 日，北京市檔案館：8-11-69-7-9。

表 7-10：北京《新民報》1952 年 6 月新廣告價目表（舊幣）〔註 135〕

類別	商業啟事	機關布告、出版書目	經濟廣告	文娛節目
價格	每行 5000 元	每行 4500 元	每行 4000 元	每行 3200 元
備註	每行九個六號字	每行九個六號字	每行九個六號字，以八行爲限	每行九個六號字

表 7-11：《光明日報》1952 年 6 月新廣告價目表（舊幣）〔註 136〕

類別	報頭下	商業啟事	機關、學校、企事業	小廣告	遊藝廣告
每行字數	十三個六號字	十三個六號字	十三個六號字	十三個六號字	十三個六號字
每日刊費	每欄 25 萬元	7500 元	6500 元	5000 元	4000 元
備註	每欄 18 行，普通商業啓事不收			以六行爲限	

上海、北京等地取消廣告折扣的舉措，不僅壓縮了廣告社這一中介的生存空間，實則也將廣告獲取方式由主動變爲被動。報紙由之前的主動招攬廣告變爲坐等廣告客戶上門，並不再有任何彈性的回饋舉措，廣告市場逐漸萎縮至可以忽略不計。

在這一過程中，政策的主導作用起到了非常重要的作用。以南京《新華日報》爲例。作爲中共南京市委機關報的《新華日報》於 1949 年 4 月 30 日創刊。創刊號無一條廣告，一周後，才開始出現少量文字信息類廣告。當時報紙爲對開四版，廣告一般安排在四版下方，通常約占一個通欄的位置，多是影院、書店、商店及遺失、遷址類的小廣告，價格很低。當時廣告刊例的標價爲：一版報眼（報頭左右位置）爲每塊每日 800 元（舊幣）；三、四版文字廣告每行 23 字，收費 40 元，平均每個字收費 1.5 元。報紙廣告少的主要原因是南京較具規模的工商企業早在渡江戰役前就爲避戰火停業關門。此外，報社不少人認爲廣告是爲資本家做宣傳，報社拿了老闆的錢，容易爲老闆操縱。當時黨報實行的是供給制，有無廣告收入並不影響報社員工的實際利益。有時客戶主動上門來聯繫廣告刊登事宜，報社也會以沒有版面爲由不予刊

〔註 135〕根據北京市檔案館資料整理。
〔註 136〕根據北京市檔案館資料整理。

登。1949 年 12 月底全國報紙經理會議，要求各省市黨報要逐步取消供給制，《新華日報》由此起草了報社實行企業化經營的具體方案，其中重要的一條就是開拓廣告業務。經理部調整了廣告刊例，提高了廣告價格，將一版報眼位置由每塊 800 元提高到每塊 70000 元；三、四版文字廣告則分別提高至每行（23 字～47 字）收費 3000 元至 4500 元；戲目廣告每行 23 字高，2 行起碼，每日每行收費 600 元；經濟廣告爲每格一批 10 行，每行 10 次，收費 50000 元，且所有文字均以六號字計算，加大字號須另收費。同時報社將廣告股改爲廣告科，增加了人員，變坐等爲主動登門與工商企業以及銀行、新華書店等公私營企事業單位聯繫，報紙上的廣告顯著增加。1949 年 12 月，廣告日均版面佔有率由不足 10%上陞爲 25%，總額爲 6500 萬元；1950 年 1 月，廣告版面佔有率達 28%，總額爲 8500 萬元。僅廣告收入已經能夠解決報社員工的工資。1951 年後，「三反」「五反」運動開展，國家倡導增產節約運動，黨政機關和公私合營單位普遍緊縮成本，廣告版面佔有率迅速下降至 16%至 18%之間，廣告總額也比 1950 年下降了 17%，但仍能滿足經濟上自給自足的基本要求。〔註 137〕

從《新華日報》零廣告，至零星廣告，再至廣告占總版面 28%，復又回到 17%左右的水平，繼而，隨著慣性的消失繼續下降，每一次變動都存在政策性原因。《新華日報》廣告曾經實現過從零到占版 28%的突破，說明市場需求存在，這個結論也可以從其它城市的報紙獲得。1950 年，《人民日報》一至五月廣告收入可抵印刷、編輯、營業、管理等四項費用的 64%；《天津日報》一至五月份廣告收入可抵 124%；同在天津的《進步日報》一至六月份廣告收入占全部營業收入的 49%；上海《新聞日報》一至六月份廣告收入占比 44%；《石家莊日報》一至六月份廣告收入抵編輯費用的 138%。〔註 138〕但在國家倡導增產節約之後，全國範圍內的報紙廣告份額普遍大幅下降，明顯是政策壓制了這種需求。

在特殊歷史時期，國家政策對報紙刊登廣告進行調控，也是合理的。這是因爲新中國初期的經濟政策緊緊縮銀根，通過減少貨幣流通，控制虛假購

〔註 137〕新華日報網、揚子晚報網：《〈新華日報〉創刊 70 週年特別專題》，2008 年 1 月 11 日，http://zl.xhby.net/xhrb70/。

〔註 138〕新聞總署秘字第 894 號：《通報華北及其它地區公私營報紙半年來企業化經營情況和尚存問題》，1950 年 8 月 31 日，四川省檔案館：建西 030-2-53-54。

買力，防止人們大量囤積貨物引致通貨膨脹。而廣告的作用是刺激消費，顯然和新中國初期的經濟政策背道而馳。廣告帶動的又是奢侈品的盛行，對大量從農村根據地入城的新政權管理者來講，無異於「糖衣炮彈」。

從 1955 年國家允許部分報紙刊登外商廣告，並規定了貨幣結算方式，也可以看出國家對貨幣的控制非常嚴格。1955 年 11 月 21 日，對外貿易部抄告文化部，同意指定《北京日報》、《解放日報》、《新聞日報》、《南方日報》、《天津日報》這五家報紙刊登外商廣告。〔註 139〕當時，報社的經營由文化部管理，爲什麼刊登外商廣告還要經過對外貿易部批准？這裏面就存在外幣兌換問題。1957 年，可以刊登外商廣告的報紙增至 8 家，雜誌 22 種。是年底，文化部、中國人民銀行總行聯合下發通知，規定符合條件的報紙雜誌在接收廣告費時，不得收取人民幣，必須由刊登廣告者由國外匯入外匯並經銀行結匯證明。〔註 140〕可以說，新中國能夠成功治理民國時期就已存在的通貨膨脹，這和國家統一財經政策，控制貨幣流通直接相關。

正如貨幣分正反面一樣，廣告受到壓制也有其反面影響，即導致報紙依存的「二元產品市場」失去一頭，變成了僅僅提供內容的「一元產品市場」。根據前文所述，新中國初期的報紙內容受到政策管制、新聞源單一、自我審查等多重條件限制，已不是純粹的「新聞紙」，糅雜了太多的宣傳內容，造成報業市場「千張一面」的現象。經濟學裏有一個非常成熟的概念，叫做「價值鏈」，它指的是產業能夠存活的基本理由是其能爲消費者創造價值，能夠滿足消費者的需要與欲求。〔註 141〕一張就內容來講很容易被替代的並非「新聞紙」的報紙，少有或沒有廣告，單純靠售賣獲取利潤，而其售賣的價格還要養活報紙、郵局發行人員，並向國家納稅。眞若讓讀者自由選擇，有多少人會花錢買這樣的報紙呢？但事實情況是，報紙也賣出去了，報社該得到的收益也大體得到。那些活了下來並完成了社會主義改造的民營報紙，無一不獲得了比解放前更高的收益。這究竟是什麼原因？

〔註 139〕《文化部關於同意北京日報等五個報紙刊登外商廣告的通知》，1955 年 11 月 21 日，載《中華人民共和國出版史料（1955）》，第 360 頁。

〔註 140〕文化部、中國人民銀行總行：《關於國外廣告商、公司、私人在我國報紙、雜誌上刊登廣告收取外匯費用的通知》，1957 年 11 月 21 日，轉引自袁亮主編：《中華人民共和國出版史料（1957～1958）》，北京：中國書籍出版社，2004 年 12 月版，第 279 頁。

〔註 141〕喻國明等編著：《傳媒經濟學教程》，北京：中國人民大學出版社，2009 年 4 月版，第 32 頁。

7.3.2 報紙分工形成行業壟斷

僅靠「一元產品市場」而能獲得收益，首先是通過報紙分工實現的。

鑒於報紙經營普遍困難，新聞總署於 1950 年 2 月召開了一次京津新聞工作會議，報紙之間的分工成爲此次會議的重要議題。京津兩市的民營報紙首先被重新定位：「《新民報》現在實行的通俗文藝性的道路，對它來說是正確的，它的特點在通俗文藝的副刊。它的讀者對象主要是北京的小資產階級及比較無組織的勞動群眾。《進步日報》應主要以天津民族資產階級、小資產階級及知識分子爲對象，其最主要的內容應當是經濟和自然科學等，特別是關於私人資本主義及其改造問題。」〔註 142〕

對北京《新民報》來講，「分工」這個詞並不陌生。1949 年 9 月，《新民報》在北平召開北平、南京、上海三社職工代表聯席會議，胡喬木、夏衍出席了會議。胡喬木在探討《新民報》的出路問題時，談到了報紙的分工問題。他說：「目前我們感到缺少一份通俗讀物的機關報，假如新民報能有計劃的這樣做，這是新民報的光榮，這是對新民主主義文化運動很大的貢獻，否則無非等於人民日報多出幾份而已。」〔註 143〕受此激勵，北京《新民報》快速調整版面，除必保國內、國外、本市重要新聞及財經信息外，在通俗文藝方面大做文章。《新民報》總共八版，卻用了四個整版來做副刊、專刊。憑藉豐富多彩的內容，該報迅速走出困境，由 1949 年的長期虧損，1950 年的或盈或虧，全面轉變爲 1951 年的月月盈利。截至 1951 年 5 月底，該報基本還清了兩年來因虧損而外借的一切資金和實物。〔註 144〕

天津《進步日報》在獲得分工方向後，將發行對象確定爲私營工商界人士，教師，大中學生以及社會上的一般知識分子。該報最主要的作用在於能通過言論及各種類型的座談會來團結和教育私營工商界人士及知識分子。利用以上方法，該報一方面把公私關係及勞資慣習中所存在的問題與情況及時地反映給政府，另一方面能對這些問題發表意見，並對私人企業予以指導。此外，《進步日報》在關於失業、治安、房屋等問題上，也起到了積極作用。很多失業知識分子因爲看了《進步日報》，參加了政府組織的「以工代賑」。

〔註 142〕《京津新聞工作會議討論要點初步意見》，1950 年 3 月，中國社會科學院新聞研究所：《中國共產黨新聞工作文件彙編（中）》，第 161 頁。

〔註 143〕蔣麗萍、林偉平：《民間的回聲：新民報創始人陳銘德鄧季惺傳》，第 303 頁。

〔註 144〕《新民報北京社業務報告及計劃》，1951 年 6 月 5 日，北京市檔案館：114-1-9-004-011。

由於編輯方針的靈活改變,《進步日報》在 1951 年 8 月,總收入達到 4.6 億(舊幣),總支出為 4.1 億,盈餘近 5000 萬;9 月份總收入為 4.4 億,總支出為 4 億,盈餘近 4000 萬,經營情況尚屬不錯。〔註 145〕天津的另外一張小型報紙《新生晚報》,也因在編輯方針上有所調整,側重地方性,以多樣的形式反映市民的現實生活而漸入正軌。從 1951 年 3 月起,《新生晚報》的經營情況開始好轉,發行收入除能抵去成本外,尚有盈餘。五六月份效益進一步增長,僅廣告收入即可維持開支費用的 79%。〔註 146〕

鑒於京津報紙分工取得的成功經驗,1950 年 3 月 29 日至 4 月 14 日,新聞總署又召開全國新聞會議,擬將報紙分工推向全國,並有了劃分全國性報紙與地方性報紙的主張。全國性報紙當時只有《人民日報》和《光明日報》兩種,《人民日報》的主要讀者對象為幹部與先進的群眾:《光明日報》的讀者對象為各民主黨派及小資產階級和知識分子。〔註 147〕而報紙地方化的傾向可從對武漢民營報紙《大剛報》的分工體現出來。《大剛報》被要求必須拿出報紙版面的 60%以上來報導武漢地區新聞和地方政府的中心工作。〔註 148〕根據分工,《大剛報》於 1950 年 8 月撤消了京滬兩地的特派記者和「專電」,加強報紙的地方性,辦報方針從面向全國轉為面向本市。〔註 149〕

全國新聞會議也對報紙最多的上海作出了規劃:「高級知識分子由《大公報》照顧,中青年知識分子歸《文匯報》,《新聞報》改為《新聞日報》仍然是工商界的報紙,《申報》改為《解放日報》,是居領導地位的黨報,基本群眾和黨政幹部屬之。」〔註 150〕

聞之報紙分工的消息,當時還在主持《新聞日報》的金仲華認為:「特色是從讀者需要出發,爭取更多的讀者,使辦報的路子越走越寬;而所謂規定

〔註 145〕天津市新聞出版處:《天津私營報紙情況綜合報告》,1951 年,天津檔案館:X57-Y-1-48-25-39。

〔註 146〕同上。

〔註 147〕《京津新聞工作會議討論要點初步意見》,1949 年 4 月,轉引自楊奎松:《新中國新聞報刊統制機制的形成經過——以建國前後王芸生的「投降」與〈大公報〉改造為例》,第 76 頁。

〔註 148〕孫旭培:《解放初期對舊新聞事業的接收和改造》,《新聞研究資料第 43 輯》,第 58 頁。

〔註 149〕歐陽柏:《大剛報史話(續)》,《新聞研究資料第 25 輯》,第 151 頁。

〔註 150〕李純青:《筆耕五十年》,北京:生活・讀書・新知三聯書店,1994 年,第 538~539 頁。

『方針任務』，是要把報紙讀者限制在規定的範圍，報紙的宣傳也限制在某些專業範圍之內，這樣的辦報路子，只會越走越窄，使讀者越來越少。」〔註 151〕如金仲華這般思考「分工」的民營報人當時爲數不少，來自民營報紙的阻力令主管部門一時也難以定奪，像上海新聞協會黨組書記、新聞出版處處長陳虞孫即表示，「分工以後，可能使銷數反減」，他主張觀察一段時間再行決定。〔註 152〕但觀察的結果是，各報虧損的雪球越滾越大。1951 年下半年，上海市委宣傳部長夏衍認爲到了「下決心，用大力來調整的時候了，否則結果虧累不堪，增加我們的包袱」。〔註 153〕

令民營報紙和主管部門都意想不到的是，大力調整快速取得了成效。1952 年春，上海市報紙總銷數從 3 月 4 日最低的日銷量 35.7 萬餘份，增加到 5 月 29 日的 47 萬餘份。最好的兆頭來自《文匯報》，該報銷量上陞的幅度居民營報紙之首。《文匯報》的成功始於 1942 年 4 月 1 日的改版縮張，報紙變爲四開兩張，明確以中、小學教師，大中學校學生，鄉村教師，職工業餘學校教師爲主要讀者。改版以後，報紙發行量從 2 萬份增至 18 萬份，其中，正副頁一起訂閱的有 9 萬份，單獨訂閱教育副頁的有 9 萬多份。〔註 154〕主管領導因此總結出《文匯報》的成功經驗：其一，「放下『全國性』的大報架子，明確地以教育界爲對象；小型；通俗化」；其二，「加強報紙的群眾工作。」〔註 155〕

《文匯報》的成功讓新聞、大公、新民等報不得不考慮自身調整。隨後，《大公報》北遷，主打經濟和國際報導，留在上海的《新聞日報》傾向於報導上海的經濟建設，《新民報》以文娛、體育、衛生和市民生活爲中心，各報逐漸走出低谷，獲得新生。

觀察新中國初期的報紙分工，必須承認，無論是中共黨報還是民營報紙，都著重在內容上尋求突破，即便是黨報也會發表一些國內外知名學者、專家、

〔註 151〕鄒凡揚：《憶金公——新聞日報舊事》，載解放日報報史辦公室：《解放日報新聞日報報史資料②》，1993 年，第 325 頁。

〔註 152〕陳虞孫：《關於上海私營報紙調整辦法的報告》，1952 年 5 月 29 日，上海市檔案館：A22-1-47。

〔註 153〕夏衍、惲逸群、姚溱致胡喬木：《關於調整上海各報紙的問題》，1952 年 1 月 14 日，上海市檔案館：A22-1-20。

〔註 154〕葉夫：《從文匯報到教師報》，載《文匯報回憶錄 1：從風雨中走來》，第 123～124 頁。

〔註 155〕上海市委宣傳部：《關於上海私營報紙調整辦法的報告》，1952 年 5 月 29 日，上海市檔案館：A22-1-47。

作家、各界名流的文章和群眾來信、來稿，提高報導的深度和代表性。如《人民日報》就曾聘請著名作家巴金、胡風、冰心、徐遲、魏巍和著名經濟學家薛暮橋等爲特約記者，他們爲《人民日報》撰寫了許多出色文章。〔註156〕胡風參加新中國開國大典後寫的長詩《時間開始了》、巴金從抗美援朝前線發回的《我會見了彭德懷司令員》和《英雄兒女》、魏巍寫的《誰是最可愛的人》、冰心的《寄小讀者》等等，都是在《人民日報》發表。

然而，隨著一波又一波群眾性政治運動的襲來，報紙的風向發生重大變化，各報內容越來越向《人民日報》看齊，出現了「千報一面」的奇特現象。加之在報紙發行方面，預訂制度日漸取代零售，報紙市場化程度越來越低，取而代之的，是報紙行政化日益顯著。因分工促進了報紙與某方面行政管理部門的聯合，甚至一些行業報紙就附屬於行政管理部門之下，行業壟斷開始出現，直接後果是，報紙更多依靠紅頭文件發行，從而導致攤派現象發生。

1950年6月，中宣部下發文件推廣「共產黨與工人黨情報局」機關報《爭取持久和平爭取人民民主》，稱其是國際共產主義運動的指導刊物，「縣以上的領導機關，至少須訂購中文版《爭取持久和平爭取人民民主》一份，要關心《爭取持久和平爭取人民民主》中文版在當地的發行情形，並盡可能協助當地發行機關在黨內及進步群眾中宣傳該刊物，以擴大它的銷路。」〔註157〕同一個月，郵電部郵政總局通令全國：「保證在1950年7、8、9月份內完成《人民日報》發展兩萬份的光榮任務。」〔註158〕

此後，攤派之風開始蔓延到各部委及地方。《中國青年報》採取的方式還算中規中矩，它是在各團支部發展發行員，僅在天津就發展了300名，銷路開展得很快。天津市婦聯也依組織系統建立了發行站，發行《天津婦女》，效果很好。〔註159〕問題是，這裏面產生了直接的利益關聯。發行量並非建立在

〔註156〕趙興林：《肩負時代的使命——人民日報記者部60年回顧》，載趙興林主編：《燦爛的星河——人民日報記者部新聞實踐與思考》，北京：人民日報出版社，2010年9月版，第3～11頁。

〔註157〕中央宣傳部：《關於各級黨委應注意閱讀和宣傳〈爭取持久和平爭取人民民主〉的指示》，1950年6月，載中國出版科學研究所、中央檔案館編：《中華人民共和國出版史料（1950）》，第374頁。

〔註158〕郵電部郵政總局通令：《關於目前發行工作的指示》，1950年6月12日，載中國出版科學研究所、中央檔案館編：《中華人民共和國出版史料（1950）》，第302頁。

〔註159〕天津市新聞出版處：《報紙發行工作中的幾個問題》，1952年，天津市檔案館：

讀者對內容的賞識，而是通過給權力部門的利益回饋或局部刺激，來促進發行量的增長，從而形成大權壓小權，小權壓群眾的不良模式，最終是民眾的利益被剝奪。報紙不再作爲民眾的代言人，而是變成了權力部門的牟利手段。從中南局下發的一份文件中，可見報紙攤派的一般過程。

1950 年底，中南局下發關於加強《長江日報》工作的通知：「長江日報乃是中共中央中南局直接領導下的全區範圍內惟一的公營報紙，〔註 160〕應該成爲中南全區黨和人民政府聯繫群眾的有力工作，成爲我們對廣大人民群眾進行政治教育的戰鬥武器。但其目前情況還遠不能達成這一重大的政治任務。」「長江日報的發行數量自郵發合一後雖有增加，但至今尚未超過 4 萬份，各級黨委宣傳部門切實檢查和督促所屬地區對長江日報的發行工作，採取各種辦法協助當地郵局擴大發行數量，務必使區級以上黨政機關幹部和廣大群眾都能經常讀到長江日報，各地群眾活動場所如文化室、圖書館、俱樂部等，均應設置報紙欄、報架，張貼與放置長江日報，供群眾閱讀。據長江日報報告，其發行數量，湖北爲 10729 份，湖南 2159 份，江西 1540 份，河南 3535 份，廣西 1030 份，廣東 330 份，漢口 14615 份，廣州 690 份。在今年年底以前，長江日報應努力爭取擴大到 6 萬份。按上述發行情況，應爭取湖北增加 5000 份，河南增加 5000 份，湖南增加 4000 份，江西增加 3000 份，廣西增加 1000 份，廣東增加 2000 份，廣州增加 2000 份，漢口增加 1000 份。」〔註 161〕

這份文件是發給像中共中央華南分局宣傳部這樣的下屬機構的，這些下屬機構再轉發。當然，這些下屬機構也有自己的機關報，一樣要以類似的模式推廣下去。層層疊疊，就有了類似《粵東農民報》現象。《粵東農民報》1952 年由東江、興梅兩報合併，該報發行工作緊密與教宣工作隊和下鄉幹部相結合，「工作隊下鄉時說報、訂報，每發行一份報，就發展一個讀報員。報社經常召開通訊員代表會，表揚了 200 多個模範通訊員。報紙每月舉行讀報測驗，發現農民中間的積極分子，聘請農民中的生產先進分子爲通訊員，加強了報

X57-Y-1-48。

〔註 160〕「全區範圍內惟一的公營報紙」體現了大權壓小權的強勢話語。在中南局轄內，還有像《新湖南報》、《南方日報》、《新海南報》、《河南日報》、《鄭州日報》、《江西日報》、《廣西日報》等一系列公營機關報，只是《長江日報》是中南局直屬，級別屬於大區級，其它機關報級別低，在《長江日報》面前沒有話語權，其實質是在中南局這一行政機構面前沒有話語權。

〔註 161〕中共中央華南分局宣傳部轉中南局通知：《關於加強長江日報工作的通知》，1950 年 11 月 10 日，廣東省檔案館：204-3-5-003-007。

紙同群眾的聯繫。開農代會時，區委書記作檢討，稱不重視該報，要求一層層帶動訂報，並要求村村訂報，校校訂報。」〔註 162〕在這樣的動員機制下，《粵東農民報》發行量達 93700 多份，所轄地區平均每人一份報紙。

這種攤派的「好處」迅速傳染。到了 1955 年，連由老牌民營報紙改組而來的《新聞日報》也都瞭解了利用紅頭文件進行攤派的妙處。11 月 5 日，中共上海市委特別發佈《關於改進新聞日報工作的通知》，要求「各有關部門特別是財經部門的黨組織應善於運用並協助辦好新聞日報」。〔註 163〕這裏的善於運用就包含訂閱的意思。《大公報》更是在 1953 年 1 月 14 日和 1954 年 10 月 6 日，兩度獲得中共中央發放紅頭文件，指示各地黨委予以重視。

從 1955 年第四季度開始，攤派報紙已經成爲普遍現象。不少報刊社不僅派人拿著地方黨委的介紹信到郵電局要求追加發行任務，還直接前往區、鄉、農業社分派報紙。一些報紙提出的要求漫無邊際。像《農村青年》要求從 25 萬份增到 150 萬份，《新體育》要求從 10 萬份增到 40 萬份；《中蘇友好報》要求從 19 萬份達到 90 萬份；《中國青年報》要從 46 萬份達到 150 萬份；《人民日報》1956 年提出要比 1955 年增加 80%多；《南方日報》要求從 1956 年 3 月份的 18 萬份達到 28 萬份，並提出「社社、隊隊有報，每社平均 6 份」的指標；《廣西日報》1955 年底只發行 5.8 萬份，卻要求 1956 年達到 10 萬份；《河北日報》要求隊隊有報；《江西吉安報》1956 年 4 月份創刊，要求每個農業社的隊、組和幹部都訂 1 份，有一個先鋒農業社訂了 50 份，其中 20 多份沒人看；《廣東清遠縣報》1956 年 4 月份發行 3000 餘份，報社要求 5 月份就要達到 2 萬多份，清遠郵電局不同意，報社同志說「帶點強迫就都要啦」；湖北省局對刊有農業發展綱要的《湖北日報》原已加發 4 萬份，報社嫌少，又在省郵電工作會議上要求動員與會局長加要，提出加要部分如售不出，由報社負擔損失，又加發了 77300 份。《湖北青年報》也提出加發刊有同樣材料的報紙 5 萬份，省局認爲已經加發了《湖北日報》，不同意再加發，報社認爲都是省級報爲何厚彼薄此，堅持加發，如銷不完，免費贈送當地團委，損失由報社負擔，於是又加發了 2 萬份。〔註 164〕攤派現象如此嚴重，以至於中共中

〔註 162〕曾彥修：《關於思想改造報告》，1952 年 12 月 16 日，廣東省檔案館：204-3-15-022-061。

〔註 163〕中共上海市委員會：《關於改進新聞日報工作的通知》，1955 年 11 月 5 日，上海市檔案館：A45-1-2-66。

〔註 164〕《郵電部黨組關於報刊發行工作的指示》，1956 年，載《中華人民共和國出

央專門下發文件，強調「在報刊發行中，必須堅決執行自願訂閱的原則，防止任何強迫攤派的現象」，〔註 165〕但在文中沒有標示對攤派責任人的任何處罰建議，這份文件也就變得有名無實，並沒有禁絕攤派的蔓延。

那麼，這些不斷加碼的報紙發行攤派最終由誰消化？

學者金雁在研究俄羅斯問題時談到了「凝固化」的問題。她說，只有直接把對所有階層的統治掌握在國家手裏，才是把握國家「安全閥門」的關鍵。於是便形成了「超大國家的管理模式」，「把階層裏每個成員都固定在他與生俱來的狀態中」，〔註 166〕以防止它溢出國家權力的邊界。關於報紙攤派問題，被「凝固」在最底層的依舊是農民。從 1956 年的一份報告，可見農民承載的負擔之重。

> 安徽下樅陽郵電所向破罡小學發展報刊，全校學生 240 人，就分配了 100 份少年報。校長說：「任務大了」。鄉郵員說：「這是區委分配的」。該校沒辦法，接受下來分配給學生，學生就拿雞蛋、蔬菜、柴火等抵付報費。
>
> 河北元氏局鄉郵員向農業社發展報刊，社長同意訂 1 份，鄉郵員向會計收款時，卻說「社長同意訂 3 份」。
>
> 湖北日報社派往孝感縣的工作組，都是趁各區召開鄉幹、社長討論轉高級社問題會上，請區委作動員報告，而後由與會鄉幹部認數，待回鄉後向農業社分攤；該縣祝店區趙陳鄉支書在會上由 20 份認到 40 份，工作組嫌少說：「不久隊隊都得有省報」，最終認到 60 份；不少鄉幹部回去後，只好在農業貸款中扣報費，或以優撫款墊付，引起群眾不滿。
>
> 浙江嘉善縣委在縣報出版時，召開通訊發行會議分配任務，該縣洪溪鄉被分配了 800 份，鄉總支又分配到分支，再由分支分配到各農業社，結果該鄉超過了 837 份；大公鄉高一社共 303 户，被分

版史料（1956）》，第 321～322 頁。

〔註 165〕《中共中央批轉郵電部黨組關於報刊發行工作的請示報告》，1956 年 12 月 4 日，載《中華人民共和國出版史料（1956）》，第 312 頁。

〔註 166〕克柳切夫斯基：《俄國史教程》，第 4 卷，第 380～381 頁。轉引自金雁：《倒轉「紅輪」：俄國知識分子的心路回溯》，北京：北京大學出版社，2012 年 9 月版，第 278 頁。

配130份，報紙要出版了，才動員了十來份，社長只好用社裏公款墊支先包下50份，然後再找訂户；西塘鎮在幹部帶頭號召下有一家三口人共訂了4份縣報。

青年團江西撫州地工委分配各縣推銷5月4日的農民報，樂安縣郵電局只要500份，地工委要推銷3000份，要求每個團支部和郵政代辦所硬性推銷，通知中說：「不重視的還要給予處分」。

新疆瑪納斯縣第一小學，有學生700多人，訂閱報紙170份還認爲不滿意，校長再次動員發展到380份，這才認爲滿意了。該校五八乙班有學生42名，校長給班主任分配了36份，主任再三發展，結果發展了33份，有的學生訂了兩份同樣的報紙。〔註167〕

奧地利學派代表人物路德維希·馮·米塞斯早在1944年出版的《官僚體制》中，一針見血地指出了上述問題的實質。米塞斯說，由於公共行政的目標不能用金錢衡量，也不能用會計方法進行核查，政府的「成本」很難精確核定，盲目擴張，便是政府的天性。當習慣於「不計成本」、效率低下的「官僚管理」要突破自己的領域來直接經營企業、以行政手段干預經濟時，必然對本應「斤斤計較」、追求效率的經濟造成負面影響。在這種官僚管理擴張的體制中，「國企」領導人本質上不是企業家而是政府官員，企業的經營者更加關心的也不是如何通過技術和管理創新降低成本，而是如何與政府官員拉關係甚至行賄。總之，「今天的許多人視爲罪惡的東西，並不是官僚體制，而是官僚管理領域的擴張。」〔註168〕

米塞斯所指出的問題，國人並非不清楚。1957年，北京大學經濟系教授陳振漢在鳴放中說出了自己的觀點。他說：「我們日常經濟中的官僚主義簡直觸目皆是。原因有下述幾個：1、動力問題：資本主義下有追求利潤的動機，我們只靠爲人民服務的社會主義覺悟。2、規模問題：重疊複雜環節多。3、我們的企業都處於壟斷地位。4、客觀規律不容易認識，從而經濟運動成爲沒有把握的試試看。」〔註169〕陳振漢教授爲這番話付出了代價，1957年他被劃

〔註167〕《最近時期各地在報刊推廣工作中的一些錯誤事例摘錄》，1956年，載《中華人民共和國出版史料（1956）》，第320～324頁。

〔註168〕轉引自雷頤：《逃向蒼天》，杭州：浙江大學出版社，2013年1月版，第213～217頁。

〔註169〕楊培新：《批判陳振漢污蔑社會主義「與官僚主義有密切聯繫」的謬論》，《新建設》，1957年11月號。轉引自于風政：《改造：1949～1957年的知識分子》，

爲右派，而因官僚管理領域擴張而引起的報紙攤派現象卻從未禁絕。這種靠行政力量而非市場自發自覺促成的報紙發行量增長，同時帶來的是報紙獨立性的喪失。從此，國家管理者缺乏來自媒介的有效監督，社會輿情失去重要的傳輸管道，這爲此後一系列政治災難的發生埋下了伏筆。

7.3.3「文人論政」的消失及輿論監督的缺位

前文講「文人論政」是中國民營報紙的傳統和基本特徵。民間報人致力於「文人論政」，卻並非不知「文人論政」只是一種胸臆的抒發。《大公報》香港版出版一週年的時候，一位叫楊雲史的文人寫了一首詞，中有句云：「六合朝朝雨露布，筆陣横掃千軍上」，這是文人對辦報的期望與心聲。看到這一句，《大公報》經理胡政之先生說：「我們眞是有苦自己知。我們的社評，不見得就是露布，我們的筆，也不能横掃千軍。我們始終是一個有理說不清的秀才。」〔註 170〕胡政之這一句道出了「文人論政」的背後邏輯：文人報國有心，而迴天無計，只能寄希望於白紙黑字的報紙。出發點源於無奈，結局又能帶來多少期許？最能反映這種無奈的是梁啓超，在經歷了進與退，動與靜，顯與隱的糾結之後，梁氏自識以往所述多模糊籠統之談，不乏錯誤，「及其自發現而自謀矯正，則已前後矛盾矣。」〔註 171〕其實，從 1902 年創辦《新民叢報》始，梁啓超已經提出「持論務極公平，不偏於一黨派；不爲灌夫罵坐之語，不爲危險激烈之言」的主張〔註 172〕，愈往後，其持論愈發平和，人格中的動與靜愈加相互制衡。

人且可以自我調整至此，如果加諸環境的變遷，「文人論政」的消失也是自然而然。這並非單純受制於一元化的政治體制，在美國高度發達的資本主義條件下，也是沒有純粹的「文人」報紙。十八、十九世紀，在美國農村，曾出現過文人所辦報紙，但都是曇花一現。〔註 173〕文人報紙要不與政黨結合，要不與商人聯姻，否則只能關門。傅雷與周煦良的《新語》僅僅出了 5 期而已，《觀察》之所以成功，還要歸功於儲安平「飢餓營銷」的經營手段。

第 606 頁。

〔註 170〕梁厚甫：《美國人怎樣看大公報》，載周雨編：《大公報人憶舊》，北京：中國文史出版社，1991 年 6 月版，第 328 頁。

〔註 171〕梁啓超：《清代學術概論》，上海古籍出版社，2009 年 4 月版。

〔註 172〕《新民叢報》第一號。

〔註 173〕梁厚甫：《美國人怎樣看大公報》，載周雨編：《大公報人憶舊》，第 329 頁。

何況，那些標榜「文人論政」的民營報紙，其成功離不開戰爭為它們積累的名譽。《大公報》之所以獲得美國密蘇里大學新聞學院的嘉譽，並非表彰它綜合經營能力或綜合新聞表現，而是它堅持抗日。《文匯報》的成功也是憑藉其「激進」特色：抗戰時它身陷「孤島」堅持抗日，內戰時它與飢餓的學生站在一起支持學潮，且欲禁欲勇。這樣的報紙一旦在和平條件下平等競爭，往往敵不過面貌中庸的報紙。像民國時期上海銷報記錄一直為《立報》所把持，該報系小型報，走大眾化路線，日銷 20 萬份左右，投資人中不乏蕭同茲、程滄波這樣的國民黨報人。上海解放後，最早恢復的民營報紙是改組自《新聞報》的《新聞日報》，且在其後的年份，經營水平一直遙遙領先。《新聞報》在日據上海時期，以接受日方新聞檢查為民眾所不齒，但在特殊歷史時段過後，起作用的還是信息量，編排特色以及報紙實力。《亦報》是解放後才成立的報紙，走的是小報路線。1950 年，該報最高發行量已達到 2.8 萬份，〔註 174〕而同一時期，《文匯報》發行量卻從復刊時的日均 5 萬餘份下降至最低點 1.3 萬份。〔註 175〕同樣的體制機制，同樣的外部經濟環境，即便讓《文匯報》再祭起「文人論政」的旗幟，也難以複製戰爭年代的成功。

然而，不能忽略的是，「文人論政」雖失去了存在的歷史條件，但「文人論政」除鮮明的國族意識之外，還有另外一個精神內核，就是它獨立、自由的「思疑」傳統。編輯過《大公報》副刊，深刻領會「文人論政」本質的沈從文首先覺察到了「思疑」傳統的消亡。1949 年，他寫了一篇文章，題目叫做《政治無所不在》。他的重要發現是：「政治浸入了孩子的生命已更深」。孩子們輕而易舉地接受了新政治、新社會。一次與孩子的對話過後，沈從文寫道：「我們共同扮演了一幕《父與子》，孩子們凡事由『信』出發，自然和我由『思』出發明白的國家大不相同。談下去，兩人都落了淚。」〔註 176〕沈從文終於明白，他如不改變自己，不「向人民投降」，〔註 177〕不僅為社會所不容，也會在家庭中陷入孤立。

《父與子》是俄國作家屠格涅夫的代表作，反映的是父輩與子輩之間的衝突。主人公巴札羅夫代表的是激進的平民知識分子，而巴威爾和尼古拉則

〔註 174〕《亦報銷路情況》，1952 年，上海市檔案館：G21-1-278-1-2。

〔註 175〕《上海市報館同業公會會員報社一般情況調查表》，1952 年，上海市檔案館：S314-4-5。

〔註 176〕沈從文：《政治無所不在》（1949），《沈從文全集》第 27 卷，第 41 頁。

〔註 177〕沈從文：《致丁玲》（1949），《沈從文全集》第 19 卷，第 51 頁。

代表保守的自由主義貴族。兩代人之間在如何對待貴族文化遺產、藝術與科學，人的行爲準則、道德標準、社會與教育、個人的社會責任等問題上皆有分歧，其對立恰恰反映了時代精神的變遷。1860 年代，屠格涅夫由於在作品中流露出個人的眞實情感，遭到「劇烈批評，四面楚歌」，「俄國的『新青年』指責他過於自由，過分文明，懷疑太甚，抨擊他的政治感情漂移，不向敵人宣戰。」〔註 178〕所有這些指責使得屠格涅夫在強大的輿論壓力下也表現出了沒有底氣的「自我懷疑」和「自我檢討」。現在，沈從文成了屠格涅夫，和沈從文一樣標榜自由思想的民間報人們也逃離不了這樣的社會大環境。一切言論開始被置於「黨性原則」的大框架下，「大處」即世界、國家大事，民族命運，由黨掌握；老百姓（包括知識分子）只需在「小處」埋頭做事。那些一直在關心、思考民族的未來，具有強烈使命感和承擔意識的沈從文們就這樣發生了「異化」。「他們半是被迫，半是自動地放棄了探索眞理的權利，放棄了獨立思考的權利。從根本上背離了現代知識分子的歷史傳統」。〔註 179〕也就是說，「以思考作爲本職的知識分子居然停止了思考」。〔註 180〕伴隨這一現象，魯迅所說的「無物之陣」開始出現。

「無物之陣」最早出現在魯迅的《野草》集中。《這樣的戰士》如是描寫戰士陷入「無物之陣」時的絕望和反抗絕望的戰鬥：「他走進無物之陣，所遇見的都對他一式點頭。他知道這點頭就是敵人的武器，是殺人不見血的武器，許多戰士都在此滅亡，正如炮彈一般，使猛士無所用其力。那些頭上有各種旗幟，繡出各樣好名稱：慈善家，學者，文士，長者，青年，雅人，君子……頭下有各樣外套，繡出各式好花樣：學問，道德，國粹，民意，邏輯，公義，東方文明……但他舉起了投槍……他微笑，偏側一擲，卻正中了他們的心窩。一切都頹然倒地——然而只有一件外套，其中無物。無物之物已經脫走，得了勝利，因爲他這時成了戕害慈善家等類的罪人。但他舉起了投槍。他在無物之陣中大踏步走，再見一式的點頭，各種的旗幟，各樣的外套……但他舉起了投槍。他終於在無物之陣中老衰，壽終。他終於不是戰士，但無物之物

〔註 178〕〔俄〕赫爾岑著，巴金、臧仲倫譯：《往事與隨想》（上冊），譯林出版社，2009 年 3 月版，第 16 頁。

〔註 179〕錢理群：《一九四九年以後的沈從文》，載王德威、陳思和、許子東主編《一九四九以後——當代文學六十年》，第 126～127 頁。

〔註 180〕錢理群：《心靈的探尋》，北京：北京大學出版社，1999 年 11 月版，第 307 頁。

則是勝者。在這樣的境地裏，誰也不聞戰叫：太平。太平……但他舉起了投槍！」〔註 181〕

魯迅的「無物之陣」引起了許多學者的闡釋興趣。從茅盾的《魯迅論》到孫玉石的《〈野草〉研究》，從李歐梵的《鐵屋中的吶喊》到汪暉的《死火重溫》，人們都注意到魯迅「無物之陣」這個富有意味的隱喻。據錢理群以第三人稱寫作的學術自述，是他發現了魯迅的「黃金世界」，「無物之陣」，「夜」，「冷」與「熱」，「愛」與「憎」，「沉默」與「開口」，「人」與「神」、「鬼」等範疇和意象。錢理群或許不是關注「無物之陣」的第一人，但的確是他首先把「無物之陣」看作一個重要的概念給予具體而深入的闡釋。在其著述《心靈的探尋》中，錢理群明確指出：「無物之陣」是一個十分深刻的命題，並且認爲魯迅在他的雜文裏對「無物之陣」作了更爲形象的描述和分析：「中國各處是壁，然而無形，像『鬼打牆』一般，使你隨時能碰。」錢理群還通俗地解釋了「無物之陣」的含義：「隨時碰見各式各樣的『壁』，卻又『無形』——這就是『無物之陣』。」〔註 182〕

在寫出「無物之陣」後，魯迅說：「當我沉默著的時候，我覺得充實；我將開口，同時感到空虛。」〔註 183〕一向以吶喊著稱的魯迅也有不想開口的時候，遑論被約束在「黨性原則」之下的知識分子們。社會學家費孝通在 1957 年 3 月 24 日發表了題爲《知識分子的早春天氣》一文，或可視作對 1950 年代「無物之陣」的感受。費孝通說：「我記得有一次座談會上有一位朋友說得很生動，他說，我不是怕挨批評，我們以前還不是大家有被批評的，學術論戰還是搞過，現在可挨不得，因爲一有人說自己有了唯心主義，明天上課學生的臉色就不同，自己腳也軟了。面子是很現實的東西，帶上一個『落後分子』的帽子，就會被打入冷宮，一直會影響到物質基礎，因爲這是『德』，評薪評級，進修出國，甚至談戀愛，找愛人都會受到影響。」〔註 184〕《新華日報》的倪鶴笙說得更明白：「在我們的國家裏，爭鳴是缺乏歷史傳統和習慣的。春秋時代的爭鳴只是曇花一現，秦漢而後直到清代，文人學士命運多舛，是盡人皆知的。五四時代也曾一度爭鳴，但緊跟著就是軍閥混戰、反動統治。

〔註 181〕魯迅：《這樣的戰士》，《魯迅全集》第一卷，北京：人民文學出版社，1981 年版 1998 年 5 印，第 214～215 頁。

〔註 182〕錢理群：《心靈的探尋》，第 123 頁。

〔註 183〕魯迅：《野草・題詞》。

〔註 184〕費孝通：《《知識分子的早春天氣》，《人民日報》，1957 年 3 月 24 日。

魯迅的作品裏就能夠看到：很多追求眞理的青年被懸首示眾；今天中年以上的某些知識分子，對此當然記憶猶新。這個幾千年來的歷史趨勢和生活習慣，自然不是三年五載所能完全扭轉過來的。而況，我們對於馬克思主義的具體運用，還很生疏，爭鳴也確非容易！」〔註185〕

於是有了不能說，不必說，不想說，即是「莫言」也是「默言」。因爲「說」是有代價的。《新海南報》曾經報導海南機關幹部官僚主義嚴重，也存在地方主義。結果在黨的會議上，有人說報社有特務，是國民黨辦的。〔註186〕1951年，鎮壓反革命的群眾運動大範圍展開，上海公安局逮捕了一大批「反革命分子」，其中不免有證據不充分的案件。有些家屬希望通過報紙的讀者來信欄反映情況。1951年5月3日，《大公報》把這樣一封來信轉到了上海公安局盧灣分局，並要求就信中訴求給予答覆。日後，《大公報》非但沒有得到公安局的答覆，反而遭到了新聞出版處的通報批評，稱其轉交反革命分子家屬來函的行爲「是有失人民報紙立場的」〔註187〕，遇到此種情況，「不僅不應該把信轉到公安機關去要求答覆，而且相反的還要對投函人作必要的批評和教育。」〔註188〕

處在這樣的大環境之下，久而久之，報紙的批評變得敷衍和程序化了，日漸缺乏輿論監督的銳氣。比如天津《新生晚報》在回覆一位讀者受訛索事件時便說：「因爲你未記住車號，當然無法提出批評，以後，坐車應注意車號，如發現訛索事件，即可向三輪車工會提出批評意見」。〔註189〕這種回答顯然無關痛癢。

輿論監督缺位之後，便有信口雌黃的文字開始出現。1950年9月，香港《大公報》和內地各大報發表胡適之子胡思杜在「革大」學習時寫的《對我父親——胡適的批判》。胡適的許多同事、學生如俞平伯、湯用彤、楊振聲、周祖謨、顧頡剛以及朱光潛等人都做過檢討性的發言。到了1955年，批判胡

〔註185〕倪鶴笙：《讀〈知識分子的早春天氣〉》，《人民日報》，1957年4月27日。

〔註186〕曾彥修：《關於思想改造報告》，1952年12月16日，廣東省檔案館：204-3-15-022-061。

〔註187〕上海市人民政府新聞出版處：《關於大公報社會服務組把反革命家屬來函轉到上海市公安局盧灣分局並要求答覆問題的通報》，1951年5月22日，上海市檔案館：B35-2-65-17。

〔註188〕同上。

〔註189〕《各報開展批評與自我批評的綜合情況》，1950年，天津市檔案館：X57-Y-1-48。

適的聲音更加廣泛，全國哲學社會科學界的知名學者幾乎都參與其中，有分量的論文達三四百篇之多。〔註 190〕個別作者在寫批判文章時，不顧基本事實，如把實用主義哲學家約翰・杜威與曾兩次參選總統的托馬斯・杜威混同一人，說約翰・杜威「競選過美國總統」。〔註 191〕

最能體現「說」的代價的是「胡風反革命集團」事件。胡風是魯迅生前的關門弟子，他在戰爭期間的文學活動是在國統區進行的。1947 年 7 月，在第一次全國文代會中，胡風的成績被茅盾否定，從此，開始接受零星的批評。1952 年，他被戴上三頂帽子：反馬克思主義、反現實主義、宗派主義。因自感遭到林默涵、何其芳、周揚、馮雪峰、胡繩等人的圍剿，胡風在 1954 年向黨中央提出《三十萬言書》爲自己辯護。〔註 192〕「胡風事件」升級是在 1955 年 5 月 13 日，《人民日報》發表舒蕪從胡風給他的 100 多封信中摘錄編排的《關於胡風反黨集團的一些材料》。17 日，胡風被逮捕。5 月 24 日、6 月 10 日，發表第二批、第三批材料。這三批材料，由胡風和「胡風分子」的數千封通信中的 169 則片斷組成，開創了以私人通信、日記、言論等定罪的先例。舉一例示之：1944 年 5 月 13 日，綠原致信胡風，說「我已被調至中美合作所工作，地點在磁器口；航委會不去了」。這段歷史在 1950 年綠原黨籍轉正的時候已有結論，證明他根本沒去中美合作所。第三批材料的注文卻說：「誰能夠把綠原『調至』這個特務機關去呢？」〔註 193〕這樣，綠原就成了打進共產黨內的特務分子。

毛澤東的態度是「胡風事件」迅速升級的重要因素，他爲三批材料寫了大量的按語，其中提到「輿論一律」。毛澤東說：「胡風所謂『輿論一律』，是指不許反革命分子發表反革命意見。這是確實的。我們的制度就是不許一切反革命分子有言論自由，而只許人民內部有這種自由。」〔註 194〕這種解釋看似無誤，但因不存在準確、明確、詳盡的法律規定，「反革命意見」涵蓋的範圍可能非常大，即可能指反對黨的領導甚至是某一領導人，也可能指反對黨

〔註 190〕于風政：《改造：1949～1957 年的知識分子》，第 320 頁。

〔註 191〕國防大學：《中共黨史教學參考資料》第 20 冊，第 564 頁。轉引自於風政：《改造：1949～1957 年的知識分子》，第 323 頁。

〔註 192〕陳芳明：《臺灣與東亞文學中的魯迅》，載王德威、陳思和、許子東主編：《一九四九以後——當代文學六十年》，第 184 頁。

〔註 193〕《關於胡風反革命集團的材料》，第 92 頁。轉引自於風政：《改造：1949～1957 年的知識分子》，第 394 頁。

〔註 194〕《關於胡風反革命集團的材料》，第 68 頁。

的某一理論、某一政策。這樣一來，「輿論一律」就會被無限放大，一些正當的輿論監督也有可能被劃爲「反革命意見」。那麼，誰還敢說，誰還能說呢？此外，號召與胡風有聯繫的人把私人通信交出來，並以私人通信作爲定罪的根據，這是對一年前剛剛通過的《中華人民共和國憲法》的無視。「一些文人寫給朋友的信件會變爲『毒品』，流著一滴滴的血，殘害人的生命。這以後誰還敢寫一封信？」〔註 195〕

緊跟著「胡風反革命集團」事件的是肅反運動。這次運動全國共查出 81000 名「反革命」，與被列爲鬥爭對象的加起來約有 140 萬人，差不多占全國知識分子的四分之一。江蘇文聯創作組三分之二的成員被關進監獄。在王若望主編的上海《文藝月報》發表文章的許多業餘作者變成了本單位的第一肅反對象。〔註 196〕這次運動以普遍開展群眾間的互相檢舉揭發爲基本方法，「隔離審查」、刑訊逼供、抄家抄物普遍存在，對黨與知識分子關係的破壞，是前所未有的，使得知識分子群體的政治心理起了轉折性的變化。〔註 197〕他們開始有了「四怕」：怕釣魚、怕彙報、怕檢討、怕講話。

7.3.4 自由思想的短暫回溫與覆滅

經歷了一系列因言獲罪的政治運動，當 1956 年 4 月 28 日，毛澤東正式提出「百花齊放，百家爭鳴」的「雙百」方針時，新聞界一開始的反應是不能鳴。《新聞日報》總編輯劉思慕說：「爭要爭得好，鳴要鳴得好，這種提法使人意識爲『爭得不好的不能爭，鳴得不好的就不能鳴』」。〔註 198〕記者范樸齋說：「在指揮旗下演奏交響樂的比喻，意思等於是說，要在有安排之下來個百家爭鳴。」〔註 199〕

但在學界，雖然沒有出現普遍的爭鳴，卻在教學內容上有所突破。1956 年下半年，北京大學帶頭爲高年級學生開設了「羅素哲學」，由中國科學院哲學所副所長兼北大教授金岳霖主講。1957 年上半年開設「黑格爾哲學」，由賀麟教授主講。該校經濟系、法律系也積極準備開設介紹西方資產階級學說的課程。〔註 200〕

〔註 195〕《巴金書信集》，第 1 頁。轉引自於風政：第 397 頁。
〔註 196〕于風政：《改造：1949～1957 年的知識分子》，第 421 頁。
〔註 197〕于風政：《改造：1949～1957 年的知識分子》，第 423 頁。
〔註 198〕《光明日報》，1956 年 7 月 9 日。
〔註 199〕《光明日報》，1956 年 7 月 9 日。
〔註 200〕于風政：《改造：1949～1957 年的知識分子》，第 461 頁。

隨後發生的「波匈事件」開始震動中國社會的沉寂。人們尤其對匈牙利發生的事件普遍感到意外：匈牙利的暴動如果是反動的，爲什麼有許多群眾參加？如果是合理的、正義的，爲什麼政府又要鎮壓？一些人的看法已經深入到社會主義國家的制度層面。比如有觀點認爲，波、匈共產黨犯了嚴重的教條主義和脫離群眾的錯誤，不關心群眾生活，結果「官逼民反」；還有人認爲是黨內不團結造成的。〔註 201〕這個時候，國內也開始出現群體性事件。內蒙古森林工業管理局所屬單位，從 1956 年 6 月到 9 月發生了 6 起工人罷工請願事件，參加者少則數十人，多則 300 人。10 月 29 日，福州市發生了 60 多名築路民工集體請願的事情。到 12 月上旬，上海輕紡工業已有 53 個合營工廠 1834 人因工資和福利問題先後發生罷工、怠工、請願和其它鬧事事件。〔註 202〕學生罷課、請願的情況也時有發生。9 月 15 日，成都的兩個技術工人學校，400 多名學生開始罷課，要求轉學和分配工作。參加者很快增加到 800 多人，並集體到四川省委和市勞動局請願；12 月下旬，陝西省少數學校的學生發動了集體簽名，要求用罷課或絕食等辦法對學校領導上的官僚主義作風表示抗議。〔註 203〕

青年學生因在歷來運動中所受衝擊較少，這時便呈現出初生牛犢不怕虎的精神。北京大學氣象系四年級學生胡伯威 1956 年 10 月 27 日致信《人民日報》，認爲中國報紙不應該對所發生的國際事件封鎖消息，他說：「一個能夠把自己的思想建築在對事物的眞實情況的瞭解上的人，才名副其實地是思想有自由的人」，而在中國，「只有報紙來提供這種自由」。他「相信民主自由的充分發揚，人權和人的尊嚴得到眞正的（不是口頭上的）重視，黨的宣傳工作忠實地遵從這些原則，才能把人民群眾眞正放到主人翁的地位。」〔註 204〕

〔註 201〕新華社《內部參考》，1956 年 11 月 6 日，第 167～168 頁；11 月 5 日，第 129 頁。轉引自沈志華：《處在十字路口的選擇：1956～1957 年的中國》，廣州：廣東人民出版社，2013 年 2 月版，第 297 頁。

〔註 202〕新華社《內部參考》，1956 年 9 月 24 日，第 615～616 頁；11 月 15 日，第 367～368 頁；12 月 17 日，第 342～343 頁。轉引自沈志華：《處在十字路口的選擇：1956～1957 年的中國》，第 300 頁。

〔註 203〕新華社《內部參考》，1956 年 10 月 30 日，第 1328～1331 頁；12 月 26 日，第 561～564 頁。轉引自沈志華：《處在十字路口的選擇：1956～1957 年的中國》，第 300 頁。

〔註 204〕新華社《內部參考〉，1956 年 11 月 10 日，第 295～298 頁。轉引自沈志華：《處在十字路口的選擇：1956～1957 年的中國》，第 298 頁。

在周邊環境的不斷變化中，新聞界自身開始出現鬆動。1956 年 11 月初，新華社國際部主任王飛、副主任李愼之等人在接受毛澤東委託其英文翻譯林克做的調研時，提出了議會民主、言論自由、新聞自由、分權削權、選舉制度以及「大民主」和「小民主」等問題。李愼之還具體提出，應制定一個還政於民的五年計劃；在小學和中學設立公民課或憲法課；建立憲法法院等。〔註 205〕幾家同人雜誌也陸續出現，如《星星》詩刊、《收穫》雜誌、《爭鳴》月刊、《學術月刊》等。〔註 206〕與此同時，首都各大報醞釀改革版面和內容，《人民日報》、《中國青年報》和《工人日報》都把「機關報」的字樣拿了下來。〔註 207〕新華社也在劉少奇的建議下，向中共中央提交報告，爭取民辦。〔註 208〕

1957 年 3 月 6 日，中共中央召開全國宣傳工作會議，破天荒地邀請 160 多名黨外高級知識分子參加會議。3 月 12 日，毛澤東在會上發表講話，強調「放」的主題。四天之後，毛澤東到天津、濟南、南京、上海、杭州等地巡視，沿途發表講話，鼓勵黨外人士幫助整風。此後，各個政治系統對鳴放的輿論宣傳鋪天蓋地。〔註 209〕沉默多時的知識分子雖心中仍有餘悸，但其中的一部分還是以極大的政治勇氣，爲那個不易發聲的時代留下了珍貴的思想財富。來自新聞界的聲音誠摯而有擔當，體現出那一代新聞人宏富的識見及卓絕的專業素養。

著名記者范樸齋先生首先在他那篇後來備受批判的《會外之音》中浮現了「文人論政」的風格，他說，中國的知識分子由於受了中國傳統的薰染，最重人品，自尊心很強，直與他們的生命相聯繫。他們講究立身做人之道，既是「擇善固執」，也能「克己復理」；只可說服，不可壓服。然而，建國後黨內同志對知識分子的這一特性沒有很深的瞭解，往往把他們看做落後分子，「對他們的過去，否定得太多，這也是『劣根性』，那也是『劣根性』，一無是處。比如有人說『富貴不淫』，總算不錯吧，偏有人說：這是小資產階級

〔註 205〕李愼之：《關於「大民主」和「小民主」的一段公案》，《百年潮》，1997 年第 5 期，第 47～49 頁。

〔註 206〕于風政：《改造：1949～1957 年的知識分子》，第 591 頁。

〔註 207〕馬達：《馬達自述：辦報生涯 60 年》，上海：文匯出版社 2004 年 11 月版，第 58～59 頁。

〔註 208〕轉引自吳廷俊：《中國新聞史新修》，上海：復旦大學出版社，2008 年 8 月版，第 418 頁。

〔註 209〕于風政：《改造：1949～1957 年的知識分子》，第 511～512 頁。

的硬骨頭，算不得什麼。又如有人說：舊知識分子絕大多數是愛國的，這本是引用毛主席的話，但有人偏要追說：『問題是在愛什麼樣的國。』這樣分析也不錯，但對知識分子的愛國，也必定轉個彎給他一點否定，好像不如此就不足以顯示自己進步，這對知識分子來說，是最傷感情了。」〔註210〕

著名記者黃裳在一篇題爲《解凍》的新聞綜述中敏銳地觸及到了階級鬥爭簡單化的危害，他說：像牛頓這樣的科學家，就因捉住一個「上帝」字眼爽快地被宣判爲「唯心主義」；一項反動帽子，就壓垮了一位教授畢生研究的成果；一封讀者來信就使新華書店拒絕發售一本厚厚的科學著作；一位老教授被比他兒子還小的年青人們用牛頭不對馬嘴的方式「批判」得涕淚縱橫。提了意見，不經考慮就被沒有論證的演繹法一步步從反領導、反黨，推論到反革命。「特別是這種簡單化的方法更籠罩了宗派主義的色彩時，就更容易傷害知識分子脆弱的感情。」〔註211〕

爭鳴期間的新聞界以及新聞學界，除了客觀陳述導致知識分子希聲的體制根源，還期冀建立一種符合新聞事業發展的新聞觀，包括：

復旦大學新聞系主任王中教授：報紙可以爲政治服務，但不是政治本身。一切政黨的報紙都具有兩重性，首先是商品性，其次才是宣傳工具。如果讀者不願意花五分錢買一張報紙，就不能實現「工具性」。〔註212〕

中國人民大學新聞系教員莫如儉：報紙一方面應有政治性、思想性，一方面還應有商品性、趣味性、可讀性。

上海文化出版社第一編輯室副主任許君遠：趣味性越強，越能引人入勝；報紙越能大量爭取讀者，越能發揮指導性的作用。〔註213〕

《中國青年報》總編輯張黎群：現在的報紙實際上擔任了布告牌、留聲機、翻版書的角色。〔註214〕

老報人張友鸞：報紙要做讀者的良友，不要做板起面孔正襟危坐的嚴師。「今天大大小小的報紙，所有社論，好像都是『社訓』，只許讀者接受、服從，不許讀者吭氣。我認爲這種態度是值得考慮的。」報紙本來就叫「新聞紙」，

〔註210〕范樸齋：《會外之音》，《光明日報》，1957年6月5日。

〔註211〕黄裳：《解凍》，《文匯報》，1957年4月21日。

〔註212〕《上海新聞界的爭鳴》，《新聞與出版》，1957年第17號。轉引自於風政：《改造：1949～1957年的知識分子》，第589頁。

〔註213〕《報紙應當這樣辦下去嗎？》，《文匯報》，1957年5月21日。

〔註214〕《人民日報》，1957年5月17日。

「新聞在報紙上應該佔有頭等地位」。〔註215〕

老報人顧執中：新聞有階級性，新聞編排沒有階級性。資產階級的報紙爲什麼能夠辦得生動活潑，社會主義的報紙卻做不到呢？「搶消息絕對不是資產階級的東西」。

老報人張恨水：新聞要快、要新。現在許多新聞開頭是「幾個月來」，這是歷史，不是新聞。〔註216〕

也是在「百家爭鳴」期間，恢復民營報紙的聲音開始出現。1957 年 5 月 18 日，鄧季惺建議中宣部鼓勵多辦幾家非黨報紙，通過它們聯繫廣大群眾，對黨和政府進行監督，提出意見和建議。〔註217〕顧執中在批評中宣部的宗派主義和教條主義時說，過去許多與美蔣並無關係的新聞記者，解放後被踢出了新聞界，非黨報紙得不到照顧，新聞學校要由黨來辦，過去私立的新聞學校都停辦了，被國民黨封閉的通訊社沒有讓其恢復。他建議：重要的會議應有民主黨派參加；新華社應成爲塔斯社、路透社那樣的國際性新聞通訊社，國內報導可以由人民團體辦的通訊社擔負，與新華社分工合作。王中認爲「新聞事業是以搜集、發佈新聞而謀生的事業」，應允許私人辦報。許君遠、徐鑄成等人也都贊成恢復同人辦報。

來自專家學者的聲音也開始聚集到對思想自由與言論自由的關注。沈志遠先生的理解是：社會主義社會人民內部的矛盾既是客觀存在的，而且時時刻刻在逼迫著我們去應付，去解決，那就應該大膽放手去揭露這些矛盾，而不應該掩蓋或迴避矛盾，放手去擴大人民的民主生活，放手讓不同學派、不同思想、不同意見公開爭論。全面開放，就向各種各樣的唯心主義開放，向「牛鬼蛇神」開放，向所謂閒花野草開放，向帝國主義的新聞報導開放，向社會內部的陰暗面開放。不但要宣揚我們社會主義社會的美的一面，宣揚它的優越性，同時也要暴露它的醜的一面。〔註218〕北京大學教授、著名政治學家趙寶煦先生認爲，大事小事、事事處處追求統一而反對多樣的思維邏輯，是影響知識分子精神狀態的重要原因。他說：「統一行動，是一種風氣，報刊上發表的文章也如是，要談什麼，大家都談什麼。例如要鼓勵人穿花衣服，

〔註215〕《是蜜蜂，不是蒼蠅》，《光明日報》，1957 年 5 月 28 日。
〔註216〕《人民日報》，1957 年 5 月 17 日。
〔註217〕蔣麗萍、林偉平：《民間的回聲：新民報創始人陳銘德鄧季惺傳》，第 315 頁。
〔註218〕沈志遠：《如何開展學術界的「百家爭鳴」問題》，《爭鳴》，1957 年 4 月號。

於是打開報紙雜誌，就看到文字漫畫，眾口一聲，都針對幹部服開刀。後來忽然有一篇文章說宣傳過火了，接著大家就立即噤聲，再也看不到一篇提倡穿花衣服的文字或漫畫了。」

統一行動，噤聲。趙寶煦所舉的「花衣服」的例子很快得到了印證。這一次，「花衣服」遭遇的是一場劫難。知識分子和民主黨派出於眞心提出的尖銳意見，使中共難以承受，終於在 1957 年夏天做出了令人失望的選擇。〔註 219〕1957 年 6 月 8 日，《人民日報》發表《這是爲什麼》的社論，不禁中止了火熱進行中的「鳴放」，還帶來了一場狂風暴雨。幾乎所有參與鳴放的人都成了右派，沉默的人也不能幸免。全國範圍內四分之一當時有大學文化水平的人被劃爲右派，許多人被開除公職，下放農村，流放邊疆，勞改勞教；許多人在批判、流放、勞改、勞教中悲慘地死去；家庭、親友受到牽連，千萬無辜之人受到波及。〔註 220〕

「從那次『陽謀』後，知識分子從此閉口不言」，〔註 221〕這是被打成右派後，《文匯報》總編輯徐鑄成的話。從此，報紙更自覺地接受校正，人們再也看不到其它的言說，徹底失去了比照的緯度。而這才是眞正災難的開始。

此後的歷史記憶觸目驚心。反右派運動之後是大躍進，報紙大放衛星，喪失了報導眞實的底線。三年自然災害，喪生者眾。這一人類生存的悲劇雖非報紙的失實宣傳直接導致，但也是導致悲劇的重要原因。按照諾貝爾經濟學獎獲得者阿馬蒂亞・森的觀點，信息不透明是導致饑荒發生的主要原因，在糧食問題的後面是權利關係和制度安排問題。只有在民主自由的框架中，信息才有可能公開，公眾才有可能就政策制定進行公開討論，大眾才有可能參與公共政策制定，弱勢群體的利益才能得到保障，政府的錯誤決策才有可能被迅速糾正而不是愈演愈烈。因此，饑荒的實質根由，是對人們知情權利的剝奪，繼而導致生存權利被剝奪。「沒有不受審查的公共批評活動空間，掌權者就不會因爲防止饑荒失敗而承受政治後果。」〔註 222〕

然後是猶如希臘神話中「普羅拉克斯提斯之床」的文化大革命。人們的思想被強按在一張特製的床上，長於床的就武力夷平，比床短的就硬性拉長。

〔註 219〕沈志華：《處在十字路口的選擇：1956～1957 年的中國》，序言第 9 頁。

〔註 220〕于風政：《改造：1949～1957 年的知識分子》，第 609 頁。

〔註 221〕徐鑄成：《徐鑄成回憶錄》，第 416 頁。

〔註 222〕〔印度〕阿馬蒂亞・森：《以自由看待發展》，北京：中國人民大學出版社，2002 年版，第 11、42、177 頁。

憲法所規定的條文已有名無實，群眾運動的「惡」被放大，卻沒有任何條件能夠制約。報紙本身成了受害者，黨報亦不能幸免。《解放日報》有一張報紙第一版標題印有「毛主席」，第二版同樣位置上印有「外交部抗議美帝國主義在拉丁美洲暴行」，造反派便質問總編輯：你們把「帝國主義」字樣印在「毛主席」的背上，這不是反毛澤東思想又是什麼？還有的學生用放大鏡查看報紙花邊，硬說花邊上有希特勒的「卐」標記，還有一條罪狀是他們發現某天《解放日報》版面上「毛主席」三個字的標題比《人民日報》小。這些，使時任總編輯馬達挨了許多皮鞭。爲了「糾正錯誤」，報社立即採取措施：深夜和《人民日報》核對重要新聞的標題，以免兩報不一樣惹來麻煩；夜班編輯增加一道工序，看大樣時要在燈光下把一版和二版、三版和四版大樣的標題疊在一起對一下，以免發生「政治錯誤」。〔註 223〕

報非報，人非人。歷史雖然已經翻過了那一頁，但人與人之間的信任蕩然無存。改革開放後出現的公共知識分子群體，已經無法恢復「文人論政」的傳統，因爲喪失了與傳統文化的銜接，歷史出現了斷裂，烏合之眾的力量從未停止凝聚，並不時衍生一股戾氣。包括報紙在內的媒介熟練地迴避政治風險，卻走向另外一個極端——娛樂至死。

7.4 對民營報紙核心價値的理性審思

新中國民營報紙的消亡，雖只牽涉從 1949 至 1957 的 8 年時間，但涵蓋範圍卻不應止於這 8 年。歷史是有因果的。發端於 19 世紀 70 年代的中國民營報紙經歷了太多的世事沉浮，雖未曾眞正成熟過，卻也磕磕絆絆地走過了戰爭，走過了通貨膨脹，卻在幾乎和平的年代戛然而止。

民營報紙爲什麼偏偏在新中國始建時期消失？要回答這一問題，就必須借助「大歷史」的觀念。1948 年民營報紙集體「左轉」，並自覺接受中共的統戰安排。民營報紙領軍人物的集體回歸，是民間報人對新政權認同的開始。在國族意識的感召下，二者具備了合力圖強的心理基礎。恰如歐、美大國崛起之時《泰晤士報》等民營報紙所擔綱的角色一樣，在國家利益受到威脅的情況下，中國的民營報紙也有表達忠誠的願景。上述原因導致了民營報紙自

〔註 223〕馬達：《馬達自述：辦報生涯 60 年》，上海：文匯出版社，2004 年版，第 45 頁。

覺服膺新政權的結果，而這樣的結果又在鞏固新生政權，維護社會穩定方面發揮了積極作用。

「大歷史」的觀念還涉及到新中國經濟制度的實施融入了很多對古今中外歷史經驗的反思。正因爲看到中國的衰落不僅僅由西方的堅船利炮所致，也有長期的經濟放任，以及「體制」無爲的原因，新中國才施行了一種類似於托克維爾所說的「政治集權」和「行政分權」的結合，民營報紙的消亡恰恰是兩者夾擊的必然結果。

「大歷史」的內涵除了要推及前因，還應把望未來。民營報紙的存在本是立足民間，秉持不黨、不賣、不私、不盲的精神，具有民眾授予的監督政治權力的合法性。隨著民營報紙這種載體的消失，所有報紙黨化，中國民營報紙特有的「文人論政」品格也隨之消失。一切言論被置於「黨性原則」的大框架下，以往圍繞著民營報紙存在的，以文章報國的知識分子群體，半是被迫，半是自動地放棄了獨立思考的權利。輿論監督的缺位，報紙的集體失聲所造成的歷史影響十分深刻，人們失去的不僅僅是知情權，還有生存的權利。大躍進之後的饑荒，文革對法制的踐踏，乃至對人心靈的摧殘，至今歷歷在目。如不希望歷史重演，就必須正面對待公共批評話語空間的重構問題，並在維護社會穩定的前提下，思考錯誤決策一旦發生，媒體怎樣幫助糾正而不是令其愈演愈烈。

另一個需要面對的問題是，取消民營報紙，並強化報紙間分工所形成的行業壟斷，至今依舊存在，攤派仍未禁絕。儘管程度比之以往有所減弱，但只要這種與官僚主義相伴生的現象存在，就有利益關聯，就會形成地方保護、行業保護等壁壘，阻礙正當的市場競爭。時至今日，跨媒體、跨行業、跨區域的報業整合步履維艱，不排除歷史原因的影響。而且，容忍行業壟斷的官僚結構是以「不計成本」、效率低下爲前提的，承受這一成本的終歸是基層民眾。這不能不成爲當今管理者迫切思考的問題。

本書雖重點考察 1949～1957 年間新中國民營報紙的消亡過程及原因，但思考的終點並不止於此。從長時段社會歷史發展的高度考量，民營報紙不惟對中國報刊發展歷程意義重大，它也是整個世界報刊發展史中至爲重要的環節。儘管時至今日，民營報紙在中國尚未在政策層面合法化，但在西方新聞界，民營報紙自誕生之日起，便作爲報業市場的主流存在，彰顯出其強大的生命力和不可替代性。即便在中國大陸周邊，業已回歸的香港和澳門，民營報紙的歷史也未曾斷裂，臺灣在報禁解除後，同樣迎來民營報紙的全面復蘇。從上述現象判斷，民營報紙在大陸消失，僅僅是一時一地特殊的歷史條件所致，不能因此低估民營報紙的獨特價值。

美國新聞社會學的代表人物邁克爾·舒德森曾經總結出三種與社會管理尤其是民主政治相關聯的新聞模式：一是市場模式，以追求商業利益爲目的，不關心民主政治；二是鼓吹模式，將新聞事業看做是政黨的附屬機構；三是託管模式，即新聞界化身爲公眾的代言人。託管模式實際上就是媒介代表公眾參與社會管理的一種假想模式，而民營報紙是最爲堅定的託管模式的執行者。作爲政府與民眾之間的協調力量，民營報紙對增進理解溝通、協調社會關係、規範社會行爲、化解社會矛盾、促進社會公正、應對社會風險、維護社會穩定，起到過並繼續發揮著上述作用。

一直以來，作爲集納各種社會衝突和紛爭的容器，民營報紙的角色並不止於呈現矛盾，而是通過營造對話、溝通的平臺來創造認同，並承擔起發現社會風險、整合有用信息、反映多樣文化的責任與義務。從世界範圍內報刊發展的「大歷史」視角出發，民營報紙的方向性選擇體現在對公信力、影響力、品牌美譽度和品牌忠誠的堅守。這一媒介的重要品質源自它長期積纍的商譽，即對獨立報導的執著和對利潤的剋制。在眾多財務分析師看來，商譽甚至占報紙總資產的 80%。民營報紙的這一核心價值能否被替代？美國傳播學者研究表明，電視臺和電臺顯然無法彌補報紙新聞報導的縮減，這些機構的記者人數遠遠少於報紙，且僅存的新聞報導 90%用於關注犯罪和事故（倫納德·唐尼、邁克爾·舒德森《美國新聞業重構》）。而微博微信這樣的新媒體儘管在速度上顛覆了報紙的傳播範式，且擁有爲數眾多的個體新聞生產者，但也不可避免地製造了大量的信息垃圾。況且，絕大多數新媒體的本性是爲迎合受眾，在堅守新聞的核心價值方面，尚未體現出超越報紙的特質。因此，民營報紙是和新聞專業主義綁縛得最爲緊密的一種介質，它是鞏固社會管理不可或缺的資源。

新中國民營報紙雖在特殊的歷史條件下消亡，至今未完成復歸，但這並不意味著民營報紙沒有存在的價值。對民營報紙的理性審思，不僅應肯定中國民營報紙「文人論政」傳統的歷史推動力，也要全面、客觀、公正地評價其它國家尚存的民營報紙對促進社會發展的正面作用。惟有將研究視野放置在宏觀的歷史—社會框架之中，側重從共生角度來考量政府、資本、社會、媒介的關係重構，才有助於在社會急劇變化的現階段，進一步考量媒體的協調功能與新聞獨立性的矛盾、媒介與國家主流意識形態既融通又對抗的矛盾、媒介傳播範圍的區域性與社會管理全局性的地理矛盾等，從而也為是否放開民營報紙提供更具廣泛意義的價值參照。

結　語

啓蒙思想家萊辛棲居在18世紀分裂卻專制的德國，一個當時「歐洲最具奴役性的國家」。他身處古典主義向浪漫主義的轉折點，卻沒有被激情扭偏了方向。他說，對眞理的追求比對眞理的佔有更爲可貴。這句話無異在表達，沒有人可以壟斷眞理。萊辛對啓蒙的最大貢獻在於他提出不要用結論來約束思考，「他撒向世界的『思想的酵素』並不是爲思考設立一個結論性終點，而是刺激人們獨立思考。」〔註1〕

本書選取新中國民營報紙的消失作爲研究方向，雖研究時段規範在1949至1957這8年，但這既不是起點，更不是終點。「消失」絕不是最終的結論，它只是眾多概念中比較接近事實的那一個，它停留在那個時代，並不會跟著時代走，但其影響卻不容抹去。

據巴金老人記述，1970年代末，當他飽受爭議的《隨想錄》第一卷問世，香港七位大學生同聲攻訐他的「隨想」文法不通順，還缺乏文學技巧。而這語言之譏的最終目的，不過是指責巴金不該在一本小書裏用了「四十七處『四人幫』」。〔註2〕巴金當時的反應是這些人「不許談論『文革』」，是讓人忘記在我們國土上發生過的那些事情。這可能就是屠格涅夫寫作《父與子》時的感受，這世界已產生兩代人在思想、情感、思維方式、行爲方式、群體文化、群體道德、群體精神上難以彌合的斷裂。巴金是痛歷史不僅被人遺忘，還將吶喊者歸入異端；而那些年輕人倒也未必眞如巴金所想，在抹殺歷史的傷痛。他們可能只停留在技術層面，希望巴金的記述更平和，更精準化。

〔註1〕雷頤：《黑暗時代的啓明》，《中國新聞周刊》，2011年8月1日。
〔註2〕巴金：《隨想錄》，北京：作家出版社，2009年1月版，合訂本新記第5頁。

「四人幫」夠不夠精準？這就像本書題目所使用的「消失」夠不夠精準一樣。選擇語言，其實就是在選擇事實。如果不是接觸了大量包括檔案在內的歷史文獻，本書的寫作或許會如香港的那幾位大學生一樣，追求技術上的完美，以當代人的視野匡正歷史。結果可能產生兩個偏向，或偏向左端，斥責那些任由民營報紙消亡的人缺乏「士不可以不弘毅」的堅忍，在權力面前摧眉折腰，助長了烏合之眾的跋扈，引致漠視法律和人權的政治災難；或偏向右端，將結論落定在制度選擇的失誤，以既有成見逆推歷史，每一個環節只看到「惡」的局部而不是事實的每個方面。

這兩個偏向都不是本書所選擇的。本書的宗旨是，寧可看似中庸，也不輕易臆斷。在缺乏事實支撐的細處，寧可不下結論，也不發生錯的誘導。因爲從歷史經驗來看，無論是左是右，只要事出偏激，最終都會在基層集聚，催生出一切不顧結果的破壞性力量。這個教訓至今記憶深痛。

避免偏向，並非放棄獨立思考。本書在承認 1949 年以後新的政治、經濟制度是導致民營報紙消失的首要因素同時，也梳理出很多被以往研究忽略的問題，並得出以下核心觀點：

（一）應該站在中國長時段屈辱史上，考慮到民營報紙及民間報人的國族意識，考慮到他們對民本的擔當，是以中國整體富強爲前提的。在一些特殊歷史時段，國族意識往往成爲整合政治、經濟、文化的動因，成爲政權與其監督者之間達成契約的推動力量。這在歐、美國家崛起的歷史過程中已經得到證實。這樣的視角，或可擺脫單純意識形態的羈絆，給予民營報紙的消亡以現實關照。畢竟在民營報紙消亡的同一時段，是中國人國族意識的鼎盛期，這在本書第四章對國際環境的分析中，已有大量陳述。

（二）應該關照中國古代社會「國家—民間精英—民眾」的三層結構從鴉片戰爭開始解體，而不完全是共產黨的治理模式打散的結果。只不過，新中國所要做的不是恢復，而是重建一種新的結構。完成社會重組本需要漫長的歷史時間，但在缺乏定型社會結構的恒定力量時，面對百年沉屙，殘病之軀，執政方往往採取更具效率的由國家高度調配的機制，依賴強有力的社會動員，用政治整合替代社會整合。當主政者的動機充滿道義力量時，中國士大夫階層本有否定自我，認同天命的歷史遺留，這或可爲民營報紙整合進國家序列找到另外一種解釋。關於這一點，在本書第五章政治因素分析部分，論證得更爲充分。

（三）應該循著許多民營報紙的消亡源自內部衰竭這一現象，啓用無產階級崛起過程中「合理利己主義」這一框架。「合理利己主義」相信人的自然本性是對利益的追求。因先有剝削和壓迫這樣「惡」的基礎，而人民惟有通過革命去破壞這種現實，那麼，以「惡」制「惡」就具備了合理性，甚至正義性。儘管它造成的歷史的「抽搐」可能會是災害性的，但是不這樣做就無法消滅原有制度的惡。1949 至 1957 年間一系列政治運動，深刻地反映了「合理利己主義」的強大市場。不能否認其中有「黨」在獲取政權之後，沒有及時從革命思維轉換成執政思維，但深植在底層民眾「打碎一切，重新分配」的意識，是不分國域和制度的。美國歷史上的排華運動和麥卡錫主義也是以「窮白人」爲社會基礎。關於基層運動對民營報紙的內部消解，可在本書第六章經濟因素分析部分找到更多內容。

上述所見只是本書的部分創新。就像本書第三章不惜濃墨重彩，並以皓首窮經之志挖掘民營報紙的整體內容一樣，本書觀點的得出力求全面，並不強求標新立異，「整體性」就成爲支撐本書創作的關鍵性哲學概念。馬克思主義的整體性哲學被盧卡奇視爲正統，強調的是這個道理：一定的歷史條件決定了一定的歷史過程。本書雖以敘述過程爲主，但不迴避形成「此刻」的因和「此刻」產生的果。畢竟有民營報紙消失、輿論監督缺位在前，中國進入長達 20 年的文化「荒漠」時期，知識分子尊嚴不復，長期保持沉默，造成了新中國文化教育科學技術的大面積落後；不僅知識分子同執政黨之間的裂痕擴大，也輻射到社會上的絕大多數人，信仰缺失，人心冷漠。何況還有令歷史寒顫的三年饑荒和文化大革命這一系列劫難。我們不能不檢討民營報紙消失的後遺症：國家動員能力雖強，但民間社會極弱。社會生活的運轉只能依賴行政系統，社會的自組織能力差，缺少自下而上的溝通，民眾意見的凝聚缺少必要的組織形式。

今非昔比。網絡時代的到來，對一切傳統媒體造成衝擊，報紙所受影響尤甚。歷史發展到今天，再舉倡紙質民營報紙的復興或不合時宜，但關注民營報紙消亡的額外收穫在於，「公共批評話語空間」這一概念浮出水面。本書雖未以此爲主線集中闡述，但論述民營報紙消亡過程的本身，就是在論證「公共批評話語空間」如何被移除。無論是探討「文人論政」傳統的覆滅，還是鞭闢民營報紙自我審查系統的建立，其指向都是上述命題。

「公共批評話語空間」是細化了的公共領域。民營報紙曾在歷史上作爲提供這一空間的載體存在。今天，形勢發生了變化。不斷自我更新的信息技術正在培育那些曾經被剷除或試圖被剷除的對立事物，包括矛盾、不一致等等。信息社會正將人類分化成「互動的」和「被互動」的兩種人口，從而形成一個充滿競爭的社會政治過程。在這樣一個制度喪失合理性、文化表現朝生暮死的歷史時期，認同變得尤其重要。人群越來越不是按照他們的所作所爲，而是按照他們是什麼，或者相信他們是什麼來組織意義。1950 年代民營報紙消亡之時，社會或許複雜，人心尚還簡單，可以通過動員、灌輸獲得青年一代的認同。如今，新信息秩序的顛覆性在於：之前讀者、聽眾或觀眾所遭遇的由敘事、論說和影像所構成的表達性文化，正變成一種科技文化，構成文化的主要成分不再是那些表達，而是與用戶和玩家同在的由技術驅動的科技事物。用戶和玩家正取代曾經的受眾成爲新的勢力，因爲他們既可以消費媒介又可以參與媒介生產。這一自我表達、自我賦權的新群體不斷挑戰現有的管理體制和民主尺度。而對應這一新的勢力，社會上出現了一種排除的邏輯，被排除的包括電腦文盲、無消費能力群體，以及通信低度發展地域的人，這些被排除者同樣拒絕現有結構的支配，不斷爭取生存的尊嚴，並通過媒介表達他們的抗爭。媒介在這樣的雙向運動中成爲了「交合」點，而同時向此彙聚的還有政治、經濟、文化及各種利益集團。以往媒介「提供信息」和「對事實進行判斷」的身份被消解，因爲這意味著把一些人留在裏面，把其它人擋在外面。因此，建構一種解釋人的身份至關重要。齊格蒙特·鮑曼、曼紐爾·卡斯特、加芬克爾等學者都認同這樣的理念：媒介身份的轉換有助於達成一種整合力量，將地方、個別、不同的聲音合題成共享的價值、共同的效能標準，以及相互的尊重。而這些能力正是創新社會管理所需要的。

歸根結底，這是一個結構再建的過程。以當年統攝民營報紙的手段來應對今日之媒體，尤其是不斷自我賦權的自媒體，已無可能。官僚式的垂直僵化管理並不能遏制「公共批評話語空間」的生成和存在，只能刺激其發生反向作用。但從今天的一些現象可見，來自官方的結構性改變並不深刻。地方性保護、信息屏蔽基本沒有改善，由政府主導而不是市場主導的報紙併合，同 1950 年代的報紙併合沒有本質區別。

只要存在以政治控制爲主的結構性制約，媒介對 1950 年代放棄了但必須完成的社會重組只能投以有限的關涉，有時還因迴避政治風險的需要，成爲制約社會進步的負值，比如新聞娛樂化、媒介消費主義的泛濫。舊的問題沒能根本解決，信息社會又攜帶信息的不可控性挑戰既有的社會秩序。再不可能通過改造民營報紙的方式改造今天的媒介了，而是需要反思，如何在對「制度」的爭辯、衝突過程中完善它。

從 1957 年最後一張民營報紙消失至今已半個多世紀。當年遭受西方經濟封鎖的封閉式發展道路早已爲全球化衝破，中國成爲世界上最具活力的經濟體，其中，民營經濟佔據中國經濟發展的半壁江山。當年不利於民營報紙存活的其它限制性因素也都發生了重大改變，尤以社會結構的變化最爲顯著。

新中國始建至改革開放以前，我國社會結構主要是工人階級、農民階級和知識分子這樣「兩個階級一個階層」。由於缺乏古代社會民間精英這一中間層次的存在，以執政黨主導的政治整合便替代了漫長的社會重組，整個國家動員社會成員向下流動，以社會成員的整齊劃一、集團貧困爲滿足點。改革開放以後，上述情形發生了分化。原來的「兩個階級一個階層」變成了十大階層：國家與社會管理者階層、經理人員階層、私營企業主階層、專業技術人員階層、辦事人員階層、個體工商戶階層、商業服務人員階層、產業工人階層、農業勞動者階層和城鄉無業失業者階層。新增的個體工商戶、私營企業主、各種非公有制企業和民辦企業單位中的經營管理人員，以及作爲專業技術人員的知識分子，國家機關、社會團體和各種企業事業單位中的辦事人員，在新的勞動關係下獲得相對獨立的新社會角色和社會經濟地位，他們正發展成爲一股中間力量。網絡時代的到來，賦予了中間力量自我表達、自我賦權的平臺，一大批人從原有的意識形態教育和宣傳中覺醒，產生了以獨立自由意志爲主要特徵的公民意識，其中一部分人開始關注並投身公共事務。據 2012 年《民間組織藍皮書》報告，從 2006 年到 2010 年的五年間，中國民間組織增加值增長了 3 倍多，截至 2010 年，共有 44.6 萬個民間組織，吸納了社會各類就業人員 618.2 萬人。2007 至 2009 年，民間組織增加值的增長率遠大於國內生產總值的增長速度，全國民間組織形成固定資產 1864.1 億元，僅 2010 年一年，民間組織固定資產總值就增加了 834.1 億元，增長速度驚人，反映出民間組織在經濟領域日趨活躍。一向以來，民間社會的存在是民營報紙立足的前提條件，可以說，社會結構的改變和民間社會的壯大已爲民營報紙的復蘇敷設了存活環境。

另外一個關乎民營報紙的重大改變是，承襲「文人論政」傳統的「士文化」正以新的面貌出現，這就是近些年勃興的公共知識分子群體。公共知識分子作爲一個概念，是由西方學者雅各比於 1987 年提出的，主要指那些具有學術背景和專業素質的知識者，進言社會並參與公共事務的行動者，具有批判精神和道義擔當的理想者。儘管這一概念進入到中國以後發生了意義的改變，某種程度上被污名化，但個別公共知識分子自身的缺陷並不能抹殺整個群體對當代中國民主進步的推動力。正是一群有擔當的公共知識分子，用民眾需要的專業知識，用卓絕的批判精神指謫社會運行中的弊端，向民眾傳遞符合歷史潮流的理想信念，並在道義的追尋中推動法治政府的建造和修繕。應該肯定的是，大多數公共知識分子追求的是中國士文化「爲天地立心，爲生民立命，爲往聖繼絕學，爲萬世開太平」的氣度，這和民營報紙鼎盛期的「文人論政」傳統不謀而合。當代公共知識分子往往是通過媒介輸送意見，他們選擇的渠道，一是體制內的媒體，二是網絡。前者難免約束他們聲音的如實傳達，後者則容易扁平化他們的思想高度。而惟有那些以「同人」志趣爲旨歸的民營報紙或可成爲公共知識分子最恰切的平臺。

當今中國，無論是社會結構轉型中形成的民間社會，還是作爲意見領袖存在的公共知識分子，都對尚未合法化的民營報紙有所期待。但一個不容忽視的現實問題是，世界範圍內傳媒生態正在發生劇變，新媒體的崛起使報業發展面臨嚴峻挑戰，全球報業正經歷著從平面媒體到數字媒體的重要轉型，而前景並不明朗。在此前提下，中國民營報紙的復蘇不僅存在體制方面的制約，還有生存方面的困境。

本書的觀點是，儘管發端於上個世紀末的互聯網革命對傳媒生態造成了顛覆性影響，一波又一波的傳媒新形態不斷將報紙推向邊緣化，但也應看到，同樣被邊緣化了的還有主流的價值觀：虛無主義彌漫整個社會，人的內心生態日益退化，創造性的思想日漸凋零，市儈文化充斥一切場合，人們處於一種麻木的、無目的的、無標準的狀態。在現存的所有媒介形態中，惟有報紙，在每一次生存危機中通過強化和調整自身的核心價值獲得發展機遇，並形成了重事實求公正的新聞樣式及價值訴求，其長期堅守的新聞專業主義對消解當下碎片文化、淺薄文化或有可行性。而民營報紙核心價值的歷史沉澱又是所有報紙品類中最豐富的，其在精神立場、敘事策略等方面形成的獨特價值並非網絡媒體能夠取代。這也是民營報紙能夠在世界新聞史上長久不衰的重要原因。如果中國的民營報紙能夠找到內容與價值的契合點，可以期待，隨著中國政治體制改革的不斷完善以及報紙數字化轉型的推進，民營報紙並非沒有回歸的可能，而是以新的形式，新的傳播手段出現。

最後，需要說明的是，本書寫作十分敬重中國漫長治史生涯中「闕疑，虛己，平情，紀實，求眞」的傳統，並對錢穆先生所謂「對其本國已往歷史之溫情與敬意」深以爲然。收筆之際，期望嚴復的這句話可以提升全文的思考，他的十六個字是：「制無美惡，期於適時；變無遲速，要在當可。」

參考文獻

檔案、文獻

1. 北京市檔案館相關館藏檔案
2. 廣東省檔案館相關館藏檔案
3. 廣州市檔案館相關館藏檔案
4. 哈爾濱市檔案館相關館藏檔案
5. 上海市檔案館相關館藏檔案
6. 國家圖書館縮微文獻
7. 國家圖書館保存本文獻
8. 廣東省立中山圖書館縮微報紙全文數據庫相關文獻
9. 廣州市圖書館廣州地方文獻
10. 暨南大學圖書館特藏室相關文獻
11. 《薄一波文選（1937～1992）》，北京：人民出版社，1992年12月版。
12. 廣州市人民政府秘書處編印：《廣州市政合訂本・第一卷・第一期至第五期》
13. 廣州市人民政府秘書處編印：《廣州市政合訂本・第二卷・第六期至第十期》
14. 馬克思、恩格斯：《共產黨宣言》，北京：人民出版社，1997年8月版。
15. 恩格斯：《家庭、私有制和國家的起源》，北京：人民出版社，1999年8月版。
16. 《毛澤東選集》1～4卷，北京：人民出版社，1991年6月版。
17. 《彭眞文選（1941～1990）》，北京：人民出版社，1991年5月版。
18. 沈志華、楊奎松主編：《美國對華情報解密檔案（1948～1976）》，上海，東方出版中心，2009 年 4 月版。

19. 孫中山：《建國方略》，武漢：武漢出版社，2011 年 7 月版。
20. 新華社新聞研究部編：《新華社文件資料選編 1949～1956》（一至三輯），內部資料
21. 張木生譯，沈志華編：《關於 1950 年中蘇條約談判的部分檔案文獻》，北京：《中共黨史資料》第 67 輯，1998 年 9 月。
22. 中共廣州市委黨史研究室、廣州市檔案館編：《中共廣州市委主要領導人講話文稿選編第一輯（1949.10～1952.12）》電子版，http://www.zggzds.gov.cn/ tsglwxzl/1367.jhtml。
23. 中共廣州市委黨史研究室、廣州市檔案館編：《中共廣州市委主要領導人講話文稿選編第二輯（1953.1～1956.6）》電子版，http://www.zggzds.gov.cn/tsglwxzl/1369.jhtml。
24. 中共廣州市委黨史研究室編：《中國資本主義工商業的社會主義改造（廣東卷廣州分冊）》，北京：中共黨史出版社，1993 年 8 月版。
25. 中共廣州市委黨史研究室，廣州市檔案館編：《廣州解放史錄》，廣州：廣東人民出版社，1999 年 9 月版。
26. 中共廣州市委黨史研究室編：《廣州社會改造史錄》電子版，http://www.zggzds. gov.cn/tsglwxzl/1494.jhtml，2010 年 11 月。
27. 中共廣州市委黨史研究室編：《廣州接管史錄》，廣州：廣東經濟出版社，2009 年 10 月版。
28. 中共中央文獻研究室、中央檔案館編：《建國以來劉少奇文稿》，北京：中央文獻出版社，2005 年 4 月版。
29. 中共中央文獻研究室編：《建國以來毛澤東文稿》（一至四冊：1949 年 9 月～1954 年 12 月），北京：中央文獻出版社，1987 年～1990 年版。
30. 中共中央文獻研究室編：《建國以來重要文件選編》第 1 冊，北京：中央文獻出版社，1992 年 5 月版。
31. 中共天津市委黨史資料徵集委員會編：《天津解放紀實》，北京：中共黨史資料出版社，1988 年 10 月版。
32. 中共四川省委黨史研究室編：《中共中央南方局的文化工作》，北京：中共黨史出版社，2009 年 5 月版。
33. 中央檔案館編：《中共中央文件選集（一九四八）》第 17～18 冊，北京：中共中央黨校出版社，1992 年 10 月版。
34. 中國社會科學院新聞研究所編：《中國共產黨新聞工作文件彙編》，北京：新華出版社，1980 年 12 月版。
35. 中國出版科學研究所、中央檔案館編：《中華人民共和國出版史料》1949 年～1956 年（1～8 輯），北京：中國書籍出版社，1995 年 5 月～2001 年

10 月版。
36. 中共中央宣傳部辦公廳、中央檔案館編研部編：《中國共產黨宣傳工作文獻選編》1～4 冊，北京：學習出版社，1996 年 9 月版。
37. 《中國與蘇聯關係文獻彙編（1949 年 10 月～1951 年 12 月）》，北京：世界知識出版社，2009 年 10 月版。

報刊資料

1. 《北京新民報日刊》（北京）。
2. 《博陵報》（天津）。
3. 《長沙商情導報》（長沙）。
4. 《常州民報》（常州）。
5. 《重慶新民報晚刊》（重慶）。
6. 《大剛報》（武漢）。
7. 《大公報》（上海—北京）。
8. 《當代日報》（杭州）。
9. 《奮鬥日報》（歸綏，今呼和浩特）。
10. 《工商晚報》（西安）。
11. 《工商新聞》（上海）。
12. 《光明日報》（北京）。
13. 《廣東每日商情通報》（廣州）。
14. 《廣州標準行情》（廣州）。
15. 《國華報》（廣州）。
16. 《哈爾濱公報》（哈爾濱）。
17. 《建設日報》（哈爾濱）。
18. 《江聲報》（廈門）。
19. 《進步日報》（天津）。
20. 《經濟快報》（西安）。
21. 《快活報》（廣州）。
22. 《老照片》（濟南）。
23. 《聯合報》（廣州）。
24. 《每日論壇報》（廣州）。
25. 《南方日報》（廣州）。
26. 《南京人報》（南京）。

27. 《南京新民報日刊》（南京）。
28. 《寧波人報》（寧波）。
29. 《人民日報》（北京）。
30. 《人民文化報》（上海）。
31. 《商報》（上海）。
32. 《文匯報》（上海）。
33. 《文史資料選輯》（北京）。
34. 《戲劇新報》（武漢）。
35. 《上海新民報晚刊》（上海）。
36. 《曉報》（無錫）。
37. 《現象報》（廣州）。
38. 《新工商周刊》（廣州）。
39. 《新商晚報》（廣州）。
40. 《新生晚報》（天津）。
41. 《新聞研究資料》（北京）。
42. 《星報》（天津）。
43. 《星報》（廣州）。
44. 《星閩日報》（福州）。
45. 《煙業日報》（上海）。
46. 《影劇日報》（北京）。
47. 《越華報》（廣州）。
48. 《周末報》（香港・廣州）。
49. 《The Chinese-English Intelligence》（中譯《華北漢英報》，天津）。
50. 《Time》（美國時代周刊・紐約）。

回憶、口述及人物傳記

1. 安閩、曉鐘編寫：《廈門〈江聲報〉（1927～1950）》，福州：《黨史資料與研究》，1986 年第 2 期。
2. 包天笑：《釧影樓回憶錄》，北京：中國大百科全書出版社，2008 年 12 月。
3. 薄一波：《若干重大決策與事件的回顧》，北京：中共黨史出版社，2008 年 1 月版。
4. 曹世瑛：《大公報的資金究竟是誰的》，北京：《新聞研究資料》，1984 年第 1 期。

5. 晁鷗、則玲：《趙超構》，北京：人民日報出版社，1999年4月版。
6. 陳保平主編：《新民春秋：新民報・新民晚報八十年》，上海：文匯出版社，2009年9月版。
7. 陳布雷：《陳布雷回憶錄》，北京：東方出版社，2009年9月版。
8. 陳理源：《解放初期的重慶〈新民報〉》，北京：《新聞研究資料》，1987年第4期。
9. 陳銘德、鄧季惺等：《新民報春秋》，重慶：重慶出版社，1987年12月版。
10. 陳銘德、鄧季惺：《徐悲鴻大師與〈新民報〉》，北京：《新聞研究資料》，1985年第1期。
11. 陳清泉：《在中共高層50年：陸定一傳奇人生》，北京：人民出版社，2006年1月版。
12. 陳原：《記胡愈之》，香港：商務印書館香港有限公司，1992年10月版。
13. 《大公報一百週年報慶叢書》編委會編：《我與大公報》，上海：復旦大學出版社，2002年1月版。
14. 戴邦：《建國以來報紙工作的回顧》，北京：《新聞研究資料》，1983年第3期。
15. 范瑾：《懷念與敬意——回憶市委領導對〈北京日報〉的關懷》，北京：《新聞研究資料》，1981年第1期。
16. 高成祥：《從〈工商導報〉到〈成都日報〉》，北京：《新聞研究資料》，1987年第4期。
17. 高劍夫：《也談〈奮鬥日報〉——懷念景昌之同志》，北京：《新聞研究資料》，1987年第2期。
18. 顧行、成美：《鄧拓傳》，太原：山西教育出版社，1991年11月版。
19. 顧頡剛：《顧頡剛日記（六）》（1947～1950），臺北：聯經出版社，2000年5月版。
20. 顧執中：《報人生涯》，南京：江蘇古籍出版社，1987年版。
21. 韓辛茹：《陸詒》，北京：人民日報出版社，1995年12月版。
22. 胡喬木傳編寫組編：《胡喬木書信集》，北京：人民出版社，2002年5月版。
23. 胡適口述，唐德剛譯注：《胡適口述自傳》，桂林：廣西師範大學出版社，2005年8月版。
24. 吉少甫：《新中國出版事業的開拓者——建國初期胡愈之在出版署的活動紀要》，上海：《編輯學刊》，1996年第4期。
25. 蔣曙晨：《我和〈奮鬥日報〉》，北京：《新聞研究資料》，1985年第3期。

26. 蔣麗萍、林偉平：《民間的回聲：新民報創始人陳銘德鄧季惺傳》，北京：新世界出版社2004年8月版。
27. 蔣夢麟：《西潮・新潮》，長沙：嶽麓書社，2000年9月版。
28. 孔昭愷：《舊大公報坐科記》，北京：中國文史出版社，1991年12月版。
29. 李純青：《筆耕五十年》，北京：三聯書店，1994年6月版。
30. 李克因：《我心目中的「大先生」——紀念名報人張友鸞逝世10週年》，南京：《新聞通訊》，2000年第8期。
31. 李南央：《父母昨日書——李銳、范元甄通信集》（1938～1949），廣州，廣東人民出版社，2008年12月版。
32. 李偉：《報人風骨：徐鑄成傳》，桂林：廣西師範大學出版社，2008年7月版。
33. 李西橋：《綏遠奮鬥日報被砸記》，北京：《新聞研究資料》，1981年第5期。
34. 林璋華：《廈門〈江聲報〉創刊時間談》，福建省圖書館學會2008年學術年會論文集，2008年10月。
35. 劉映元：《傅作義將軍的喉舌——奮鬥日報》，北京：《新聞研究資料》，1981年第5期。
36. 龍勁風：《回憶每日論壇報》，廣州市政協學習和文史資料委員會編：《廣州文史》第56輯，廣州：廣東人民出版社，1989年1月版。
37. 苗平章：《綏遠起義前後的奮鬥日報》，北京：《新聞研究資料》，1981年第5期。
38. 〔美〕艾愷採訪，梁漱溟口述：《這個世界會好嗎——梁漱溟晚年口述》，上海：東方出版中心，2006年1月版。
39. 〔美〕保羅・埃文斯著，陳同等譯：《費正清看中國》，上海：上海人民出版社，1995年5月版。
40. 〔美〕費正清著，陸惠勒等譯：《費正清對華回憶錄》，上海：知識出版社，1991年5月版。
41. 〔美〕亨利・基辛格著，顧淑馨、林添貴譯：《大外交》，海口：海南出版社，2012年2月版。
42. 南方日報社、廣東《華商報》史學會合編：《白首記者話華商》，廣州：廣東人民出版社，1987年3月版。
43. 聶紺弩：《對鏡檢討》，青島：青島出版社，2011年3月版。
44. 歐陽柏：《大剛報史話》，北京：《新聞研究資料》，1984年第2期。
45. 歐陽柏：《大剛報史話續》，北京：《新聞研究資料》，1984年第3期。
46. 錢昌照：《錢昌照回憶錄》，北京：東方出版社，2011年5月版。

47. 薩空了：《關於〈新蜀報〉的回憶》，北京：《新聞研究資料》，1985 年第 3 期。
48. 拾風：《南京人報反擊龔德柏之戰》，北京：《新聞研究資料》，1983 年第 2 期。
49. 宋連生：《鄧拓的後十年》，武漢：湖北人民出版社，2010 年 4 月版。
50. 孫衛衛：《60 年機構變遷記：從總署到新聞出版總署》，新華網，2009 年 09 月 10 日，http://news.xinhuanet.com/newmedia/2009-09/10/content_12028475_1.htm。
51. 陶菊隱：《記者生活三十年：親歷民國重大事件》，北京：中華書局，2005 年 9 月版。
52. 陶希聖：《潮流與點滴》，北京：中國大百科全書出版社，2008 年 9 月版。
53. 王迪：《北京日報誕生前後》，北京：《北京黨史通訊》，1988 年第 2 期。
54. 王淮冰：《對大剛報不同歷史時期評價的看法》，北京：《新聞研究資料》，1984 年第 2 期。
55. 王淮冰、段鎮坤、歐陽柏、楊坤潮：《邵荃麟同志與漢口大剛報》，北京：《新聞研究資料》，1980 年第 3 期。
56. 王鵬：《王芸生在解放前夕》，北京：《新聞研究資料》，1983 年第 4 期。
57. 王鵬：《大公報在北京的創刊、發展和停刊》，北京：《縱橫》，2000 年第 11 期。
58. 王鵬：《大公報的資金與股份變動情況》，北京：《百年潮》，2001 年第 8 期。
59. 王鵬：《毛澤東爲什麼保下了王芸生》，長沙：《書屋》，2002 年第 5 期。
60. 王文彬：《建國初期的重慶〈大公報〉》，北京：《新聞研究資料》，1987 年第 4 期。
61. 王欣：《一份頗具影響的外商華文晚報——〈大美晚報〉》，北京：《新聞研究資料》，1991 年第 3 期。
62. 王芝琛：《百年滄桑：王芸生與大公報》，北京：中國工人出版社，2001 年 5 月版。
63. 文匯報報史研究室編：《從風雨中走來：文匯報回憶錄 1》，上海：文匯出版社，1993 年 1 月版。
64. 文匯報報史研究室編：《在曲折中前進：文匯報回憶錄 2》，上海：文匯出版社，1995 年 10 月版。
65. 吳宓：《吳宓日記續篇》（1），北京：生活・讀書・新知三聯書店，2006 年 4 月版。
66. 夏衍：《懶尋舊夢錄》，北京：生活・讀書・新知三聯書店，2000 年 9 月版。

67. 蕭乾：《未帶地圖的旅人——蕭乾回憶錄》，南京：江蘇文藝出版社，2010年1月版。
68. 肖鳴鏘：《周欽岳與〈新蜀報〉》，北京：《新聞研究資料》，1987年第4期，182～188頁。
69. 新民晚報史編撰委員會主編：《飛入尋常百姓家：新民報——新民晚報七十年史》，上海：文匯出版社，2004年8月版。
70. 新民晚報編輯部：《我們對辦好一張社會主義晚報的探索》，北京：《新聞研究資料》，1983年第3期，第60～81頁。
71. 徐鑄成：《舊聞雜憶》，北京：生活·讀書·新知三聯書店，2009年12月版。
72. 徐鑄成：《報人張季鸞先生傳》，北京：生活·讀書·新知三聯書店，2009年12月版。
73. 徐鑄成：《徐鑄成回憶錄》，北京：生活·讀書·新知三聯書店，2010年1月版。
74. 徐鑄成：《報海舊聞》，北京：生活·讀書·新知三聯書店，2010年1月版。
75. 徐鑄成：《風雨故人》，北京：生活·讀書·新知三聯書店，2011年1月版。
76. 楊奇口述，周軍、鄧穎珊採訪：《從「文人辦報」到「黨委辦報」》，2009年3月26日，http://www.gzzxws.gov.cn/dtsl/zgdsg/ksls/kswygzjf/201008/t20100803_19120.htm。
77. 楊雪梅：《報人時代：陳銘德、鄧季惺與〈新民報〉》，北京：中華書局，2008年8月版。
78. 楊學純：《金仲華》，北京：人民日報出版社，1996年7月版。
79. 喻世長，王金昌整理：《建國日記》，北京：東方出版社，2009年9月版。
80. 于友：《劉尊棋》，北京：人民日報出版社，1996年1月版。
81. 于友：《胡愈之傳》，北京：新華出版社，1993年4月版。
82. 袁少堅：《憶〈聯合報〉創辦歷程》，廣州：大洋網，原載《老人報》，原題：《無法忘卻的情懷》，2010年8月25日。
83. 曾虛白：《曾虛白自傳》（上、中、下），臺北：聯經出版社，1988～1990年版。
84. 章導：《〈每日論壇報〉出版的前因後果》，廣州市政協學習和文史資料委員會編：《廣州文史資料存稿選編》，北京：中國文史出版社，2008年5月。

85. 張林嵐：《趙超構傳》，上海：文匯出版社，1999 年 8 月版。
86. 張彥：《愛潑斯坦》，北京：人民日報出版社，1996 年 8 月版。
87. 張友鸞：《老大哥張恨水》，北京：《新聞研究資料》，1981 年第 1 期。
88. 張友漁：《報人生涯三十年》，重慶：重慶出版社，1982 年 12 月版。
89. 張振群：《像風，眷念著一棵綠樹——新聞奇才張友鸞側記》，合肥：《江淮文史》，2007 年第 2 期。
90. 趙純繼：《成都〈新民報〉記略》，北京：《新聞研究資料》，1982 年第 5 期。
91. 趙曉鈴：《盧作孚的選擇》，廣州：廣東人民出版社，2010 年 7 月版。
92. 趙則玲：《報界宗師：趙超構評傳》，杭州：浙江大學出版社，2009 年 8 月版。
93. 鄭逸梅：《書報話舊》，北京：中華書局，2005 年 4 月版。
94. 周雨：《王芸生》，北京：人民日報出版社，1995 年 11 月版。
95. 周雨：《大公報史：1902～1949》，南京：江蘇古籍出版社，1993 年 7 月版。
96. 朱正：《報人浦熙修》，武漢：湖北人民出版社，2005 年 1 月版。
97. 祝紀和：《上海解放後第一張小型報——〈大報〉》，上海：《新聞記者》，1990 年第 1 期。
98. 鄒僕：《天津解放後第一張民營報紙——〈進步日報〉》，上海：《新聞大學》，1994 年第 1 期。

大事編年、年鑒及辭典

1. 廣東省地方史志編纂委員會編：《廣東省志・新聞志》，廣州：廣東人民出版社，2000 年 11 月版。
2. 《今晚報大事記》，北京：《傳媒》，2011 年第 9 期，第 25～27 頁。
3. 王檜林、朱漢國主編：《中國報刊辭典（1815～1949）》，太原：書海出版社，1992 年 6 月版。
4. 文匯報報史研究室編寫：《文匯報史略：1938.1～1939.5，1945.8～1947.5》，上海：文匯出版社，1988 年 9 月版。
5. 文匯報報史研究室編寫：《文匯報史略（1949.6～1966.5）》，上海：文匯出版社，1997 年 12 月版。
6. 中國出版工作者協會編：《中國出版年鑒》（1985），北京：商務印書館，1985 年版。
7. 中共中央黨史研究室編：《中共黨史大事年表》，北京：中共黨史出版社，1981 年 10 月版。

8. 中國社會科學院新聞研究所編：《中國新聞年鑒》（1982），北京：中國社會科學出版社，1982 年版 12 月版。
9. 中國社會科學院新聞研究所編：《中國新聞年鑒》（1988），北京：中國社會科學出版社，1988 年 11 月版。

著述

1. 陳建雲：《大變局中的民間報人與報刊》，福州：福建教育出版社，2008 年 12 月版。
2. 陳建雲：《向左走 向右走：一九四九年前後民間報人的出路抉擇》，福州：福建教育出版社，2010 年 2 月版。
3. 叢進：《1949～1976 年的中國：曲折發展的歲月》，北京：人民出版社，2009 年 5 月。
4. 《大公報一百週年報慶叢書》編委會：《大公報一百年新聞案例選》，上海：復旦大學出版社，2002 年 5 月版。
5. 〔德〕恩斯特・卡西爾著，劉述先譯：《論人：人類文化哲學導論》，桂林：廣西師範大學出版社，2006 年 11 月版。
6. 〔德〕弗里德里希・尼采著，張念東、淩素心譯：《權力意志》，北京：中央編譯出版社，2005 年 4 月版。
7. 〔德〕斐迪南・滕尼斯著，林榮遠譯：《共同體與社會：純粹社會學的基本概念》，北京：北京大學出版社，2010 年 11 月版。
8. 〔德〕卡爾・曼海姆著，黎鳴、李書崇譯：《意識形態與烏托邦》，上海：上海三聯書店，2011 年 1 月版。
9. 〔德〕托馬斯・梅耶著，劉寧譯：《傳媒殖民統治》，北京：中國傳媒大學出版社，2009 年 8 月版。
10. 〔德〕尤爾根・哈貝馬斯著，劉北成、曹衛東譯：《合法化危機》，上海：上海人民出版社，2009 年 11 月版。
11. 鄧野：《聯合政府與一黨訓政：1944～1946 年間國共政爭》，北京：社會科學文獻出版社，2003 年 11 月版。
12. 丁淦林主編：《中國新聞事業史》，北京：高等教育出版社，2002 年 8 月版。
13. 丁淦林主編：《中國新聞圖史》，廣州：南方日報出版社，2002 年 1 月版。
14. 杜維運：《史學方法論》，北京：北京大學出版社，2006 年 5 月版。
15. 〔俄〕謝・卡拉・穆爾札著，徐昌翰等譯：《論意識操縱》，北京：社會科學文獻出版社，2004 年 2 月版。
16. 〔法〕埃米爾・涂爾幹著，渠東譯：《社會分工論》，北京：生活・讀書・新知三聯書店，2000 年 4 月版。

17. 〔法〕古斯塔夫・勒龐著，馮克利譯：《烏合之眾：大眾心理研究》，北京：中央編譯出版社，2004 年 1 月版。
18. 〔法〕加布里埃爾・塔爾德、〔美〕特里・N.克拉克編，何道寬譯：《傳播與社會影響》，北京：中國人民大學出版社，2005 年 6 月版。
19. 〔法〕雷蒙・阿隆著，姜志輝譯：《想像的馬克思主義：從一個神聖家族到另一個神聖家族》，上海：上海譯文出版社，2007 年 8 月版。
20. 〔法〕雷蒙・阿隆著，周以光譯：《階級鬥爭：工業社會新講》，南京：譯林出版社，2003 年 6 月版。
21. 〔法〕讓・雅克・盧梭著，高煜譯：《論人類不平等的起源和基礎》，桂林：廣西師範大學出版社，2009 年 3 月版。
22. 〔法〕米歇爾・福柯著，劉北成、楊遠嬰譯：《規訓與懲罰》，北京：生活・讀書・新知三聯書店，2007 年 4 月版。
23. 〔法〕朱里安・本達著，孫傳釗譯：《知識分子的背叛》，長春：吉林人民出版社，2010 年 11 月。
24. 方漢奇，陳昌鳳主編：《正在發生的歷史：中國當代新聞事業》，福州：福建人民出版社，2002 年 7 月版。
25. 方漢奇：《大公報百年史》，北京：中國人民大學出版社，2004 年 7 月版。
26. 方漢奇主編：《中國新聞傳播史（第二版）》，北京：中國人民大學出版社，2009 年 6 月版。
27. 鳳凰衛視出版中心編著：《蔣氏父子和他們的臺灣子民》，重慶：重慶出版社，2011 年 8 月版。
28. 鳳凰周刊編：《機密檔 1：臺海兩岸未公開檔案》，北京：中國發展出版社，2011 年 11 月版。
29. 鳳凰周刊編：《機密檔 2：被遮蔽的歷史》，北京：中國發展出版社，2011 年 11 月版。
30. 洪卜仁主編：《廈門舊報尋蹤》，廈門：廈門大學出版社，2010 年 1 月版。
31. 胡正榮、李煜主編：《社會透鏡：新中國媒介變遷六十年 1949～2009》，北京：清華大學出版社，2010 年 5 月版。
32. 華東師範大學中國當代史研究中心編：《中國當代史研究（一）（二）（三）》，北京：九州出版社，2011 年 8 月版。
33. 〔加〕哈羅德・伊尼斯著，何道寬譯：《帝國與傳播》，北京：中國人民大學出版社，2003 年 5 月版。
34. 〔加〕羅伯特・哈克特、趙月枝著：《維繫民主？西方政治與新聞客觀性》，北京：清華大學出版社，2010 年 12 月版。
35. 金觀濤、劉青峰：《觀念史研究：中國現代重要政治術語的形成》，北京：

法律出版社，2009 年 12 月版。

36. 金觀濤、劉青峰：《興盛與危機：論中國社會超穩定結構》，北京：法律出版社，2011 年 1 月版。
37. 金觀濤、劉青峰：《開放中的變遷：再論中國社會超穩定結構》，北京：法律出版社，2011 年 1 月版。
38. 金觀濤、劉青峰：《中國現代思想的起源：超穩定結構與中國政治文化的演變（第一卷）》，北京：法律出版社，2011 年 6 月版。
39. 〔美〕阿特休爾著，黃煜，裘志康譯：《權力的媒介》，北京：華夏出版社，1989 年 7 月版。
40. 〔美〕埃默里等著，展江譯：《美國新聞史：大眾傳播媒介解釋史》，2004 年 4 月版。
41. 〔美〕愛德華·S.赫爾曼、諾姆·喬姆斯基著，邵紅松譯：《製造共識：大眾傳媒的政治經濟學》，北京：北京大學出版社，2011 年 8 月版。
42. 〔美〕本尼迪克特·安德森著，吳叡人譯：《想像的共同體：民族主義的起源與散佈》，上海：上海人民出版社，2011 年 8 月版。
43. 〔美〕查爾斯·蒂利、西德尼·塔羅著，李義中譯：《抗爭政治》，南京：譯林出版社，2010 年 6 月版。
44. 〔美〕達洛爾·M.韋斯特著，董立譯：《美國傳媒體制的興衰》，北京：北京大學出版社，2010 年 4 月版。
45. 〔美〕戴維·L.帕雷茲著，宋韻雅、王璐菲譯：《美國政治中的媒體：內容和影響》，南京：南京大學出版社，2010 年 12 月版。
46. 〔美〕丹尼爾·C.哈林、〔意〕保羅·曼奇尼著，陳娟、展江等譯：《比較媒介體制》，北京：中國人民大學出版社，2012 年 4 月版。
47. 〔美〕弗雷德里克·S.西伯特、西奧多·彼得森、威爾伯·施拉姆著，戴鑫譯：《傳媒的四種理論》，北京：中國人民大學出版社，2008 年 3 月版。
48. 〔美〕費正清著：《費正清對華回憶錄》，北京：知識出版社，1991 年 5 月版。
49. 〔美〕戈登·塔洛克著，柏克、鄭景勝譯：《官僚體制的政治》，北京：商務印書館，2010 年 9 月版。
50. 〔美〕漢娜·阿倫特著，陳周旺譯：《論革命》，南京：譯林出版社，2011 年 2 月版。
51. 〔美〕漢娜·阿倫特著，孫傳釗譯：《馬克思與西方政治思想傳統》，南京：江蘇人民出版社，2007 年 1 月版。
52. 〔美〕漢娜·阿倫特著，林驤華譯：《極權主義的起源》，北京：生活·讀書·新知三聯書店，2008 年 6 月版。

53. 〔美〕加布里埃爾·A.阿爾蒙德，小G.賓厄姆·鲍威爾著，曹沛霖等譯：《比較政治學——體系、過程和政策》，北京：東方出版社，2007 年 7 月版。
54. 〔美〕羅伯特·A.達爾著，周軍華譯：《多元主義民主的困境——自治與控制》，長春：吉林人民出版社，2010 年 11 月版。
55. 〔美〕羅伯特·K.莫頓著，唐少傑、齊心等譯：《社會理論和社會結構》，南京：譯林出版社，2008 年 9 月版。
56. 〔美〕馬克·里拉著，鄧曉菁、王笑紅譯：《當知識分子遇到政治》，北京：新星出版社，2005 年 11 月版。
57. 〔美〕R.麥克法誇爾、費正清編，謝亮生等譯：《劍橋中華人民共和國史 上卷：革命的中國的興起 1949～1965 年》，北京：中國社會科學出版社，1990 年 8 月版。
58. 〔美〕薩托利著，雷飛龍譯：《最新政黨與政治制度》，臺北：韋伯文化國際出版有限公司，2003 年 1 月版。
59. 〔美〕塞繆爾·亨廷頓著，周琪、劉緋等譯：《文明的衝突與世界秩序的重建》，北京：新華出版社，2010 年 1 月版。
60. 〔美〕塔爾科特·帕森斯著，張明德等譯：《社會行動的結構》，南京：譯林出版社，2008 年 6 月版。
61. 〔美〕托德·吉特林著，張鋭譯：《新左派運動的媒介鏡象》，北京：華夏出版社，2007 年 1 月版。
62. 〔美〕魏斐德著，梁禾譯：《紅星照耀上海城：共產黨對市政警察的改造》，北京：人民出版社，2011 年 5 月版。
63. 〔美〕西德尼·塔羅著，張等文、孔兆政譯：《社會運動論》，長春：吉林人民出版社，2010 年 8 月版。
64. 〔美〕西達·斯考切波著，何俊志、王學東譯：《國家與社會革命：對法國、俄國和中國的比較分析》，上海：上海人民出版社，2007 年 3 月版。
65. 〔美〕西摩·馬丁·李普塞特著，張紹宗譯：《政治人：政治的社會基礎》，上海：上海人民出版社，2011 年 8 月版。
66. 蔣建國：《報界舊聞：舊廣州的報紙與舊聞》，廣州：南方日報出版社，2007 年 4 月版。
67. 賴光臨：《七十年中國報業史》，臺北：中央日報社，1981 年版。
68. 賴光臨：《中國新聞傳播史》，臺北：三民書局，1978 年 10 月版。
69. 李彬：《中國新聞社會史》（第二版），北京：清華大學出版社，2009 年 9 月版。
70. 李彬、李漫編：《馬克思主義新聞觀拓展讀本》，北京：清華大學出版社，2008 年 1 月版。

71. 李輝：《封面中國：美國〈時代〉周刊講述的中國故事（1923～1946）》，北京：東方出版社，2007年5月版。
72. 李輝：《封面中國2：美國〈時代〉周刊講述的中國故事（1946～1952）》，武漢，長江文藝出版社，2012年1月版。
73. 李金銓：《超越西方霸權：傳媒與「文化中國」的現代性》，香港：牛津大學出版社（中國），2004年8月版。
74. 李文：《甘肅新聞事業的歷史與現狀研究》，北京：中國社會科學出版社，2011年5月版。
75. 李永璞、林治理編：《中國共產黨歷史報刊名錄（1919～1949）》，濟南：山東人民出版社，1991年12月版。
76. 李瞻：《大時代見證：萬里孤鴻》，臺北：三民書局，2005年6月版。
77. 梁群球主編：《廣州報業（1827～1990）》，廣州：中山大學出版社，1992年3月版。
78. 林蘊暉、范守信、張弓：《1949～1976年的中國：凱歌行進的時期》，北京：人民出版社，2009年5月版。
79. 劉家林：《新中國新聞傳播60年長編1949～2009》，廣州：暨南大學出版社，2010年10月版。
80. 劉家林：《中國新聞史》，武漢：武漢大學出版社，2012年1月版。
81. 劉紹文：《大眾媒體打造的神話——論張恨水的報人生活與報紙化文本》，北京：中國社會科學出版社，2006年5月。
82. 馬光仁主編：《上海新聞史：1850～1949》，上海：復旦大學出版社，1996年11月版。
83. 馬光仁主編：《上海當代新聞史》，上海：復旦大學出版社，2001年10月版。
84. 孟兆臣：《中國近代小報史》，北京：社會科學文獻出版社，2005年10月版。
85. 南方都市報、廣東省立中山圖書館編著：《廣州舊聞——聽報紙講過去的故事》，廣州：南方日報出版社，2007年8月版。
86. 南方都市報編著：《深港關係四百年》，深圳：海天出版社，2007年6月版。
87. 錢承軍：《建國前中國共產黨報刊研究》，北京：中國文聯出版社，2009年9月版。
88. 錢鋼：《舊聞記者》，香港：中華書局，2006年6月版。
89. 錢鋼：《中國傳媒與政治改革》，香港：天地圖書有限公司，2008年7月版。

90. 〔前蘇聯〕波列伏依，徐耀魁譯：《永誌不忘——我的記者生涯》，北京：新華出版社，1981 年 12 月版。
91. 〔日〕小野秀雄著，陳貴亭譯：《中外報業史》，臺北：正中書局民國 55〔1966〕年版。
92. 〔日〕佐藤卓己著，諸葛蔚東譯：《現代傳媒史》，北京：北京大學出版社，2004 年 11 月版。
93. 沈志華主編：《中蘇關係史綱》，北京：新華出版社，2007 年 1 月版。
94. 沈志華、梁志主編：《窺視中國：美國情報機構眼中的紅色對手》，上海：東方出版中心，2011 年 1 月版。
95. 孫隆基：《中國文化的深層結構》，桂林：廣西師範大學出版社，2011 年 6 月版。
96. 唐振常主編：《近代上海繁華錄》，北京：商務印書館國際有限公司，1993 年 7 月版。
97. 王敏：《上海報人社會生活（1872～1949）》，上海：上海辭書出版社，2008 年 12 月版。
98. 王文科、張扣林主編：《浙江新聞史》，杭州：浙江大學出版社，2010 年 9 月版。
99. 吳廷俊：《中國新聞史新修》，上海：復旦大學出版社，2008 年 8 月版。
100. 武志勇：《韜奮經營管理方略》，北京：中央編譯出版社，2000 年 12 月版。
101. 習少穎：《中國對外宣傳史研究 1949～1966 年》，武漢：華中科技大學出版社，2010 年 7 月版。
102. 謝泳編：《儲安平和他的時代——紀念儲安平誕辰一百週年學術研討會論文集》，臺北：謝泳出版，秀威信息科技經銷，2009 年 12 月版。
103. 〔匈〕盧卡奇著，杜章智等譯：《歷史與階級意識》，北京：商務印書館，1999 年 10 月版。
104. 熊月之：《異質文化交織下的上海都市生活》，上海：上海辭書出版社，2008 年 12 月版。
105. 許紀霖、宋宏編：《史華慈論中國》，北京：新星出版社，2006 年 11 月版。
106. 楊奎松：《毛澤東與莫斯科的恩恩怨怨》，南昌：江西人民出版社，2011 年 4 月版。
107. 楊奎松：《中華人民共和國建國史研究 1、2》，南昌：江西人民出版社，2009 年 9 月版。
108. 楊奎松：《中間地帶的革命：國際大背景下看中共成功之道》，太原：山西人民出版社，2010 年 5 月版。

109. 楊興鋒、王春芙主編：《南方日報新聞經典60年60篇》，廣州，南方日報出版社2009年12月版。

110. 葉曙明：《廣州往事》，廣州：花城出版社，2010年8月版。

111. 葉中強：《上海社會與文人生活（1844～1945）》，上海：上海辭書出版社，2010年8月版。

112. 翊勳（惲逸群）：《蔣黨眞相》，韜奮書店，1949年版。

113. 〔意〕安東尼奧・葛蘭西著，李鵬程編：《葛蘭西文選》，北京：人民出版社，2008年8月版。

114. 〔印度〕帕薩・查特傑著，田立年譯：《被治理者的政治：思索大部分世界的大眾政治》，桂林：廣西師範大學出版社，2007年7月版。

115. 〔英〕保羅・法蘭奇著，張強譯：《鏡裏看中國：從鴉片戰爭到毛澤東時代的駐華外國記者》，北京：中國友誼出版公司，2011年7月版。

116. 〔英〕布萊恩・麥克奈爾著，殷祺譯：《政治傳播學引論》，北京：新華出版社，2005年8月版。

117. 〔英〕E.P・湯普森著，錢乘旦等譯：《英國工人階級的形成（上、下）》，南京：譯林出版社，2001年1月版。

118. 〔英〕弗里德里希・奧古斯特・哈耶克著，王明毅、馮興元等譯：《通往奴役之路》，北京：中國社會科學出版社，1997年8月版。

119. 〔英〕卡瑞、辛頓著、欒軼玫譯：《英國新聞史》，北京：清華大學出版社，2005年8月版。

120. 〔英〕佩里・安德森著，袁銀傳、曹榮湘等譯：《思想的譜系：西方思潮左與右》，北京：社會科學文獻出版社，2010年10月版。

121. 〔英〕R.G.柯林伍德著，尹銳等譯：《歷史的觀念》，北京：光明日報出版社，2007年12月版。

122. 〔英〕以賽亞・伯林著，潘永強、劉北成譯：《蘇聯的心靈：共產主義時代的俄國文化》，南京：譯林出版社，2010年7月版。

123. 〔英〕詹姆斯・卡倫，〔韓〕朴明珍編，盧家銀、崔明伍等譯：《去西方化媒介研究》，北京：清華大學出版社，2011年3月版。

124. 〔英〕詹姆斯・卡倫著，史安斌、董關鵬譯：《媒體與權力》，北京：清華大學出版社，2006年7月版。

125. 〔英〕詹姆斯・庫蘭、〔美〕米切爾・古爾維奇編，楊擊譯：《大眾媒介與社會》，北京：華夏出版社，2006年6月版。

126. 余英時：《中國知識人之史的考察》，桂林：廣西師範大學出版社，2004年4月版。

127. 余英時：《中國思想傳統及其現代變遷》，桂林：廣西師範大學出版社，

2004 年 4 月版。
128. 余英時：《民主制度與近代文明》，桂林：廣西師範大學出版社，2006 年 2 月版。
129. 余英時：《文化評論與中國情懷（上、下）》，桂林：廣西師範大學出版社，2006 年 3 月版。
130. 曾建雄：《中國新聞評論發展史》，桂林：廣西師範大學出版社，1996 年 5 月版。
131. 曾虛白：《中國新聞史》，臺北：三民書局 1989 年版。
132. 張灝：《幽暗意識與民主傳統》，北京：新星出版社，2010 年 7 月版。
133. 張夢新等：《杭州新聞史》，北京：中國社會科學出版社，2011 年 9 月版。
134. 張檸：《再造文學巴別塔（1949～1966）》，廣州：廣東教育出版社，2009 年 12 月版。
135. 張素華：《變局：七千人大會始末》，北京：中國青年出版社，2006 年 6 月版。
136. 張苑琛：《新民晚報副刊研究》，上海：上海交通大學出版社，2011 年 7 月版。
137. 張育仁：《自由的歷險——中國自由主義新聞思想史》，昆明：雲南人民出版社，2002 年 11 月版。
138. 趙月枝：《傳播與社會：政治經濟與文化分析》，北京：中國傳媒大學出版社，2011 年 8 月版。
139. Anthony Ciddens: Beyond Left and Right: The Future of Radical Politics, Polity Press Ltd, Cambridge, 1998.
140. Antonio Gramsci: Pre-Prison Writings, Cambridge University Press, 1994.
141. C.Edwin Baker: Media Markets and Democracy, Cambridge University Press, 2001.
142. E.J.Hobsbawm: Nations and Nationalism since 1780, Rye Field Publishing, Cambridge University Press, 2012.
143. Peter Burke: History and Social Theory, second edition, Polity Press Ltd. Cambridge, 2009.
144. Prasenjit Duara: Rescuing History from the Nation: Questioning Narratives of Modern China, The University of Chicago Press.Chicago. Illinois. U.S.A., 1995.
145. Terry Eagleton: Why Marx was Right, Yale University Press, 2011.
146. Will Kymlicka: Liberalism, Community and Culture, Oxford University Press Inc. New York, 1989.
147. Alexis Tocqueville: Democracy in America, Alfred A. Knopf. Inc, 1976.

論文

1. 曹立新：《再論新中國成立後私營報業消亡的原因——以解放初期〈文匯報〉的經歷爲例》，北京：《國際新聞界》，2009 年第 4 期。
2. 陳其欽：《評〈密勒氏評論報〉》，上海：《圖書館雜誌》，1991 年第 6 期。
3. 陳興來、李花：《「執拗」的資深報人——〈大美晚報〉編輯高爾德研究》，西安：《今傳媒》，2012 年第 7 期。
4. 陳依群：《〈密勒氏評論報〉與「上海問題」》，上海：《社會科學》，1991 年第 12 期。
5. 陳建雲：《一次清理「資產階級新聞思想」的運動——建國初新聞界思想改造運動的回顧與反思》，上海：《新聞記者》，2011 年第 7 期。
6. 丁和根：《新中國的報業結構變遷及其階段性特徵》，杭州：《杭州師範學院學報（社會科學版）》，2005 年第 5 期。
7. 丁淩：《建國初期的政治社會化研究（1949～1956）》，安徽大學碩士學位論文，2010 年 4 月。
8. 丁雲亮：《階級話語的敘述與表象——1950 年代上海工人之文化經驗》，上海大學博士學位論文，2006 年 6 月。
9. 杜英：《文化體制和文化生產方式的再建立——建國初期對上海小型報的接管和改造》，北京：《中國現代文學研究叢刊》，2007 年第 2 期。
10. 杜英：《面對「改造」的小報文人：自我建構與寫作實踐——以共和國初期上海小報散文爲中心的考察》，上海：《現代中文學刊》，2010 年第 1 期。
11. 杜英：《上海新聞出版業改造之考察（1949～1956）》，長沙：《中國文學研究》，2010 年第 7 期。
12. 馮英子：《〈周末報〉的來蹤去跡》，北京：《新聞研究資料》，1982 年第 2 期。
13. 賀碧霄：《從〈華商報〉關於新聞自由的討論到上海私營報紙成爲改造對象——1949～1952 年前後中共新聞政策考察》，北京：《國際新聞界》，2011 年第 1 期。
14. 賀碧霄：《新聞範式更替：從民間報人到黨的幹部》，復旦大學博士論文，2011 年 4 月。
15. 賀碧霄：《建國初期私營報業從業者的整編與改造——以上海兩所新聞學校爲中心（1949～1952）》，上海：《新聞記者》，2012 年第 4 期。
16. 胡景敏：《〈大公報〉文人論政傳統與〈隨想錄〉的傳播》，石家莊：《社會科學論壇（學術評論卷）》，2009 年第 4 期。
17. 黃旦：《報刊的歷史與歷史的報刊》，上海：《新聞大學》，2007 年第 1 期。

18. 黃旦、翟軼羿：《從「編年史」思維定式中走出來——對共和國新聞史的一點想法》，北京：《國際新聞界》，2010 年第 3 期。
19. 黃克武：《50 年代胡適與蔣介石在思想上的一段交往》，廣州：《廣東社會科學》，2011 年第 6 期。
20. 姜進：《斷裂與延續：1950 年代上海文化的社會主義改造》，上海：《社會科學》，2005 年第 6 期。
21. 蔣世和：《「米丘林學說」在中國（1949～1956）：蘇聯的影響》，北京：《自然辯證法通訊》，1990 年第 1 期。
22. 李東東：《60 年中國報業與新中國一起成長》，北京：《中國報業》，2009 年 10 月。
23. 李敬：《帕克：人文生態學視角中的新聞報刊與社會「同化」進程》，北京：《國際新聞界》，2011 年第 11 期。
24. 李理：《從合作社性質的民營報紙到共產黨的黨報——漢口《大剛報》史研究（1945.11～1951.12）》，華中科技大學博士論文，2011 年 5 月。
25. 李斯頤：《也談建國初期私營傳媒消亡的原因》，北京：《當代中國史研究》，2009 年第 3 期。
26. 李文：《甘肅省新聞事業的創建和發展》，蘭州：《社科縱橫》，1997 年第 4 期。
27. 李曉虎：《中國政府新聞發佈制度研究》，復旦大學博士學位論文，2007 年 3 月。
28. 劉霞：《建國初期〈人民日報〉推進馬克思主義大眾化的歷史考察（1949～1956）》，大連理工大學碩士學位論文，2011 年 6 月。
29. 劉小燕：《中國民營報業托拉斯道路的破滅》，上海：《新聞大學》，2003 年冬季版。
30. 劉喆：《共和國初期上海私營出版業的改造與國營壟斷體系的形成（1949～1956）》，華東師範大學碩士論文，2010 年 5 月
31. 馬飛孝：《論王芸生的兩次思想轉變》，上海：《新聞大學》，2001 年春季版。
32. 寧啓文：《1949 年～1956 年大陸報業企業化經營概述》，北京：《新聞與傳播研究》，2001 年第 2 期。
33. 秦紹德：《上海資產階級商業報紙的發展道路》，北京：《新聞研究資料》，1991 年第 2 期。
34. 彤新春、李兆祥：《20 世紀五六十年代〈大公報〉的改組與轉型》，北京：《當代中國史研究》第 14 卷第五期，2007 年 9 月。
35. 施喆：《建國初期私營報業的社會主義改造》，上海：《新聞大學》，2002 年春季版。

36. 舒罕：《〈亦報〉隨筆：壓抑了自我的知堂老人》，北京：《博覽群書》，2011年第11期。
37. 孫旭培：《解放初期對舊新聞事業的接收和改造》，北京：《新聞研究資料》，1988年第3期。
38. 孫旭培：《建國初期宣傳報導與報紙批評的特點》，北京：《新聞研究資料》，1989年第3期。
39. 談金鎧：《新中國的出版物繳送制度》，北京：《中國出版》，1994年第1期。
40. 王昌範：《1949：上海工商業團體組建的臺前幕後》，上海：《世紀》，2009年第6期。
41. 王紅霞：《建國初期中國共產黨幹部教育轉型研究（1949～1956）》，華東師範大學博士學位論文
42. 王薇：《1949～1956年上海市圖書發行業的變遷》，華東師範大學碩士學位論文，2008年5月。
43. 巫小黎：《〈亦報〉》視鏡中的工農兵敘事》，佛山：《佛山科學技術學院院報（社會科學版）》，2008年第6期。
44. 巫小黎：《張愛玲〈亦報〉佚文與電影〈太平春〉的討論》，北京：《中國現代文學研究叢刊》，2010年第6期。
45. 巫小黎：《〈亦報〉視窗裏的周作人》，北京：《魯迅研究月刊》，2010年第8期。
46. 吳廷俊：《新聞媒體必須按新聞規律行事——對共和國新聞史上三個指導方針的反思》，武漢：《新聞與傳播評論》，2009年年卷。
47. 吳廷俊：《「恐龍現象」——民營報紙在中國大陸「集體退場」的歷史考察》，武漢：《新聞與傳播評論》，2011年年卷。
48. 徐斌：《建國初期新聞走向的困擾與轉型》，杭州：《浙江工商大學學報》，2009年第1期。
49. 許永超：《解放初期民營報紙的困境及其出路——對1949.6～1953.1〈文匯報〉的研究》，華中科技大學碩士學位論文，2010年5月。
50. 楊海燕：《新中國初期報紙副刊中的國家形象塑造——以1951年〈光明日報〉的國慶徵文爲例》，烏魯木齊：《當代傳播》，2008年第6期。
51. 楊奎松：《建國前後中國共產黨對資產階級政策的演變》，北京：《近代史研究》，2006年第2期。
52. 楊奎松：《中國內戰時期美國在華情報工作研究（1945～1949）》，開封：《史學月刊》，2009年第3期。
53. 楊奎松：《新中國的革命外交思想與實踐》，開封《史學月刊》，2010年第2期。

54. 楊奎松：《新中國成立初期清除美國文化影響的經過》，北京：《中共黨史研究》，2010 年第 10 期。
55. 楊奎松：《建國前後王芸生的「投降」與〈大公報〉的改造》，華東師範大學中國當代史研究中心編：《中國當代史研究》（三），北京：九州出版社，2011 年 8 月版。
56. 俞萌：《〈華商報〉對「中間路線」的批判》，北京：《新聞研究資料》，1982 年第 2 期。
57. 曾憲明：《解放初期大陸私營報業消亡過程的歷史考察》，北京：《新聞與傳播研究》，2002 年第 2 期。
58. 曾憲明：《舊中國民營報人同途殊歸現象分析》，北京：《新聞與傳播研究》，2003 年第 2 期。
59. 曾憲明：《論僞民營報紙》，北京：《新聞與傳播研究》，2005 年第 4 期。
60. 張濟順：《上海里弄：基層政治動員與國家社會一體化走向（1950～1955）》，北京：《中國社會科學》，2004 年第 2 期。
61. 張濟順：《轉型與延續：文化消費與上海基層社會對西方的反應（20 世紀 50 年代至 60 年代早期）》，上海：《史林》，2006 年第 3 期。
62. 張濟順：《一九四九年前後的執政黨與上海報界》，北京：《中共黨史研究》，2009 年第 11 期。
63. 張濟順：《從民辦到黨管：上海私營報業體制變革中的思想改造運動——以文匯報爲中心案例的考察》，華東師範大學中國當代史研究中心編：《中國當代史研究》（一），北京：九州出版社，2011 年 8 月版。
64. 張莉紅：《半依附：1949～1956 年中國政治發展的重要特徵》，武漢：《武漢大學學報（哲學社會科學版）》，2009 年第 1 期。
65. 張威：《光榮與夢想的終結：美國「中國通」記者的命運及麥卡錫主義》，北京：《新聞與傳播研究》，2006 年第 4 期。
66. 章興鳴：《新聞傳播體制與政治制度關係的實證分析——1949～1956 年中國的政治傳播》，南通：《南通大學學報・社會科學版》，2005 年第 4 期。
67. 趙大軍：《從新民主主義到社會主義轉變時期（1949～1956）政治宣傳畫藝術研究》，四川大學碩士學位論文，2005 年 4 月。
68. 周武：《從全國性到地方化：1945 至 1956 年上海出版業的變遷》，上海：《史林》，2006 年第 6 期。
69. 周仲海：《建國前後上海工人工薪與生活狀況之考察》，上海：《社會科學》，2006 年第 5 期。
70. 祝學劍：《文藝報與 20 世紀 50 年代典型問題論爭》，衡陽：《南華大學學報（社會科學版）》，2008 年 8 月第 9 卷第 4 期。